刘晓岚——著

The Attitude of Love

爱是一种态度

——随笔金融街

作家出版社

目录

金融街种地

这是笔者长期从事金融工作的随笔，有所触及，有感而发，根据内容做了简单标注分类，如读书、情感、生活等，主要是方便翻阅，避免产生庞杂之感。其实现实本身就是庞杂多元的，我的多虑增加了不少工作量，也未见得标注有多么清晰，既然已经做了，就依此分类顺序排列，其实并没有特别的意义。

　　生活在时间中的人，作为阶段性的存在，离不开时代变化带来的因缘际会。历史地看，很多事，离得远才能看得清，前提是需要深刻地记住。遗憾的是，这个时代同时涌入思想和视野的事情太多太多，很多事尚未来得及思考就已经成为过往，犹如一幕戏剧尚未结束，另一幕戏剧已经迫不及待地登场。生命整体生生不息，每个个体却是有限度的，这是一个矛盾，充满迷人的趣味，却也消耗着宝贵的时间。

　　随时记下所思所感，留住某时某刻，记住某人某事，既是一种生活态度，也是自我消遣，至于习惯和认识是否有所提高，只能由时间来回答。

从收成的角度看，任何一项工作都如同种地

从收成的角度看，任何一项工作都如同种地。种地简单又复杂，很多时候超出文字描述之力。

时代在进步，尽管种地的工具极其多样，但产出的农作物不会发生太大的变化，玉米还是玉米，小麦还是小麦，即使给了补贴的玉米和小麦，还是属于粮食。

但是，这样的认识一定对吗？

实际上，玉米、小麦甚至棉花之类的农产品，已经被金融化了，严重市场化了。这些被强加了个人或者利益集团意志的农作物，和货币一样在金融市场飞舞，上上下下，让人们心神不定，让每天吃饭的人们心神不定。

生有度，爱有度，寂寞和喧嚣亦有度。只是，我们不知道，我们的内心需要怎样的度，因为，在有组织的社会里，度的把控实际上更难，几乎每刻都在考验着我们的体能，锤炼着我们的心智。

就一个生物意义上的人来说，我们知道的太多了，就发展的愿望来说，我们知道的又太少了。有限的一亩三分地，能产出多少粮食？多与少，常年纠结于多与少，如同不是智者，却产生智者的忧虑，是生的烦恼之一。需要时刻警醒的是：当农民尤其不能急。

金融街种地：金钱的颜色

爱情的颜色，生命的颜色，生活的颜色，金钱的颜色，等等。

和生命、生活、爱情比起来，金钱不过是一个媒介，就像金钱最初的功能，不过是简单的交换媒介。但是，一个非常次要的媒介，变成主要角色，人们甚至为它铺设了街道，建筑了高楼并以此为生，不仅是发明者的困惑，甚至身居其中以此为职业的人也会疑问：

金钱，金钱是如何变得如此重要的？

金钱既为生活着色，又为生活卸下浓重的情谊，让人们感受比季节更分明的冷暖。金钱的颜色在拥有者的口袋里，随时准备散发人们想要的光芒，温暖与冷酷瞬间转换。金钱是如此简单，却成就着世界上最不平凡的事件。把世界搞乱或者把世界搞好，金钱并不通神，却和拥有它的人共谋，制造的事端连神也会惊愕不已。

一件衬衣可以变成金钱，金钱也可以表达衬衣。

经济学家总是习惯用他们发明的供求理论解释世界。在物质过度发达，贸易过分畅通的当代，人们的虚荣心和千奇百怪的心理诉求早已把供求理论肢解，就像金钱在人们生活中的升位，供求理论在经济学理论丛林中正在下位。这是没有办法的事：要想让传统经济学成为新一代人们的显学，要么改变经济学家的看法，要么改变当代人的看法，两者都很难。难有难的好处，因为难，激发了人们的无穷想象，也造就了人们生存和研究的新领域，开创了生活的新机会。

在这个挑战人们思维的时代，人们的感觉充满不确定，有时欣喜，有时惆怅。人们时刻需要安全感，又时刻制造不安全。金钱，在人们的生活中也不是金罩衫，多数时候就像雨天金融街阴沉的颜色。

金融街种地：保守是一种态度

关于保守：保守是一种态度，是对现存的、经过时间历练的事物的认同和尊重。保守是厚重的积累，是进步的顶端，是洞察时势后的清明。

保守并不意味着停滞不前，而是审时度势后的前行，在不动声色中变革，在稳健行进中发展。就像缓慢生长的爱情，稳固而恒久，需要耐心和勇气，更需要坚持和坚守。

保守不好吗？不过很少有人做到罢了。

金融街，聚集太多货币符号的地方，甚至播放的音乐，都染过金钱的气息，和午餐的味道混杂在一起，形成金融街的中午味道。

可是，又怎能否定金钱的好呢？所有的好都是相对的，只有金钱是绝对地好，钱能抽象地满足一切。是的，金钱遭到太多的诋毁，也拥有了太多的热爱，被人创造出来的交换媒介，最终要超越人本身的价值。只有人，才能有如此伟大的发明！拜物，是由于人们渴望抓手、渴望永生、逃避不可挽留的命运？

主张太多等于没有主张

众生喧哗，世界进入多边时代，主张太多等于没有主张，谁也进入不了主张可实施的阶段。时间在探讨和寻求共识的喧哗或者沉默中度过。嘀嘀嗒嗒，时钟不紧不慢，人们在失去什么？

思想是为行动服务的，尽管思想仿佛闲暇的副产品，但是思想诞生的真正用意还是实践。把思想付诸行动，思想的力量迸发，可以变成火箭、炸弹或者任何武器，改变或者统驭世界。当然，思想变成金钱更好，金钱可以抽象地代表一切，甚至为情感效力。当然，这样的认识一定会被列入流俗，如果我们不那么偏激，一切的高尚也许自流俗始。

令人失望的是，金钱不能通神，或者神并不怎么在乎金钱。比如金钱不能堵住人们的嘴，金钱不能解决人们的喋喋不休，甚至金钱在助长众生喧哗。看看网络也许明白一些，表达的欲望比追逐利益的欲望更强烈，或者同等强烈。

循环往复，人们需要的是变化，而不是一成不变和恒久如一，即使对待社会制度方面，亦如是。但是不能否认人们又是如此不同：有的人打死也不说；有的人打死也要说。就其两者的比例看，沉默总是少数，也许是重要的少数。

世界进入多边时代，比较棘手的现实是：坐在桌边的主角太多，为利益而来，在没有找到共同接受的平衡点之前，谁也阻挡不了众生喧哗。

美德和财富的优先次序

从城市的一端到另一端，从一个地方游移到另一个地方，思想随时准备制造事端，与安宁作对。也许一颗忧郁的心灵与快乐无缘。在喧嚣的世界上，美德随时准备散发人性的光辉，财富和权力却随时准备让美德退场。

美德和财富的优先次序，人世间几个矛盾难解的次要问题之一，基本没有答案的问题。当然首要问题是生存，在茹毛饮血的时代，人们基本不考虑这个问题，人类的心智尚停留在为吃饱肚子上树狩猎的阶段，不会思考如此次要的问题。即使到了当代社会，思考这样的问题基本也是枉费心智。在当下或者久远的未来，人们将永远在美德的道路和通往财富的道路上游走，坚持不懈，生生不息。伴随而来的思考也终将无果。亚当·斯密以及后来的学者几乎一致认为：通往美德的道路和通往财富的道路截然相反，尽管人类还希望它们是一条路。

也许，学者们的考虑太过偏颇，或者根本要忽略优先次序这样的问题。谁先谁后，如同拷问物质和精神谁是第一位的。物质和精神共谋成就了人，越来越进步的人，美德和财富也一定是互为促进，向着更高的目标出发，只要我们相信走在进化与进步的道路上。

和不确定性打交道

不确定性。当人们享受不确定性带来的机遇与新奇时，也深深受到不确定性带来的伤害和折磨。

旧居和老物件，表达着稳定却逝去的气息，安详无忧。这样的感觉是生之初给予的，一切安好祥和，因为心境是安好祥和的，没有经历过或者经历不多，没有被不确定性侵袭。

但是，日月轮转，四季更迭，不确定性周而复之，以它不可改变的节奏考验着人们的耐力。悄然变化和骤然翻转，彰显着变化的魅力，虽然这魅力如毒药，既治病也致病，既考验身体也历练精神。

人们已经不太使用变化这个词了，改革和社会转型成为人们语言的新宠。也许这个词更能体现主动性吧。在主动与被动之间，人们更喜欢主动，主动更能体现自我中心主义者的强权？也许是吧，这样的思考仅供自娱，确实有趣味，很有趣味！

和不确定性打交道，前提是要有明确的主张：以不变应万变，或者以万变应万变。人们怎么做的？都有。不确定性既被人喜欢，又被人痛恨。爱恨交加，落入了俗套！

俗套大网，承担的东西太多，再放一件也无妨！希望人们适应它：不确定性。

不确定性与安全感

由于存在不确定性并由此带来风险，人们需要安全感。

而安全感，这种感觉本身亦充满不确定性。人们需要房子遮风避雨，寻找温暖和保护；人们也需要房子投资升值，赚取利润。这个过程的不确定性在于：投资房子可能升值也有可能贬值，无论哪一种可能带来的不确定性，都会让安全感变得飘忽不定。人们竭力追求的成为最终失去的，这样的结果很难令人接受，却是常见的事实。

安全感是一种感觉，人们希望为一种感觉提供保证，本身也许是虚妄的。但是，人世间的男女不这么想，特别是他们陷入情欲的深渊时，不确定性仿佛迷幻的彩色世界，充满好奇恩爱，依依难舍甚至生死相许，安全感让位于力量无边的激情。安全感？相守就是安全感，或者安全感已经根本不重要，唯此时，人们才能够真正认识安全感，仅仅是一种感觉，相对重要。

夜已深，电视还在阐述不确定性。这真是一个有趣和可以深思的问题，尽管我喜欢沉思默想，喜欢凝神聚气，喜欢挑战不确定性，还是被困倦压倒，准备睡了，晚安！

历史就是历史，充满着各种不确定性

我们的思想，即使我们的日常思想，也无不是历史文化传承的结果。历史文化传承，成就了现在的我们、现在的人。

特别是"居庙堂之高，则忧其民；处江湖之远，则忧其君"。时刻处于忧虑中，深入骨髓的忧患意识，让我们时刻越位，经常错位，并且怀着责无旁贷的责任感，理直气壮。

网络，为当下人的思想插上了翅膀，大到宏观治国理政，小到鸡毛蒜皮家长里短，人们发表着某个层面上的真知灼见，良莠难辨。到处是分歧，又随时改变着话题。奈何怎样，一切如常。

历史就是历史，充满着各种不确定性，每到转折时期，人们总是惶惑不安，把历史搬出来推演一番，找出未来前行的蛛丝马迹。而未来呢？总是神秘莫测，像不期而至的风雨雷电，出乎意料，却又理所当然。某些时候，无须问为什么，跟风及盲从超越了原因！

欲望与激情登场的时候，节制与理智就会离场休息！留下的问题却如刀疤……

迷信与自信

迷信是人的天性之一。

面对不确定性以及无处不在的风险，如果那个神秘的主宰暗中庇佑，岂不是自助加天助，胜券在握？适度的迷信可以增强人们的信心，增强人们对未知事物的控制感。虽然人们不断冒险、创新，但人们的骨子里寻求的却是安全感以及稳定，甚至是某种说不清道不明的踏实感觉。

生活中此类事件比比皆是。战争是为了和平，建筑是为了遮风避雨，各种便利的工具是为了生活更舒适，爱与被爱寻求寄托和慰藉，等等。这些，都与度相关联，密切关联！但是往往，人们跌倒在度的权衡与把握上。

迷信过度的事就不必列举了，网络上到处都是。建筑过度浪费资源，情感过度滋生事端，特别是与这两件事相关联的房子以及派生的事端，成为这个时代的特点之一。也许更加进化的后人了解到此，也会沉默不语的。

即使在当代，某些谨慎和羞涩的人也会避而不谈，因为某些话题会妨害合乎圣道的生活。

一切危机皆由变化引起

一切危机皆由变化引起。

如大自然的周而复始，变化是自然现象，也是社会发展的助推器，更是人性使然。追求稳定和安全是人的本性，追求变化和冒险也是人的本性，至于什么时候爆发，无法给出确切的答案。经济困窘、不公正、尊严受侵害或者某些意外事件都可能促成，这样的问题尽量避免。

至于会发生什么样的结果，充满了不确定性。

人的生存无论怎样进化都是那一套顽固不变的程式，吃喝玩乐、生老病死。尽管人类经常扛起理想的大旗，把命运交给变革，但是人类社会所赖以生存的社会关系几乎经久不变。官僚机构、警察以及各类社会组织的运行机制即使装上了新酒，味道亦如常。如同一场盛大的典礼过后，辉煌转瞬成为过去，成为人们记忆的一部分。

那些激情满怀的人陆续回到安静的小巢，重新开始度过他们最真实的时光，身体内留存的激动碎片也终将在安静中消遁。那些看似密不透风的各种联盟和组织，也经常被时间晾晒。一切都是暂时的，恒久成为向往。尽管如此，并不影响人们对变动的渴望与追随。

金融是寂寞的行当

在金融业分分毫毫的计量过程中，时间裁夺着结果。就像大地上各种生物秘密的生殖，一旦完成伟大神秘的震动，其余的时间则是等待，需要耐得住寂寞，稳得住心神，或者如农民般安守春夏秋冬昼夜冷暖，急不得。现代文明倡导效率，也不能和时间作对，所有的成功都很寂寞。

金融是寂寞的行当，尽管存在着喧嚣也需要喧嚣。即使资本和股权这两个高度受宠的词汇，在现实生活中发挥威力还是需要时间，太急迫就会出现问题。主观的愿望被客观现实教训，让资本打了水漂或者让股权烟消云散，虚妄造就虚幻，成为无可挽救的痛。由人创造的各种工具包括金融工具，怎么可以独立于现实生活呢？回归本源，离土地近些，再近些。

至于投资，这个艰深也简单的行当，基本也是时间的结果。只是太多的人忍受不了寂寞，或者寂寞难耐，频繁改变主张，输给了时间，损失了金钱。从事金融职业的人都知道，利息是时间的复利，这个复利的前提是方向正确以及一以贯之的坚持，如果没有足够的时间和克制，经常听风就是雨，改弦易辙，复利是不存在的。

这个平常的道理基本适用于各个领域。如同每个人是自己的后裔，思想容貌及精神气质等无不是长期积习的累积，认识不到是学习不够，行为不到是自律不足，更可贵的是自知之明，勇于承认力不能及转而从事力所能及之事，不勉强不强求不和自己作对，看起来很难理解，做起来也比较困难。

金融投资和时间为伴，耐得住寂寞很重要。

社会普遍繁荣之后，人们何以对财富更加迷恋？

虚妄及吹牛，任何时代都存在，不独此时。但是将虚妄与吹牛发展到炉火纯青，聚敛钱财并且追随者众，就不仅仅是一个简单的社会现象了。历史上，人文主义者很少没有吹牛的习惯，但是这种吹牛无伤大碍，大不了是文人虚妄、兴之所至，既改变不了现实也改变不了生活，至多为后人留下关于想象力的谈资，而将虚妄与吹牛用于投资融资，则大不同。

把想象说成事实，信誓旦旦，仿佛天下因一言而变。办公室待久了难免会生出局促之感，以为世界即将变化于顷刻。殊不知无论怎样惊世骇俗的事件，都改变不了人们的衣食住行、吃喝玩乐。世界真正的进步体现在生活方式上，至于政治战争最终都屈服于庸常的生活，我们可以在书本上、影视上再现历史——我们认为的历史，而真正的历史则一去不回。

社会普遍繁荣之后，人们何以对财富更加迷恋？

物质极大丰富之后，人们何以对吃喝开始警觉？健康的第一要义在于能量的摄取，没有足够而丰富的能量，即使思想也会变得软弱无力。疾走或者节食是当代城市人口比较在意的问题，我们真的已经富足到可以远离能量的地步了？人们为拥有的财富流转生息，却不知道生息何用，越来越多好像越来越不够用，为虚妄以及吹牛者提供舞台，演绎当代戏剧，残酷诡秘痛且惜。科技在进步，人性在踏步，此类观点可以将就着解释关于投资融资的诸多现象，也只有将就着解释了。分析再透彻也解决不了现实问题，还不如留下精力去打球、散步或者谈天说地。

在各种即生即灭的行为或者活动中，某类事件可以长久地触动人们的神经，比如借钱不还或者投资失败，虽然人们总是回避此类问题，但这些问题并不因回避而消失，可能存在得更恒久。在阅读了各种报告之后，某些看似潦草不经意的话语触发了灵感：人类的虚妄存在多久，文明也将存在多久，或者相反。

说到底还是关乎欲望与节制

在富足这样一个边际不甚清晰的表达中，找到准确的定义比较困难，就像解析幸福这个词。

但是我们仍然可以找到我们理解的富足。

个体的富足对于社会也许有着更清晰的解释，小到一粥一饭，大到康居无忧。但是对于整体行进中的社会，富足却是一个指向暧昧的语汇。我们不能从外汇储备的多寡判断一国民众的生活，因为这是两个根本不同的概念。同样，我们也不能因为拥有了互联网，就断定社会在进步。的确，在一个相互依存的世界中，任何一个方面的改进都会促进社会的进步，但同时也带来新的问题。

进步有多大，产生的问题就有多多！

说到底还是关乎欲望与节制。人类在挑战自我发展前行的轨道上行进了多久，与自身和自然的搏击就有多长。顺其自然作为一种哲学态度存在良久，但是作为一种行为从来都被忽视，甚至长久漠视，直到某个时日，那个神秘的主宰动了雷霆之怒！

很欣赏层出不穷的观点以及论述，丰富着人们的认识，启发着人们的思想。过往与未来，人们生活在当下，甚至可以忘掉过去，无尽地展望未来，但是任何未来都脱离不开衣食住行基本的生活，以及生老病死的基本常态。这是人的智力对于人本身的无奈。

忧思难忘的时刻源起于繁荣

金融街的车辆川流不息，二环路亦然！

金融街的行人川流不息，二环路亦然！

在人类所有修建的道路中，川流不息代表着生机，也代表着社会的繁荣，但具体的人是否每时每刻都被繁荣的心思包围，就不见得了。忧思难忘的时刻源起于繁荣，也许金融街聚集着最忧思的头脑，所有涉及投资发展繁荣的问题基本均始于寂寞，就像秘密的繁殖，就像所有的伟大作品均诞生于时间的悄无声息，虽然总免不了有个隆重的揭幕以及热情的致辞，把好愿望充分表达一番，用尽多少华丽的辞藻都不嫌多！

把写作当作消遣不是明智之举。虽然写作有很多好处，可以避免和人交往可能带来的争端，以及节约体力等等。但是写作犹如一个人的战争，不仅消耗体力，更耗费精力，甚至伤神伤气，幸亏我对传统中医了解寥寥，也就不多计较了。

作为消遣的写作还是有个选择好！撰写原则性要求需要视野和襟怀，撰写教条需要逻辑清晰，撰写汇报总得弄清楚问题的前世今生，至于投资获利，我看没有谁能写清楚，虽然很多专家信誓旦旦视自己如真理，其实真理很少公开露面，对于投资获利这件事最终的结果往往由运气平衡。望着远去的云朵以及高耸如白骨般的建筑，也许会有几个人接受我的观点吧。

喧嚣过去是沉寂，尽管喧嚣也代表快意，沉寂也代表落寞。人类所有的忧思神伤七情六欲在安静中更彻底，看着二环路车流不息，我想我该休息了！

土地，房产及股权

谈论土地如同谈论自身，说不清道不明又离不开，所有的迷恋与依赖不足以承载全部的内容。于是，退而次之，回到具体的现实中来。

土地是踏实和具体的。人是生活在土地上的动物，无论富足与贫瘠，土地对于生存都具有绝对的意义。出于对土地的依附以及生存的需要，土地一直是占有和被占有、剥夺和被剥夺的中心。所有的繁荣和凋敝都与土地有关，而土地安然存在，默然接受着人类无穷无尽的狂想。

对于生活在具体时代的人，可能无暇顾及太多。那些受惠于改革开放依靠土地发展攫取利益的开发商，抓住了发展的先机，依靠土地依靠被分割的空间楼宇，攫取利益，并且不断被膨胀的欲望牵引，在资本的引领下，通过大大小小被分割的股权，编织着令人匪夷所思的故事，繁殖出一个怪异的物种，寄居在城市的砖瓦灰沙石中，把所有的快乐寄托在一个又一个空间，学不会与大自然和睦相处，也找不到属于自然和单纯的快乐。尽管曾经向往过、期待着，却每每走向希望的反面。

谈论土地如同谈论生命本身，需要慎重以待。地产商眼中的土地是以平方米计的房子，投资者眼中的房产是升值空间，投机者思虑的是产权分割成股权。他们可能是一体，也可能是暂时联合体。而作家悲天悯人，把房产及其衍生物变成文字书写人间悲欢。谁存在得更久远呢？

时间的长河起伏跌宕。盛夏的中午蝉鸣声声，大自然发出盛情邀请，那是大自然本能的呼唤，呼唤着人们从各种或宽敞或局促的空间走出来，和草木共呼吸，记住和珍爱土地。

也许，经营风险的行业对中庸理解更深！

央行降息，预料中的降息。决策者的决策被充分预估，万无一失，央行犹如一个忠实的执行者。

时代在发展，根植于人们心中的各种经济学理论也与时俱进地发展着，众说纷纭，考验着这个时代人们的心智，生活和生存变得不再简单，虽然生命到了某个阶段总是向往简单。

价格统御一切，这个似是而非的观点在现实中好像真是那么一回事。利率是货币的价格，薪酬是人的价格，地租是土地的价格，生活中的衣食住行无不标上价格等等。人们在讨价还价中推动社会前行，如果我们不那么严谨地看待社会发展的话。由此引发的问题是：人们由于某种技能或者稀缺，开始漫无边际地定价，达到令人匪夷所思的地步，从各种莫名其妙的奢侈品、高耸恐怖的楼房，到计时功能的手表、美丽的石头等等。

银行是这个社会最规矩的行业，改革开放三十多年来，没有哪个行业如此价格公开整体划一，尽管不断受到指责，还是在严格的约束下行走在经济丛林中，总体中庸。也许，只有经营风险的行业对中庸理解更深。

毋庸置疑，央行——银行的银行，是人类比较伟大的发明之一，发挥着社会稳定器的作用。2015 年 2 月 28 日降息，具有标志性意义，意味着银行利率整齐划一的时代开始终结。当然，从历史的长河中去看并没有那么严重。考虑到我们都是阶段性的产物，意义还是很了得！

求同存异与管控分歧

君子和而不同，大致应该是求同存异的原始出处。当然，求同存异不仅需要境界，同时也需要很好的理解力，以及在理解基础上的尊重，并且是彼此双方的尊重。

求同存异在这个时代的内政外交上反复被提及，说明一个问题：关于求同存异的现实是同者少，异者多，远远没有达到和而不同，或者更进一步说：明里暗里的分歧以及短兵相接随处可见，看得见看不见的分歧让这个世界充满了不确定性。

于是出现了管控分歧。管控分歧也许是这个时代比较伟大的发明，也是管理学在当代各种学科争锋中比较得意的胜利。

分歧总会有的，或大或小。国与国之间的大分歧，握手言欢也需要真金白银夯实；家与家之间的小分歧，分分合合离不开金钱货币垫底。如果再加上感情以及偏见，甚至习俗、信仰等等，剪不断理还乱，犹如忧伤缠绵的宋词，哀伤、愤懑以及英武杂糅，是个大难题。

管控分歧概念的出现给各种不确定指出了方向：无论怎样的分歧，攸关方主动管一管，指出一个确定的方向，至少朝着这个确定的方向努力，给不确定一个确定的未来，总是可以的。

管控分歧是求同存异的深化，我想是的。

财产及财产所有权

财产及财产所有权划分着阶级，也拉开了人们的距离，甚至为人类共同的情感布设了一道坚固的屏障。

从人生终有一别的角度看，财产及财产所有权没有什么意义。但从人生的过程以及世代延续的角度看，财产及财产所有权非常重要，重要到几乎所有的人都知道拥有它们的好，甚至还可以承载爱，承载恨。当然，财产承载更多的是权力，拥有者的权力。

令人伤感的是：财产所有权和那些沉默的财产本身一样，无动于衷，任由被肆意掠取，历经沧桑逆来顺受，并不在意谁拥有，漠然存在。至于它的拥有者如何历尽艰辛，或用尽机关或蓄谋夺取，仿佛和它本身并无干系。看看那些留存于世的建筑以及珍宝文书，布满灰尘淡然面世。财产及财产所有权是这个世界上最令人伤感的发明，好在人们并不怎么在意，喧嚣的生活淡化着随时有可能被唤醒的警觉。

财产及财产所有权给这个世界带来秩序，也给这个世界带来烦乱甚至灾难。人们一直在努力界定清晰，人们也一直在努力破坏，破坏与重建，循环往复，世代相袭，以前没有解决好，未来也不会解决好，这个未来至少以百年计。

雨后，天空清澈，树木青绿，好时光正在此时。

自然与人，同样在拥有与被拥有的关系中挣扎

在对财产所有权的粗略观察中，一个问题不能避而不谈，就是关于拥有本身。正像这个时代一首流行歌所唱的：你拥有我，我拥有你。这个原本特指男女情爱的歌词，可能代表着更广泛的意义：包括财产及财产所有权，也包括人与自然。

深陷烦琐工作和被具体生活缠绕的人，没有精力连篇累牍地发表长篇大论，更没有精力研究制造一些看不懂的模型或者图标，几句话就能解决的问题何必绕那么大的弯子？除非是为了谋生，或者带来不菲的经济效益。学问及学识存在于常理之中。

财产的特性在于被拥有，但是财产也有驱使拥有者的特性，如财产的保值增值以及防控风险等等。究竟拥有多少财产是合适的度呢？人们通常认为多多益善，几乎没有度，这比较符合普遍的人性，但是不太符合人们的需求及能力。

以生命的限度应对无尽的财产，几乎是不可能完成的任务。但是这个过程太迷人了，结果又是那么充满诱惑，没有几个人能够超然物外。于是，这个世界无数的聪明人把他们的精力消耗在豺狼般的金钱、利息以及被人操纵的资本市场里。

自然与人，同样在拥有与被拥有的关系中挣扎，充满了拥有与遗弃。

人们挖掘各种矿山湖水，打破着一个又一个平静。凡是美的地方都要留下足迹，留下妄自尊大践踏者的痕迹，也无意中践踏着那个神秘主宰的安详与宁静。美丽的石头在大山中沉睡与打磨后戴在手上有何区别？仅仅为了满足虚荣、炫耀以及衬托终有一别的生命？如果把美丽的石头作为财产，人及人的身体是否可以

量化为钞票？拥有到什么程度，依然是不得而解的疑问。

或者发展到什么程度，依然是不得而解的疑问。

时间掌控着投资的运气

深陷柔美的音乐幻觉中被投资顾问惊扰，他要讲讲投资哲学。

好观点与人分享是好事，特别是分享已经成为一种经济形态，几乎泛滥成灾的时候。

我强调过，夜晚九点以后最好不要谈及金钱以及与金钱有关的事，即使与财富有关的专业书籍，夜晚九点以后也最好不看，那些晚上盯盘的外汇交易人员除外。还有个例外是：不好意思拒绝他人的好意或者如此热心的分享等等。种地打粮食是为了填饱肚子，夜晚种地会惊扰庄稼静默的生长，但并不是所有人都能理解。

投资是哲学，我很不以为然。如果投资是哲学，只能说明哲学没有很好地指导人们的行为。投资是运气还差不多，至少当下投资犹如撞大运或者赌博，热点轮转此起彼伏。真实的现实是：即使方向明确选对了企业，实绩的产生也是需要时间的，怎么如听风是雨般的感觉那般快？

经常被举例说事的投资大鳄，几乎都是被时间荣宠的幸运老者。所有那些和人性弱点抗衡的投资事迹，不仅严把投资准入关，更难得的是不紧不慢和时间和平相处，看不到任何的焦虑急躁，安然等待着成长，投资的成长，一副坦然从容状，可爱有加的模样，令人感到变老不是一件烦恼忧虑的事。任何人终有一老，也终有一别，从这个意义上看，坦然面对时间一定会坦然面对财富，拥有财富也许就是顺便的事。

某部描述意大利复兴时期的书中曾经描述老者的可爱，这种可爱在下一辈看来还有尊敬和敬畏的意味。这种感觉一定会存在的，能经历那么多在芸芸众生中胜出，本身就是非常了不得的事，如果尚安享世间的美妙繁华，慈眉善目，对年轻一代就是警示：谦逊简朴应该成为年轻人的美德，好运气要逐步获得，和自己的岁月同步或者大器晚成，夜晚心急火燎地传授投资哲学似乎不妥，热情可暂。

能不能给庄稼生长的时间？即使投资哲学在夜晚也会睡意绵绵，好梦成就运气，祝投资好运。

人类是经不起诱惑的

什么事情都要拿出来论述一番，是这个时代的特点，也是任何时代的特点。

人类生来要生活在一起，生来也要彼此喜悦，充实缓慢流淌的时间，当然人类生来也彼此排斥。被理性清洗的智者一直在提倡保持距离，也许真实的想法是亲密不易，或者亲密经不起时间的考验，才要保持那个不尴不尬的距离。

但是人类是经不起诱惑的，或者诱惑本身太迷人，心甘情愿赴汤蹈火。刚哥说：相遇总是猝不及防，而离别多是蓄谋已久。我看这句话非常适合当下的各类市场，包括资本市场、黄金市场、大宗商品市场以及不怎么入流却也喧嚣不已的种种市场。像癫痫病人找不到病因，发起疯来没有什么好办法，或者好办法正在酝酿中。其实我们自己都了然：没有准备就下场，下场之后想离场，又由于找不到时机演变成蓄谋。

关于资本市场各有千秋的论述，都有道理，却都栽倒在当下。其实不必太悲观，以人类历史的发展以及历经的风雨沧桑看，一切都将归于平静，大自然仍然天高地远，人类依然碌碌奔忙，开启另一场戏剧。人类是经不起诱惑的，或者诱惑本身太迷人。

人多势众，无可阻挡

人多势众，无可阻挡。思考这样一个问题，基本也算是体力活了。

虽然思考可以作为消遣，但在轻风拂面的春日傍晚，完全可以放弃那些没完没了的沉思，一支烟、一杯酒带来的感官愉悦更现实，也更惬意！

春去春又回，玉兰和杂草都焕发着生机，在变暖的气候中向上生长，任谁也阻挡不了。一个经济学家连篇累牍的分析，或者一个官员不遗余力的教诲，都不会改变人们购房的热情，甚至从金融街的高层望去，如白骨般耸立无序的楼房鳞次栉比，仍然可以看到吊塔在不停工作，那么顽强地堆积着砖瓦灰沙石——

由时间积聚的问题还是交给时间，还是交给时间好！人口是一切问题的源泉，也是一切力量的源泉，至于还是什么源泉取决于时代风尚。回顾曾经的历史，人及人口创造的各种事端不计其数，未来也不会减少，人类的想象力达到的高度成就着各种问题，也成就着生的征程。这是一个过程，而人多势众发挥着绝对的作用。

古代帝王所言"水能载舟，亦能覆舟"，大概也是这个意思，或者如近代对人民力量的充分肯定等等。都过上好日子的愿望以及升官发财的梦想，消耗着时代的精力。当投资占据一个人的头脑，其他感觉一定退位；当投资占据一代人的头脑，其他问题也许变得不怎么重要，怎奈人多势众，无可阻挡！

各种市场都直接指向时间

多年不见的朋友问如何看待美国加息，其实各种观点在加息之前基本都已论述很多遍了。我确实谈不出什么新鲜观点，况且我对各种关乎金融的新鲜观点基本采取敬而远之的态度，还不如谈谈菜价，虽然一个月也买不了几次菜，但对菜市场的情有独钟远远大于金融市场。

金融市场的复杂程度可以通过价格体现，而几分几厘或者多少个 BP 的定价确实只应该出现在它们应该出现的场合，比如金融街的楼宇或者某个交易所。离开特定的时间和地点，就应该换个话题了。如同做饭和吃饭的时间应该有个隔离，边做边吃应该不是常态。

也许金融市场的参与者并不如此认为。

当然，任何市场中，和价格一样重要的因素还有时间。时间看不见摸不着，金融家们却能够把货币和时间联系起来，并且起个冠冕堂皇的名字：货币的时间价值。让金钱货币在休息日也滋生利息，令古今中外的道德学家所不齿。在这个世界上，道德学家不齿的东西太多，而混迹于各种市场的从业者并不怎么在意，他们只在意如何滋生更多的利息或者盈利，多些更多些，毫无悔意。谈这样的话题非常无趣，没有影响到久别重逢的好兴致，再一次证明情谊可以战胜分歧，和怎么看待金融市场并没有关系。

有一点还是值得深思的：金融市场以及背后承载的各种市场都直接指向时间。在向时间妥协的各种方法中，医疗、技术、健康以及生活态度和价值观念，决定着生存的质量和生命的走向。从这个意义上看，对金融市场的加息或减息给予必要的关注，很有必要。

投资病

投资是一种行业，不是病，如果卷入的人太多就会变成病：时代流行病。

投资是少数人的事。投资是和时间的较量，风险的搏杀。投资风险是个非常不确定的事。尽管投资专家们发明了无数的工具，还是无法确定未来，于是让价格说话，并且起了个比较有趣的名字：风险定价。投资的风险越大，收益越高，这个收益就是风险定价。买还是不买呢？看你的风险承受能力，如果亏不起，还是不要投资的好！

投资需要耐心等待。一个人可以耐心无限等待预期中的收益，抛开风险不谈，耐心也是有限度的，这个限度是生命的限度。三十岁的张狂只有在三十岁时更适宜，用不完的力气以及浑身弥漫的荷尔蒙，赢得起也输得起。金钱基本买不到三十岁的感觉，有钱先花掉更理智，至少这个阶段的兴趣和要做的事很多，不能时过境迁空哀叹，有钱也枉然。

投资扰乱心智。人终究是受情感支配的动物，翻遍史书，即使最理智的哲学家，也没有逃脱鸡毛蒜皮小事的负累。通常情况下写在书上的和实际存在的总是有着不小的距离。关于投资的若干铁律只有少数人能做到，既然做裁缝能够养家糊口过体面的生活、磨眼镜更受人尊敬，何必踏进投资的沼泽地？看看当下所谓的投资者经历的血雨腥风，还是不投资更放松。

信息繁多煞有介事，从国际到国内，从当下到未来，仿佛投资是世界上最有意义的事。事实上，大多数人安分守己最重要，心怀圣念比什么都好。在社会普遍富裕之后，某些东西没有比有更安全，特别是投资。这个世界上的很多事没有渲染的那么重要，特别是投资，特别是对于芸芸众生而言。

关于投资话题最好适可而止，对于投资收益最好适当。和适可和适当比起来，缄口不语最好！

金融江湖以及财富幻象

财富幻觉加上各种增值的妄想，成就着 2015 年的各种金融幻象。

新词语装点下的各种金融创新以及超发的货币，不断地易手辗转直至以惨烈的方式消失，金融生态系统演绎着看似独特其实平常不过的生态平衡。

金融江湖高手如云，让原本简单的事情变得无比复杂，就像一个单纯的想法经过无数的演绎推理，可能变得面目全非。金融既然是经济的核心，一定要讲规矩讲秩序，按照金钱的本能和习惯去管理去驾驭，甚至只能是少数人的事。管好一张纸，犹如治理国家，难在既讲方圆又讲规矩，并且遵守者众，管理不能失控。

金钱喜欢寂寞也许是老生常谈。当金钱开始过上喧嚣的日子，只能说明金钱到了不应该去的地方。当人们还没有掌握驾驭金钱能力的时候，就不要拥有太多，否则某种看不见的平衡之术也会将其断然平衡掉。再过十年，今天的故事也许可悲可笑。当然，再过十年也许上演另一部大戏，脚本不变换了演员。

无意评价成败得失，各种结果在现实中真切地存在着；也无意做反省或者经验教训之类的总结概括，历史上的总结概括可谓多矣，每个时代还不是上演着雷同的故事？只是希望现实中的人少些拖累多些洒脱，过好寻常日子，不负光阴。

自从黄金变成了投资品

黄金过去几年走势十分艰辛，金价无论上涨还是下跌，都充满噪音，而且听起来十分有道理。自从黄金变成了投资品，就要经历市场的风吹草动，虽然黄金本身总是金灿灿岿然不动，但是其在投资者心中的价值却是起伏不平静的，要想成为成功的黄金投资者，恐怕也要具备黄金的属性：

一是熔点高——真金不怕火炼，黄金能够经得起一千多摄氏度的考验，投资者要经得起暴涨暴跌的洗礼；

二是延展性强——一克黄金可以拉伸到四千米，投身金市的人也要能够承受时间的折磨。

遗憾的是生命是有限度的，即使黄金也购买不到十六岁的心情，当然也没有人购买六十岁人的生命经验，都是过去的事情。经验是用来经历的，不是用来积累的，就像金钱的积累一样，超过了限度就是欲望的堆积，不见得是幸事。当然，这个世界上不好的积累还有很多，比如男人或者女人身上的脂肪。

人们对黄金的热爱

人们凝视珠宝，抚摸黄金的时候，他们的内心在想什么？拥有、贪婪、迷恋，抑或对永恒的渴望？那也许是人类对黄金偏爱的遗传。物换星移，生生不息，一代又一代，短暂的人生对无限生命的渴望，黄金成为生的世代寄托。

黄金可能正在成为一些人的价值观。这种有着太阳般光芒的金属，被太多的人热爱，被储藏、被展示。黄金的价值由于日益被推崇而更加光辉灿烂，就像那些在人群中脱颖而出的明星，由于脱颖而出而引人注目。

那些沉甸甸的金条安静地躺在那里，平静而安详。金钱总是喜欢寂静，金钱也总在制造喧嚣。

但是，人们不能靠凝视黄金度日，尽管很多人都体验过凝视黄金时内心的愉悦。凡是用金钱买不到的，都比钱更珍贵，比如友谊，比如爱情，比如亲情。地震和海啸，摧毁了建筑、冲走了物品，也带走了生命。食物、水、空气——最通常的也成为最稀缺的。此时，货币变成食物更有价值，黄金亦然。

可是，远离地震的人们却依然热衷让虚胖的货币勤劳生息，甚至不放弃休息日。勤劳无度，货币也染上了过劳病。在太阳下山之前，农人要离开土地回到家中；土地，也需要安息！勤劳有度，是那个神秘主宰的希望。他希望劳逸结合，就像他的安排：日夜交替、四季轮回，要遵守规律。

亚当·斯密：水与钻石

在研究劳动价值理论时，一个悖论瞬间吸引了斯密的注意力：水是所有物质中最有用的一种；钻石，几乎没有什么实际用途。然而，水的价格只不过是钻石价格的一个小小的零头。

和地球上其他动物不同，人类给形状、颜色、稀缺程度等一些对于"满足人类需要"并无"突出贡献"的性质赋予了一定的价值。他们努力在石子中搜寻钻石和红宝石，生理上的需求可以得到满足，而欲望，用斯密的话来说，"似乎皆是永无止境的"。

那个时代的思想家们尝试以新的视角看待事物：无穷的欲望非但不是摧毁世界的毒瘤，反而是拯救世界的良药；它正是历史长河中涌动不息的那股力量，它使历史的面貌清晰可见。

同一时期的思想家休谟断言：现代的奢侈并不是在腐蚀人的品质，而是锤炼人的品质。另一位思想家曼德维尔写道：正是对于感官享受的追求使人类的奢侈无止无休——但这些正是我们所需要的。

……

暂时放弃无法终止的研究吧，傍晚的天光不能错过！

金融街种地：当农民尤其不能急

饥不择食，慌不择路，种地太忙就忘记了看天。

真是一个优美清爽的傍晚，有云的傍晚更浪漫也更温馨，种地看天是农民的本色，任何时候都不能忘记。

自然的恩赐，离开庄稼地，到另一个庄稼地。那些旺盛的植物在夜晚、在雨中、在清晨，静默成长，仿佛安详丰腴的女人，等待秋天的到来。某个哲学家说过：越是高尚完美的事物，成熟期越是姗姗来迟，这也意味着：符合季节规律的成长才能结出饱满的果实。

所以，不能急，当农民尤其不能急，是真正的农民就要有一颗合乎圣道的安详而纯真的心态。

种玉米还是种杂粮？变还是不变？看天行事还是时刻盯紧市场那张喜怒无常、变幻莫测的面庞？

生命的季节，不仅"选择"考验着人们的智慧，"坚守"也在检验着人们的耐力。那些静默生长的庄稼，在八月的傍晚、金融街的傍晚，可以给人带来安慰。人们无论怎样进化，民以食为天，种粮吃饭，这等基本劳作和需求，还是亘古不变的。

有这样一种不变，有种地这样一种劳作，让世界变得踏实可依靠。即使，在金融街，泥土的气息仍然是最可信赖和亲切的气息。

绵绵用力，久久为功

把杂乱无章的材料整理得条理清晰，变得有秩序，需要离材料远一些，再远一些，直到看清支撑这些材料的四梁八柱。现实情况往往是迫不及待地靠近，再靠近，几乎没有耐心等待，在杂乱中再添烦乱。

"不识庐山真面目，只缘身在此山中。"最根本的原因，还是太近了，或者是丢失和遗忘。如果再加上层出不穷的跨界高论，把杂乱无章的材料整理清晰，更是遥遥无期了。其实也没有那么复杂，饭要一口一口吃，路要一步一步走。绵绵用力，久久为功，保持一份耐心就够了。

即使天才也要吃饭

冬天，清冷模糊的北方大地，从乡野到城市，也许不过三十分钟的车程。

那个对北方寒冷抱怨不休的人被热气蒸腾的火锅征服，在口腹之欲面前，距离是不存在的，寒冷也不能阻挡，拥有如此的个性当然迷人非凡，一切不必当真，说说而已。人们都是自己欲望的奴隶，拥有和被拥有从来是一体的，即使天才也要吃饭，即使智能专家也要亲自到火锅店享受朵颐之乐。北方冬天非常适合开火锅店，店长的不经意断言堪比某基金经理长达数页的长篇报告。什么时候楼宇内撰写长篇报告的码字专家少了，具体生活也就风平浪静品质提升了。

分析的人多，操练实践的人少，普遍存在于生活的方方面面，类似于近年以来金融的脱实向虚，脱实向虚的人太多了。

在人类创造的各种市场中，关乎衣食住行的零售市场最重要，遗憾的是城市楼宇的空间大都被其他市场占据了，债市、股市、汇市、楼市以及贵金属和贱金属等等，虚拟市场压倒实体市场，很热闹。人的时间和精力消耗在没有穷尽的金钱、利息和复杂的操控中，是生活的悲剧，而没有这些也无法成就喜剧，这个问题不宜在周末思考，平时也最好回避。

寒冷有助于清醒，互联网时代各种理论层出不穷，盛极一时，仿佛都掌握了通向未来的真理，仿佛已经将衣食住行、生老病死置之度外。看看周末北京夜晚的各种餐馆饭店，看看冷风中被大衣严实包裹的身体，一切如常，并不虚妄。

必须记住：凡事利弊参半

分析能力很强，解决问题很差，理论和实际脱节，是当下某些专家的通病。原因在于他们如任何时代局限于书斋的旁观者，没有亲历伟大的社会实践，仅仅用一知半解、道听途说的消息理解着时代的变迁和社会的变革，在亲力亲为这一点上，专家逊于小店主。

困难催生办法，改革需要机缘。经济的繁荣离不开创新，更离不开各种困难和阻力，或者也离不开人们千奇百怪的思想和行为。跋山涉水为了心中的爱人以及跋山涉水为了一碗珍馐美味，都是人类的需求。贸易码头封闭的集装箱承载着人类各种可以理解和尚需深入理解的需求和物品。它们陈列在人们的头脑中，也陈列在各种房屋楼宇中，充实着人们的生活——物质的和精神的；也激发着人们的爱与欲望，多些，再多些，了无穷尽。

发端于需求的各种经济现象极端复杂，不是三言两语可以厘清的，虽然我们总是希望用简洁的语言把事情很快说清楚。广泛的联系以及不断衍生的各种关系给现代经济生活罩上了多层外衣，就像一个人的四季不断变化着属于季节的衣衫，既遮风避雨又美观耐用，既变换多样又功能不改，如此的诉求不仅难为着裁缝，也难为着分工不同的社会治理工作者。

很难有万全之策，所以人们必须时刻记住，凡事利弊参半，以及凡事利弊参半认识前提下的包容和耐心。这是否应该成为这个时代人类普遍要具备的品质之一？我看，即使出于私利私心，也必须有此品质。

分析能力很强，是因为见多识广；解决问题很差，是因为实践充满变化，随机应变以及不变与万变均因时因地制宜。如何提高解决问题的能力呢？循序渐进逐步提高，没有什么速成的办法。

金融街，稳健的感觉

傍晚的天光展现出迷幻的色彩，那些钢筋和混凝土堆积起来的建筑，在天光和灯光的辉映下，更像是堡垒。金融街确实给人以稳健的感觉，尽管这里每天诞生和消失风险，尽管这里有着太多的贪婪和追名逐利，尽管贪婪和追名逐利是人的本性之一。对生我们不能要求太多，对人同样不能苛刻，唯有如此，才能接受这个现实世界。

金融街的早晨，清澈、庄重，太阳的光辉让庞然的建筑有了生命的色彩。那些窗口，那些即使在白天也灯光闪烁的窗口，更像永不停息的欲望，昭示着人们仍然热爱着生，仍然为欲望奋斗不息，那么热切、那么专注，又那么温暖而冷漠！

安静的建筑和不安的灵魂，人们创造着、坚守着、挥霍着。人们身居其中，被自身的创造保护着，也被自身的创造摧毁着，任岁月历练、生生不息。宁静致远，是要耐得住寂寞的。

寂寞是拥有，拥有自己，拥有宁静和安详，感受生命的声音。那些自然的声响和大地的沉寂，那些给我们带来"亲"和"爱"的人，让我们更加思念和珍惜。

金融街的中午，微风在楼宇中穿行，就像行人在楼宇下行走，那么微弱！

人们在自己建造起来的建筑前变得渺小，尽管衣履光鲜，尽管态度傲然，或者胸怀尽览天下的抱负，雄心依然无法与自然抗衡，最终向生命妥协，衰弱和老去。因此，人性中那颗虚妄的神经需要不断超越，超越自身，超越他人，超越一切可能超越的东西。

证明什么呢？金融不过是为生活便利发明的工具，最终却给人们的生活带来这么多麻烦。保值、升值、理财、投资、风险——无数的计量工具几乎把人也变成工具。像任何一件过度使用的工具一样，金融过度，也给这个世界制造了太多的藩篱，让某些人拿着工具装神弄鬼，唬人又害己，忘记了自己也是肉身之躯。

金融街楼宇的高度

金融街楼宇的高度，也许并不能代表人类的野心，尽管城市楼宇的高度多多少少反映了人类的欲望。

从宽阔、典雅、稳定、延展以及被历史感浸染太久的红砖绿瓦，到形状各异到处是不甚透明的玻璃窗，人们的审美趣味发生了怎样的改变？在风雨欲来阴霾沉沉的早晨，北京像一个陷入重大沉思神情凝重的男人，令人敬重，也让人疑惑：负担，沉重的负担，也许会压垮钢铁般的意志，因为具有钢铁般意志的人也是肉身之躯。这真是一个无奈的现实。

也许如此，在秋天来临雾霭沉沉之际，人们需要温暖与关怀。人们心中所想的，某些时候高度趋同。我们有什么不一样，人性到处都一样。人们建造的城市也表现出高度的一致性。金融街的高度与宽度，除了体现特定时代的特定风貌，还能诞生怎样的故事？确实挑战人们的想象力。

人类想象力达到的高度，是一个城市和一个街道的魂魄所在。

从金融街的高层望去

从金融街的高层望去，城市的天空被灰尘笼罩，失去了昨日和清晨的清澈。好天气必须是太阳和天空共同谋划，尽管人们总是一厢情愿地期望空气好、环境好，以及一切都好，却经常做着和期望相反的事，层出不穷，反反复复，然后期盼，然后抱怨，然后再修正，等等。

人类不屈不挠的好奇心推动着社会发展，改天换地的豪情改变着土地的面貌，各种各样的建筑展示着人类的雄心与梦想，或者还有让周身发热的光荣与虚荣。人类在创造文明，文明也在改变着人类，甚至是摧毁。因为那个巨大的疑问一直在困惑着渴望长生不老的人们：我们从哪里来？我们到哪里去？中间又经历了什么？

但是，那些单纯的人没有更多的负担，乐天知命、态度怡然；那些简单的人以简单的态度对待复杂的生命，随遇而安，随波逐流！还有那些不屈不挠与生命抗争的人，将身心力量发挥到极致，散发着不可抑制的英雄气，无怨无悔；更有圣者，淡然而来，飘然而去……

还需要想很多吗？我看不需要了！

深邃凝重的金融街

时代应该培养自己的巨人，或者凝聚属于自己的英雄气，不能陷入无止境的生活细节。

深邃凝重的金融街，逐渐被阳光普照。欲望的光芒与发展的渴望，让这个街道有了别样的风貌。但仅仅具有金融知识是不够的，即使把全世界存在的所有金融知识都搬过来，也无法凝聚自己的特色，形成自己的魂魄。

注入思想，焕发属于时代的活力，在和人类野蛮与虚荣抗争的过程中，这个街道给予见证与积累。一定需要时间，一定需要风雨，一定需要蔑视金钱。尽管，金融这个行当离不开金钱。金融街的不凡之处在金钱之外，那是人类长河中文明的轨迹。

阳光普照，喧嚣依然，这个被行人和车辆占据的街道，还有单薄的小树，开始了新的一天。

平衡与制衡

有句俗语这样说：好了伤疤忘了痛。

所有的喧嚣过去，人们不能总是聚众狂欢或者聚众沉思，总有那么一刻安静下来，为喧嚣充实安静，疗伤疗痛，或者静享一人的寂寞与欢愉。

好了伤疤忘了痛。不选择遗忘，难道让痛永远伴随？没完没了的回想与记忆，强化那伤、那痛以及所有的不堪？让本来的好时光背负沉重的伤疤前行？如果是个体，一定过得不快乐，如果是集体则沉重无比，还不如解体。

如果遗忘，仿佛失去了心肺，在光阴中乐天知命，仿佛空气一般淡然存在，随风飘扬任其肆意重复，重复那些可以避免的伤痛以及不堪？如果是个体，免不了陷入另一个伤痛；如果是集体，有可能滑入更加可怕的深渊。

平衡与制衡，人类思想史上最伟大的发明，让人类在遗忘与记忆之间寻找着自己的空间，试图解决"好了伤疤忘了痛"这样的现实！

人海茫茫，我们不过是沧海一粟；众生芸芸，我们彼此谁也高明不了哪去。时间熨平所有的创伤，时间也在悄然翻云覆雨。我们都是阶段性的产物，好了伤疤忘了痛，并不迷人的思考却可以给予足够的警醒。

读了三遍报告，文笔粗糙，道理深刻，并且颇具道德感！就像某类看似粗陋实则精微细致的男人，时间能证明他们的好！

没有恒久不变的万能良药

尽管，人们为生存积累了浩如烟海的知识，还是迷失在现实生活的汪洋大海中。除了大自然的岁月轮回，人们还不得不面对自身制造的麻烦，林林总总，难料难测，不可穷尽！而所谓的学说及其体系，只是暂时解决了临时性问题，没有恒久不变的万能良药。虽然，总有一些理想主义者，希望发明济世良方，拯救苍生。

经济政策就是一例，人们总是指责政策不完备，仿佛政府永远在做次等的决策，好的政策总在批评者一边，却被弃之不用。对比现实似是而非，看起来也有点像那么一回事，难道决策者总是在做退而求其次的选择？

也许是吧，山那边的风景也许永远更好，人们却不得不把目光局限在视野所及范围之内。这是遗憾吗？这怎么能是遗憾呢？这是幸运，幸运在于拥有了所能拥有的，无论政府的职能多么强大，也是具有同样人性的人组成的。政策不可能一劳永逸，能够解决某些阶段性问题，就是好政策，由此，改革、创新、转型以及突破才有生存的土壤。

当然，如果人们能够忍受教条和固化的社会形态，心怀圣念，恒久不变的社会形态更适宜稳定的生存。只是，人性中求新求变的本性不能忍耐。对此，政府也无能为力。

保险公司及安全感

安全感，是人们生存在这个世界的基本诉求，如果人们还希望在这个世界生存，安全感是首要的感觉，位居幸福之前。安全感寻求受保护，包括大自然的庇护，宗教在这里发挥了部分重要作用。

但是，宗教不能解决所有问题，有时甚至无能为力。政府亦不能完全满足，即使好的政府也不能包揽个人生活全部事务，不管这个政府多么尽职。

但是，保险及保险公司，这个人类社会最伟大的发明之一，宗教和政府不能办到的事情，保险公司却可以办到。人们通过每年花上一些钱把可能的不幸卖掉，有了如此保障，人们尽可以去追逐他们期望的千奇百怪的幸福感觉了。

金融街种地：开发商在我们这个时代
更是泛滥成灾

远远望去，价格不菲高耸入云的钢筋水泥丛林，密密麻麻，灯光诡秘，散发着一种骇人的恐怖味道。而人们身居其中得到的是安全感。安全感，的确是一种感觉，或者有时是错觉。

不能太远，了无边际的感觉太虚幻；当然也不能太近，太近，则易梦碎。不远也不近，这是什么样的距离呢？很难度量，多数时候，人们只能跟着感觉走，随波逐流。

精于计算的经济学家并不多见，好像韦伯是其中之一；精于计算的开发商到处都是，在我们这个时代更是泛滥成灾。甚至可以引领经济的发展方向，更甚的是让各路人等鞍前马后，助长开发之豪情，经年不衰！

开发商总是在政府调控下成为胜者。还有一点很重要：人民群众在捧场，而且捧场热情空前高涨，不可阻挡，匪夷所思！人们对贩卖蔬菜的小店主时有抱怨，却对开发商出手大方，甚至不惜背负终身的债务，仿佛拥有一颗圣者的胸襟。除去那些为遮风避雨不得已而为之的需要，另一个原因是：投资发财的梦想太过强大！

人们忽略了一个事实：这个世界能达到高点的，都是少数人的事情，思想、情感、财富、技艺或者长寿等等，那是普通大众永远突不破的疆界，房子这件事也不可能是个例外。

各种报告：空转的文字及观点

看了两篇似曾相识的报告。撰写这样每篇不下三十页的报告，需要花费多少时间，需要耗费多少青年人的精力。写字楼里不断诞生的各种报告维持着某些行业，脱离实际只负责撰写文字以及贩卖观点。

从这些报告的字里行间我们看到电解铝的生产过程，螺纹钢的前世今生，重卡销量骤增的曲线图，以及巨型集装箱运输要统治海运业，等等。而撰写报告的人可能根本没有见过电解铝，也不知道重卡的高大非常人所能驾驭。即使当下名望热度有加的螺纹钢也没有几个写手辨识。当身体强健的工人挥汗如雨的时刻，空调间不识实物的男男女女正撰写着长篇累牍的报告——

言之凿凿的报告如同当下金融监管当局对金融业正在整顿的

脱实向虚，文字和观点空转远离实际。从互联网开始发达算起，各种依托文字和图表生存的行业如火如荼，漂亮和不太漂亮的曲线图以及加粗的标题，似乎在为各种实体指引着方向。而那些从事具体作为的人却无暇表达，无论萧条还是繁盛，都在那里坚守作为，迎接着行业周期的更迭、转型升级或者另谋他途，从一个具体事项到另一个具体事项，从不停歇。

当然，那些依靠描述和指引方向的文字生产者也没有停歇，不断撰写着各种仿佛掌握真理的报告，长篇大论惊悚撩人，扰乱着人们的判断力。现实复杂也简单，永不停息的建设发展对资源的需求没有止境，只是有时多有时少而已。只要人口存在，各种各样的需求就永远存在。热衷于投资理财的各路人马只需调整好心态，即快速赚取利润以及赚取大利润的心思要调整。

调整到什么程度才算适当呢？记住生命的限度以及生活中的各种好或者自以为之的内容！

冗长的报告

阅读一份冗长的报告等于鼓励虚妄。世界上一切关乎生存和生活的事件都很简单，大道至简，生活和工作莫不如是。冗长和看似美丽的报告是社会高度发达的产物，社会普遍富裕之后，养得起汇集各种信息的码字高手，以及容得下不知何年何月才能实现的各种结论。

生活在时间中的人，什么都想要。

遗憾的是意愿和能力总是存在十万八千里的距离。技术分析不能解决所有问题，或者根本解决不了充满不确定的现实问题。人的各种不可预测行为与时俱进，知道过去并不代表可以预测未来，放之四海皆准的理论遇到现实就灵活突变。谁让我们是不断进化也退化衰败的动物呢！

被发展理论缠身的当代人，自我感觉良好，各种精英的华冠好像戴多少顶都不够，殊不知即使精力无双，时间的限度也约束着人的作为。啰啰唆唆的报告反映着撰写者的空虚和脱离实际，不如视而不见。

回归本源，缩减报告的长度，应该也算是进步，尽管这样的进步没什么值得炫耀的。我们不能阻止各类冗长的报告，这涉及撰写者的生计；同样也不能阻止各种虚妄的言论，据说那是表达自由。黄昏将至，想想这个城市的每个人都要进餐果腹，由它去吧。

金融专家及不靠谱的预测

在这个世界指点迷津的各类专家中，金融专家往往令人联想到资金联想到钱，这样的联想基本就是事实。金融专家做金钱生意，是不是比普通人更胜一筹？一项新的研究成果可能让人们失望了，研究显示：金融专家预测不如猴扔飞镖"靠谱"。

据美国《大西洋月刊》报道：在金融领域，专家研究相关课题、密切跟踪市场，因此人们会认为，他们在预测股市以及其他金融问题时的见解较一般人高明。真的是这样吗？也许并非如此。对此问题进行了二十年研究的心理学家菲利普·泰特洛克有如下名言：专家的预测还不如猴子扔飞镖。

另外一个结论更值得参考：没有证据表明，这些金融专家在投资方面的表现优于与他们年龄、收入和教育背景相仿的其他人士，这令人们对所谓专业知识带来多少附加值产生了怀疑。金融专家在选择股票或分散投资风险方面并没有优于一般人的表现，他们甚至因一些广为人知的行为倾向而遭受损失，例如持有下跌股票和交易过多，或者得出结论：金融专业知识无助于改善投资决定。

是否如此呢？大抵如此。

金融专家如先知般的预测，基本和坊间的流言蜚语一样不靠谱。当然，这样的研究报告不会影响金融专家的存在，也许生存得更好。只要人们对金钱的欲望不变，金融专家的职业就会很牢固，即使预测不靠谱，甚至不如猴子扔飞镖。

知与行，是个古老的命题

喧嚣依然，不断重复和告诫的知行合一，四处弥漫。大多数人仅仅是鹦鹉学舌说说而已。理解是少数，做到的更是凤毛麟角。但这不妨碍这种观点养活了很多人。岂止这个观点，从古至今，不知有多少真知灼见世世代代养活着一批又一批的人，他们自诩为文化传承者或者其他什么名目，有时一知半解，有时深陷其中，和时代隔膜，让人类的思想在迷乱中前行或者倒退。

知与行，是个古老的命题。很多看似谁都知道的东西，其实没有几个人能够真正做到。现实中的很多事例可以印证，投资是一例，种地也是一例。人们太关注结果，总是希望种地之后就打粮，而时间却像个不紧不慢的孩子，有他自己的节奏。所以，很多的"知"是只知其一不知其二，很多的"行"是浅尝辄止。那些真正理解了知与行的人，基本都像个苦行僧，看起来孤独而平凡、简单而平和，仿佛不知道存在那么多复杂的道理。

每天四处宣讲投资理念的人就像不好好种地的农人，匪夷所思地介绍种地秘诀，殊不知天时地利人和的收成是在尊重常理前提下的顺势而为。能够理解各种宣讲者急于布道的热情，却无法接受那种急不可耐的态度。凡事需要耐心，知与行亦如是。

各种带有硬度的文字

金融街楼宇林立，各种文件犹如流水从各个办公室倾泻而出。各种带有硬度的文字在各个办公室流转：重拳出击，敢于亮剑，敢于碰硬，勇于"揭盖子""打板子"，坚持严罚重处，始终保持整治金融乱象的高压态势。"违法、违规、违章"专项治理；"监管套利、空转套利、关联创利"专项治理；"不当创新、不当交易、不当激励、不当收费"专项治理——2017 年进入强监管时代。

这些表述过于清晰，仿佛一切均在掌控。有很多遗憾现实解释不了，却现实地存在着。在和人性较量的征途上，很多人被遗落在半路，是他们自己输给了自己，怨不得别人。规范是给遵守规范的人制定的，那些错误的作为当初一定也有它生存的土壤，要么是基因有问题，要么是施肥过度，庄稼地里总会冒出野蛮的植物，它们的存在天生就是让农人铲除的，我也只能理解这么多。

大脑每天热切地工作，甚至热切到了忘我的程度，新观点新语汇新信息不计其数，对于充满好奇精力旺盛的人来说，有多少都不嫌多，况且记录时代特色，必须有足够的信息量。我被自己赋予的职责驱使，不厌其烦地接受着，从宏大主题到零散琐碎，以及各种寻常却也意外的冷暖人情，直到傍晚时分，什么都没有在哪里吃饭更重要。最好饭后点燃一支烟，然后静下来，阅读二百六十多年前一个伟大作家的笔记，心醉神迷，仰慕不已！

趣味发生了变化

投资，这个词汇中的显贵，众生痴迷忘记了节制，声闻草动就认为机会来了。投资，这个属于某类人的职业工具，普罗大众趋之若鹜。今晚，雄安新区成为投资客或者类投资客的新宠，关于"房子是用来住的，不是用来炒的"的警示又被抛到九霄云外，众生喧哗。

也许，一代人有一代人的兴趣点，放在历史的尘埃中，几年几十年发生的过往或者未来根本算不得什么。但是对于生活在具体时间中的人，也就这几年几十年的展现时间，在前人的基础上为后人搭桥铺路，身在其中经历着种种幸与不幸，或者来不及思考，或者思考更多。

城市是具体的，繁华与落寞均在人为。"旧时王谢堂前燕，飞入寻常百姓家。"一只燕子经历的繁华与落寞，是人的感受，燕子不过是经历了不同的存在方式。但是被主观和自我操控的人类基本不如此看待问题。他们在欲望和贪婪中创造着属于自己的落寞与繁华，无关乎成功，仅关乎过程，这不仅是社会治理的难题，也是人性无法克服的弱点，也许更是优点吧！

傍晚，在一条不甚畅通的街道踯躅前行。一百年前，前门是北京的繁华核心，现在东交民巷、六国饭店、八大胡同已成往事，倒是某些不伦不类的大戏台印证着繁华的没落。四十年前，西单、东单最繁华，现在燕莎、大红门最繁华。如果一个城市以繁华计，繁华也是会漂移的。

人们希望某些区域繁华长盛不衰，但是新一代人的趣味发生了变化，这个趣味是什么？恐怕神仙也搞不明白，况且真正的神仙对投资并不感兴趣。世界上存在的宗教没有一个是以投资为主旨的，倒是那些投资成功的人皈依了宗教，做起了善事，甚至著书立说，道济天下，彰显人文情怀。

去问问星辰

说来奇怪，世间流传的各种八卦预测以及占星术等等，究竟在人的思想中发挥了哪些作用？就像是一个谜。从涉猎的各种文字记载中，算是缘分一般的文字相见，读起来仍然令人困惑，当然也掺杂着某种不解。就像被一种价值观统领的思想，遇到相异就感到奇怪。由此，宽容绝对是非凡了得的高贵品质。

市井流俗文字对八卦掐算择黄道吉日的做法不仅普遍，在一些民俗中深入人心，仅就虔诚和迷信这一点来看，有选择有敬畏总是好的，为规矩和秩序打下了思想基础。某些习俗也许是实践的结果，有着难以解释的道理。

据记载，在十三世纪的意大利，一些虔诚优秀的人物对占星术超级迷恋，当占星术盛行一时的时候，意大利的大户户主们都雇用一个占星家。当然，和当代有些类似的是，有专业的也有业余的。特别是那些业余的占星家，尽可能步那些占星专家的后尘，不仅如此还充分发挥，如借助占星术实行魔法，迷惑和蛊惑那些意志不坚定的人。

历史的长河可谓久矣！很多事历史上都出现过，只是人们太健忘或者对历史无暇顾及，正忙着上演属于自己的戏剧。但是奇居在人身上的虚妄和迷惘未变，或者不知不觉或者改头换面。虔诚优秀的人物也免不了有迷惘的思想，能够公开承认并且努力克服即是进步。八卦算命占星术也许有着科学的成分，只是纯度欠佳，就像七十八度原浆酒是酒精，兑了水也不能否认有酒精的成分。与其彻底批判，不如将信将疑。

如果有人再问我投资的问题或者二十年以后的事，我会果断地回答：去问问星辰。

粮食丰收，依靠自己保口粮

口粮，这个词已经不怎么挂在嘴边了。虽然人们每天离不开口粮，挑挑拣拣，养生节食，眼花缭乱。不为生计操心，却为生活分神；不为吃喝发愁，却为发展思虑。社会的确是发展和进步了！

民以食为天。天大的事是粮食，事关苍生生存之本，依靠自己保口粮，做到谷物基本自给，口粮绝对安全。

口粮绝对安全，事关民族兴衰。上下五千年，是谷物——庄稼的种子养育着我们，世代相传，成就着我们现在的样子，包括身和心。黄种人的自我认可与自我尊重，不是不接受外来食品，而是依靠自己更安全。

世界上千奇百怪各种入口之物何其多，拒绝某些食物，不仅出于保护人种健康纯正，也可以防御基因突变。谁知道会变好还是会变坏呢？

有些时候，保守就是自爱，自爱才会自尊，自尊才能自信，成为民族坚不可摧的特色。开放，不是什么都放开，至少，粮食安全与依靠自己保口粮要坚守。

愿，人们理解其深意！

土豆馒头，马铃薯主粮战略的开路先锋

随着《新闻联播》的镜头延伸辗转，开始了土豆馒头的今生今世！

这是一则好新闻，不仅仅因为民以食为天，也不仅仅是临近春节对食品的关注压倒一切。

现在以及未来，大国人民的口粮开始发生改变，土豆将可能成为继小麦、稻谷、玉米三大主粮品种之后的第四大主粮品种。手中有粮，心中不慌，让人心里不慌的除了玉米、稻谷和小麦，土豆也有了自己的地位，做成馒头、面条、米粉等人们习惯的主食。土豆馒头已经作为"马铃薯主粮战略"的开路先锋，走进了京津冀的五百多家超市。

粮食安全以及保持粮食生产总体稳定是历年政府工作的头等大事，虽然时事繁杂，农事总是被淹没在信息的喧嚣海洋中，但对粮食以及食品的关注是生而为人的第一要务，无论精神提高到何种程度。毕竟人类只有吃饱喝足之后才可以手舞足蹈地表达，或者才有力气盖房子，或者迷恋金子或者对着电脑点来点去，炒所谓的各种权证票证，像中了邪一样，让钱财越变越少，直至蒸发。其实自然界的蒸发是物质不灭，就像土豆可以变成馒头，吃到肚子里接着变，电脑的蒸发是了无痕迹，和神话近似。

土豆，学名马铃薯，具有耐寒耐旱耐瘠薄的天性，还有适应性广、生长旺盛的特点，做成馒头想必一定也会把某些品质优良的基因转化给人类。食品可以影响人的性情，多吃土豆人们也许就不那么热衷于各类金融创新，特别是打着金融创新的旗号搞非法集资以及各类匪夷所思的新花样了，或者更不会出现监管失控。研究食品科学的科学家虽然不出名，做出的贡献却是实实在在的。

敬意献给种土豆的农民、研究土豆的科学家，以及兢兢业业把土豆做成馒头的工人们。这些人的存在，给社会以稳定踏实的感觉。建议身体有恙的大哥多吃土豆馒头，早日康复！

春种秋收与天下粮仓

在金融街谈论这个话题，多多少少有些另类的味道。春风和煦的夜晚，暂时清理被各种图表和文件困扰的头脑，想想春种秋收以及天下粮仓这些关乎生存的亲切词汇，仿佛已经深入田间地头，切身感受到播种的欢快与辛勤。

我的朋友满怀热情地在广播中报道，祖国大地从南到北春耕忙，他的声音热情庄重，春耕绵延不息五千年，充实着天下粮仓也充实着每个人的胃。我被他的声音感染，从沉思中惊醒，多么波澜壮阔的画面，活力与热情，质朴与真挚，正是泥土的气息催生着活力，成长的活力，向上的活力，催生着满园春色和汹涌澎湃的激情。当然，以我的习惯和天性，我还想说，成就着这个世界的无数事端，在他庄严热情的声音面前，我的话在嘴里转了两圈，最终还是打住了。

还是打住吧，春种秋收，天下粮仓，是生存的必要，也是生活的必需，确实不需要延伸太多的道理。饿了，就必须吃东西，饱了，不一定生淫欲，在当下很可能是投资，关心买卖房子或者朝鲜半岛可能发生的局部战争。当代的春种秋收比农耕时代内容更多更繁杂，也更累人更不确定。过去的春种秋收主要是看老天爷的脸色，现在要看住各种庄稼的破坏者，还要防止假农药以及各种不靠谱专家预测的干扰。

春种秋收，是农人的本分，也理应成为人的本色。

贸易，为世界增添无限的活力

贸易，即使休息日也在繁忙地运转着，为社会增添无限的活力。

贸易走到哪里，就把文化和风俗带到哪里。在贸易如此繁荣的时代，互联网助力各种千奇百怪的物品冲破种种壁垒，带到任何地方。只要有足够的人口，仿佛可以承载一切冗余，虽然生活本不需要那么多，但是人们总是感觉少，包括坚实的房屋以及耸立的高楼，无论壮观还是丑陋，人们都想要。虽然里面生活的男女不见得雄壮美丽，或者房屋里面根本没有男女生活，只是空落落地存在着。

贸易带来和平，尽管现实生活中不时发生贸易战，但这种战争和真刀真枪的战争还是有着巨大的区别。在贸易中，商人追求的是获得利益而不是征服，或者征服主要以利益为前提。这为现代社会各国治理提供了非常有利的条件，恰当或者适当地顺应众生赚钱获利的本性，总比教化某种冥顽不化的信仰更有利于统御。在南方画个圆，在北方画个圈，众生趋之若鹜，无中生有，为贸易开辟了大舞台。

贸易带给社会治理的难题也是最大的难题是：一切人道的行为、一切道德的品质全部成为可供买卖的东西。价值及等价交换的原则腐蚀着人性中美好的奉献精神，以及温柔的情感和激情。那些人性中最美的光华是无价的，一旦标上金钱的标签，很可能变得索然无味。当然，如果我们放弃某些敏感和真挚，几斤几两的标价是人类社会最有效的度量衡，我们只需学着哲人知取舍、懂放下即可。当然，这也不是易事。

贸易的好处不一而足，而贸易的坏处也显而易见。我想此时，贸易的最大好处是在互通有无的基础上为人类社会增添活力，解决一些问题，再带来一些问题，同时给某些一到休息日就对人生深陷怀疑、无法自拔的人一个劳作的借口。

贸易走到哪里，金融就走到哪里

在这个时代，怎样定义金融？贸易走到哪里，金融就走到哪里，以服务的形式出现在世界各个角落，不管是意大利还是中国，或者印度或者英国的某个小镇，等等。贸易将世界联系起来，又以文化的形式留存，不管以什么样的形态出现，在交流互鉴中改变着世界的模样，沧海桑田，一代又一代！

无论思想达到怎样的高度，吃饭永远是基本需求，不可改变的基本需求，日复一日。不知道是不是粮食让思想高尚起来，但粮食确实支撑了很多人高尚的思想。这个问题是不能深思的，否则将会有很多暴露。这个时代优秀的作家之一刘震云在《一九四二》中震撼悲悯的描述，暴露得残酷血腥。金融在这个时刻销声匿迹，了无踪迹。金融去了哪里？金融总是追逐金钱的气息，出现与消失都是循着金钱的味道。

一个应该得到肯定的事实，却随时被人们回避着，人们总是挣扎在情与理的沼泽地，矛盾着却也义无反顾地实践着。这也许正是人性的迷人之处，造就了无数生灵，诞生了无数故事。

贸易和万能药以及奇异的关联

尽管人类自封为万物之灵，却一直为自身的不灵困惑不已，包括生命的短暂、认识的局限、战争与疾病、处于变化中的生活状态，以及健康等等，世世代代循环往复，缓慢前行。

我们如何面对突如其来的风雨？我们的感觉发生了哪些变化？生物茁壮生长的盛夏，我们的身体是否也在悄然行动，迎合自然神秘的暗示？我们为何更倾心于某种声音、某种体态或某个环境，激发和被激发之间存在着哪些奇异的关联？

专家或者博士解释或许要用掉上万个词汇，现实中也许只需简单几个字：喜欢或者愿意。这不是医学要解决的问题，医学在这些问题上无能为力。医学在解决人体更精密的地方发挥着作用。当然，在解决问题的同时也制造着事端，甚至反映着基本的人性。

十七世纪下半叶荷兰医生为了赞助荷兰的贸易，把茶叶作为万能药。可见，贸易和医药联姻非当代发明，只不过当代医生拓展了茶叶以外更广阔的空间。时代在进步，人类关乎健康的发明不胜其数，除了药物还有医疗、医保、医药等各种制度，保险公司的各类创新以及各类资本的暗中助力，关乎生命的健康大事有了某种损害健康的端倪。生命宝贵无价却也无力和自然抗衡，不过作为一种商业机制存在，为资金找到出路倒是当下比较现实的选择。

于是我们看到了只有当下才有的故事，就像十七世纪下半叶荷兰医生关于茶叶的处方，投资也可以成为某个时期的万能药，至于是否万能全凭感觉。江湖上相信的人多了，就是万能的，至于有多少好处，极尽想象。既然我们无法讲清楚喜欢或者愿意，又何必怀疑人们趋之若鹜呢？

零售就是零售，没有什么新和旧

经得起忽悠，坦然面对吹牛皮的人，本身既是一种修养，也需要某种程度的定力。

零售就是零售，没有什么新和旧。几千年来，从小商小贩到路边小店以及大型超级市场，现代商业定义的零售业不断自我升级、自我更新，提供安全便利、种类多样的衣食住行用品，越来越便利，越来越多样。

电商以其比较迅速的方式崛起，有它成长的土壤。求新求异的本能、原有大部分零售店铺太差、互联网以及低廉的价格，或者使用者众等等，让电商以新业态的形式出现，冠之以新，宣传大于实际。使用电子设备购买的牙膏属性未变，仅仅是购买途径不同。冷静思考，电商充其量仅仅是零售的一种形态，只不过当下使用者众。

从商业存在看，各种零售业态都有存在的基础，背后是存在各种偏好的人，不是谁取代谁，而是谁比谁更适合谁。只要人还是四肢顶着头离不开吃喝拉撒睡的物种，各种零售业态还是在提升品质上下功夫，让自身存在更长久些为好。

提升品质需要时间，消费转型升级也需要时间。在这个时间范围内，要有布局的考虑，要有适应不同人群不同诉求的考虑。消费者的消费是全方位的，电商很多事干不了或者干不好。电商不是万能的，最好也不要万能，还是给其他形态留下空间的好。绘画还要有留白呢，做生意怎好一枝独秀！

时事轮转，城市太过聚集就会疏散，其实分散居住有利于健康但不利于电商，这是电商未来最大的成本，也考验着电商的存在长度。从现实看，实体店的存在没有那么悲观，消费升级，体验和交流都是存在的基础，那些踏踏实实做实体店的人，一要经得起忽悠，二要自我升级，一定会迎来新的春天。

丝绸之路，华美而又寓意绵长

丝绸之路，这个近乎华美而又寓意绵长的名字，在当代社会激发的联想，如春天蓬勃的生机无限延伸。丝绸之路是交流互鉴的文明之路，畅达宽阔的商旅之路，承载着世界革故鼎新、复兴融合的大梦。

往来不穷谓之通，推而行之谓之通。通达四海的丝绸之路，茶叶、瓷器、丝绸、文学、艺术、哲学等深入到东西方民众日常生活之中，变幻出茶的千百种味道，变幻出文学的千百种形式，诞生出千百种宗教。独立和融合诞生的千百种形态，丰富着人类的生存与认识。

在我浮光掠影般的浏览中，关于丝绸之路的文字记载充满着迷人的味道，不仅从古至今大量的异域风情令人遐想，隐匿其中诸多对世界各种看法的文字更是生趣盎然。

当代社会交通便捷，几乎可以做到梦想到哪里就可以游走到哪里。当然，当代丝绸之路不仅仅是诗人之旅，也是思想者之旅、建设者之旅，同时还为那些既眷恋家乡又心怀世界的人提供了无限可能。比如，不用走出家门，就可以买到华丽的波斯地毯以及阿富汗的青金石和松子等等。丝绸之路，对于各国民众而言，是丰富生活、改变生活的繁荣幸福之路。

贸易将使人类团结在一起

"贸易将使人类团结在一起，并带给那些敢于冒险涉足贸易的人以荣耀。"这句不算古老的认识，在当代社会亦有效。贸易不仅使人类团结在一起，并且让很多人有事可做，将世界各地的物品互通有无，丰富着当代人的生活，也提升着人们对世界的认识。

和平时期的冒险精神以及各种力量在何处释放？

让我们做点生意吧！从南非的钻石到澳大利亚的铁矿石，从日本的烧烤到伊朗的卡巴巴，或者分布于世界各地纷繁多样的物品，实物太过繁杂，也可以引进思想如咨询公司之类，把异国文化背景下诞生的各种制度和管理方法变成金钱，要比引进实物简单许多，至少不用海陆空运输通关之类烦琐的手续，只要若干张幻灯片或者成沓的文本即可，当然需要伴随着几个直立行走语言了得的 Speaker。

贸易是公平的，贸易是在平等主体前提下的利益交换。虽然欺诈、欺骗也是存在的，但整体上从事贸易的人更公平正直。历史沧桑巨变，朝代更迭，贸易却长存不衰，只不过交换的物品斗转星移时有变化，但不变的更多，如围绕基本生活的香料、布匹、食品等长盛不衰，背后的原因很简单：无论社会进化到什么程度，衣食住行的基本需求不会有太大的变化，而且也不会发生什么颠覆性的变化。

人作为直立行走的四肢动物，吃饭走路说话睡觉无论如何也谈不上剧变，少睡一天觉少吃一顿饭都会引起不适。当然，印度魔鬼辣椒的辛辣味道很刺激是事实，伊朗烤肉可以从店商预定很方便也是事实。不管怎样都需要人来亲口品尝，至于从哪个渠道来到餐桌上，以便利为第一参考，当然还有安全还有价格。人就是这样总是陷入既要又要还要的境地难以自拔，成就了某些初来乍到的生意人，以为是在做这个世界上最伟大的创新，或者披上创新的外衣捣乱秩序。

贸易将人类团结在一起，并带给那些敢于冒险涉足贸易的人以荣耀。这句话用在当代需要时间再次检验。谁享有荣耀，谁受到鄙夷，需要时间检验。

贸易及其公平

理解贸易及其公平，比较困难。贸易将世界各地的人联系在一起，在互通有无中彼此相识相知，但未必情感深厚。这个观点很伤感情，但不妨先确定这样的观点。

贸易，互通有无的基础是交换，归根结底是一种交换，附带明确利益的交换。当习惯成为自然，仿佛一切都可以交换，情感利益甚至道德，斤斤计较理所当然，和伦理道德相悖。于是疑问、批判甚至冲突充斥世间，如当下，或者历史上任何时期，贸易太过发达，人们难免会产生疑问，难道一切都可以交换？

凡事标个价，确实伤害感情，但是凡事无价，却也令人无所适从。无法标价的情感，片刻不能离开的空气，阴晴圆缺的时节等等，需要投入无限的时间理解领会，离不开却实在拥有着。就像我们自身的精神魂魄，我们不知道它们价值几何，却无时无刻不统御着我们，无论深思或者浅薄，都现实存在着，平衡着贸易衍生的弊端。

我们理解的贸易公平，也许是在理解交易的公平，这样的客观存在，只要需要并且付得起，无论怎样的价格都是公平的，在满足的那一刻，无所谓价格，无所谓贸易。贸易为需求和欲望服务，需求和欲望在精神的庇荫下存在，以千百种形态存在，不计其数。

贸易开阔了人类的视野，让参与其中的人共荣共损。规则约定俗成，少了监督或者不需要监督，时间平衡着盈亏得失，推动发展，只要那个神秘的主宰不动雷霆之怒。

贸易事务类似军事行动

贸易事务，现实看，不需要繁文缛节。一项和牟利赚钱相关的行当如果陷入繁文缛节，被文本绑架，离成功就会越来越远。这类似于战场上的当机立断，某些时刻当断则断，来不得半点犹豫，就像战场不给士兵犹豫的机会，决断完全靠平时经验和力量的积累。

从事贸易的人必须每天采取行动，并且是一连串相互衔接的行动，各种大小决定由不得人反复思考，谈不上深思熟虑，主要靠直觉。现实中人们总是把制造各种器具物品的人称为工匠，其实一个成功的贸易商绝不逊于工匠，除了要具备工匠的专业专注以及坚持外，还必须具备直觉和洞察力。好的贸易商不仅仅是商人，还是出色的社会活动家，洞察社会发展脉络，绝不是一件简单的事。

看似简单的事不是人人可为，背后深藏玄机，这个玄机是天赋，从事贸易的天赋。人们比较容易接受艺术家、诗人或者某类工匠的天赋才情，却总是忽略经营贸易也需要天赋，或者是更重要的天赋。当然，我们不能把那些日常司空见惯的小事也纳入贸易的行列，即使从事一些小的贸易活动，如手串饰物之类，也不是随随便便就能成功的。类似的事例还有很多，不逐一列举，思考上的举一反三有助于提高认识，也有利于在实践的层面郑重行事，避免草率。

贸易是一项实践活动，每一天的行动都类似军事行动，作战能力决定着目标成败，有能力也要有耐心。

做实体要关注零售业，搞投资更要关注零售业

未来三十年发生的诸多变化中，零售业前景广阔。对房子倾情无限的一代人，逐渐发现由砖瓦灰沙石堆砌起来的空间严重消耗着精力，并不能给人注入即时的能量和活力，某些时刻甚至不如一碗热汤面，令人周身发热蒸腾。民以食为天以及食不厌精等古训逐渐回归被各种信息霸占的头脑。做实体要关注零售业，搞投资更要关注零售业。

对于深陷投资不能自拔的各类投资者，需要梳理一下繁杂的投资策略了。大道至简，简化一切消耗时间和精力的图表分析和各种不靠谱的预测，远离不了解以及一知半解的伪创新，人类尽管梦想无限每天还是离不开吃喝拉撒睡，重复再重复无人能免，吃了又吃，说了又说，高尚和低俗某些时刻都离不开一碗粥。无论互联网和各类平台多么受宠，也没有解决每个人亲自穿衣吃饭的问题，况且当代人需求与时俱进，眼见为实，实体零售业态更符合人们的消费习惯。况且这是本源，不过是经过几年互联网插足转移了人们的视线。

简单的东西不见得容易，零售业转型面临的大问题是将耳熟能详的问题做到供需有度，具有足够恒久的汇聚人气并且保持盈利。所有涉及盈利的问题都不温馨迷人，却可以让人变得理智有

序。灵活的数据应用以及人性化的供给和服务，背后繁杂持续的物流都是必不可少的。如果人们接受科学家的缜密与坚持，也一定要对持续做零售的商人给予足够的尊重。冷静与坚持以及经久不衰的热情，对于任何行当都必不可少。

对零售的理解也许就是对生活的理解，做了那么多事不也就是为了填饱肚子吗？零售以及相关的投资研究到一日三餐吃饭睡觉的这个水平，应该算是一种到位，太多无益。到超市购物发现已经发生了很大变化。

生活是最具权威的

当代，经济学家的宏伟抱负也许就是创造一种理论，解释当今世界的经济及其变化，并据此开出济世良方。经济学家面对当今社会发展情况之复杂，既雄心勃勃又自信满满，断言市场没有失灵，是市场理论失灵了。也许只有把理论变成教条的经济学家，才会发出如此高论。

生活是最具权威的，它迫使人们对实际情况提出新观点，促使人类在新的领域进行探索。每个时代的经济学家，都是时代的客观观察者，或者是伟大的实践者。理论从来是现实的反映，不是教条，更不是类似文字游戏般的纸上谈兵。

生活的权威还在于鲜活、生动以及种种意外。比如对于延迟退休，我亲密的朋友很认真地说：对于穷苦出身的孩子，延迟退休可以赢得时间大器晚成。再比如放开二胎政策，从更广阔的视野看，有助于古老国家的伟大复兴。历史上看，和亲可以解决帝国之间的摩擦，联姻是民间稳固关系的润滑剂。和亲协调或者类协调，不仅可以大大降低人类战争的可能性，世界大同的梦想好像也不那么遥远了。如果仅仅猜测谁生二胎，或者二胎带来的那点GDP，或者言必称的人口老龄化等等，显然是思想局促了些。

把严肃的问题娱乐化，符合某些时尚，说明时尚存在的理由不仅充分，而且必要。如同谈笑间读哲学，非常了得！

花布，承载着钢筋混凝土的分量

变化的季节以及天气，不能辜负的好时光！清冷异常，穿上毛衣仍然需要温暖，淅淅沥沥，有节奏的单调，仿佛这个世界上存在很多事物。

身体需要安慰，对温暖的需要，提醒着感官作为人的第一需求，无法超越，至少在生这个层次上永远位居第一。

雨让街道变得宽阔，树木葱茏安详静默。不带雨具安然行走的英雄路人，心中一定澎湃着少有的激情，激发想象和灵感。也许没有我想象的那么复杂，为了生活中的鸡毛蒜皮，在雨中消解也很有可能。

灯火通明顾客寥寥的商场，表明雨阻挡了人们购物的热情。橱柜中展示的丝巾昂贵得惊人，一块花布，或者比较著名的花布，无论如何也值不了那么多。如果想想：这块花布承载着钢筋混凝土的分量，还承载着模特的身价以及各种运输车辆的费用等等，理解起来就没有那么难，购买昂贵的花布也可能是一种了不起的义举。现代人总是不知不觉中了解一些定价常识，其实了解多了未必是好事，犹如把神拉下神坛，总有几分莫名的失落。买还是不买呢，一块价格不菲的花布？

类似的还有匪夷所思的饰品，如果坚持不懈地昂贵下去，给消费者的判断力一个恒久的坚持，昂贵本身并没有什么大不了。

遗憾的是折扣，相当低的折扣，是向买者的示好还是身价可疑？那些服装呢？服装是一种自我表态，传递着自我，塑造着自我形象。也许裁缝们没有想这么多，做成衣服就是成功，所以到处陈列着远看美丽宜人、近观粗制滥造的服装，浪费着无数的布匹，背后是棉花，再背后是人们付出的辛勤劳动。

市场及市场主义者

市场，既神秘莫测又遵循某种规律。

我们不知道，谁深谙市场主义精髓。只是发现，无论成功还是不成功，市场上的竞争者都在承受压力，成功者的压力更大。因为保持成功如同守住基业，竞争以及侵蚀无孔不入，就连最成功的人也必须为生存而奋斗。

卷入市场主义大潮，与市场朝夕相处，市场主义者取得空前胜利，夜以继日，为市场奔忙。这个时代出现的网购、繁华与忙碌，热闹非凡，人们空前投入，甚至对待情人都没有如此持续地倾心竭力。当然，网购带来的乐趣一定超越了情人，否则怎么会出现"双十一"这个具有时代特色和绝对首要意味的词汇！

人们具有各种不同的价值观，各种价值观也可能相互冲突，但在市场认同这件事上，高度趋同。在那些狂热的市场主义者眼中，世间万物什么都不如市场好。从东方到西方，从南到北，市场主义价值观从来没有被怀疑过。那些倾毕生之力著书立说，胸怀济世抱负的思想家、哲学家或者政治家，均没有市场追随者众。

但是，社会价值和市场价值之间，道德和超道德之间，谁在掌控着奇妙的平衡？斯密"公正的旁观者"想要决断什么？是发展吗？是科学发展吗？疑问太多，会影响睡眠！

那些浪漫主义的商人

文化，文化是人类精神在日常生活中的具体体现。不管怎样，任何时代的人，都承载着文化的衣钵，即使野蛮，也可以理解为文化的暂时退场。

但是，只有文化凝聚成某种代表性的艺术形式时，文化才被固定下来。那些不同表现形式的艺术品，不仅是见证世界历史的实物，也表达着不同时代的人类精神。俄罗斯风景画家描绘深邃浓郁的森林，流淌的河流以及不同阶层的男人和女人，是生活在那片土地上的人们的世代感受，无论怎样改朝换代，都不会改变基本风貌。

而生活中的盆盆罐罐呢？这个有趣的问题可以在临街的店铺找到答案。

那些浪漫主义的商人，或者对自由贸易充满热爱的小店主，不知道他们是否熟知斯密，但他们热切而诚恳的贸易热情，把全世界各地奇异纷呈的物品集聚起来，带给人们身心愉悦，激发人们热忱地生活。

人们也许无意识地发现，一个自由的自我徜徉在生的海洋中，主观上的自由与客观上的创新联姻，达到了高度的统一。

化妆品，美化和装饰从来没有停止过

对自身形象的追逐由来已久。从流传下来的各种史料中可以发现，美化外貌以及层出不穷的装饰品是各个时代日常生活的一部分，虽然时代风尚在不停地变化，但美化和装饰从来没有停止过。

当代人很幸运，可以通过名目繁多的化妆品美化容貌，甚至可以动手术做牵引，把容貌变得尽量使自己满意，至于是否伤害了父母的原创或者在情感上怠慢父母，变得不那么重要了。

无论实体店还是网络，化妆品组成了很大的门类。从改变肤色的各种霜剂到涂染头发的各种试剂，令人眼花缭乱，在追求各种虚饰的手段上，没有哪个行当如此不厌其烦。经济学家可能无暇顾及这个行当，或者这个行当凌乱而深奥。依我看，讲得清宏观走势的经济学家，不见得搞得懂繁复的化妆品及化妆术，尽管化妆品也占据着经济发展的一个门类。那些持悲观论调的经济学家，在休息日看看化妆品及其购买人流，说不定会转变经济预期。

理想的容貌和理想的头发颜色也许是存在的，但人们对容貌和颜色的不确定性追求，使这个行业永远处于变动中。涂抹各种部位的霜膏名目繁多，仅仅是围绕眼睛周边所做美化的液体就不计其数，针对眼睑、眼角、眼袋以及眼皮的膏剂精美小巧。据说化妆品对皮肤有害，如果贴上环保绿色的标签呢？这个时代，无法阻挡的事情很多，包括无法阻挡女人把她们的脸涂抹成各种不自然的形状和颜色。

是男人的鼓励还是女人的自觉自愿？也许还有另外的原因：追求美的天性以及对美的理解千差万别。如此，形成时代特色。

创新与模仿

创新，弥漫在时代的每一个角落，彰显着社会转型的需要，也表达着众生对变化的渴望。但是创新是如此之难，从人类渺小的自身看，我们进化千百万年还是这个样子，四肢支撑着头脑行走思考，做梦圆梦。尽管雄心万丈却经不起微小病痛的折磨。在创新这个问题上思虑太多，可能诱发创新忧郁症。换个角度，对待创新完全可以采取豁达的态度，商人的做法值得借鉴。

经世致用，商人最理智。

某个化妆品大王曾经言之凿凿地表示：抄袭别人所有的好东西。美国著名银行家摩根也说过：所有的规矩就是没规矩。银行家大多比较低调谦虚，至少在表现上基本是这个态度，谦虚谨慎仿佛做着世界上最不起眼的买卖。这样的态度既是自我保护，也是行业使然。银行业的产品很容易模仿，产品同质性无专利，只有依靠持续不断的服务寻求差异，最后在服务上胜出。银行作为服务业，部分是产品特性使然。论述服务涉及太多的人性，简单概括难。谈谈模仿的好处要容易得多。

模仿是对付竞争对手最好的武器，在别人成功的基础上亦步亦趋似乎不太体面，生意经以利益衡量，其他可略。创新难模仿易主要基于以下特点：所有的创新都是思想的物化，真正的创新需要一流的头脑和思想。但是任何时代一流的人物都很稀缺，天赋永远是第一位的，无论后天怎样尽力苦学培训，基本枉然。

模仿可以弥补这个缺憾。甘于二，不争一，通过模仿创新务实落地是个不错的选择。商业上到处可见成功的模仿，从实际的角度看，模仿永远不会犯错，只要竞争者推出一个成功的产品，模仿者在模仿的基础上改进做得更好，甚至可以把一流产品葬送，也不是不可能。

当代社会，也许以前社会也存在，模仿任何人，抄袭任何东西，比比皆是，并且安然存在着。说来我们人类自身的大部分生活也在模仿和借鉴中度过。模仿带来的变化让普罗大众可以花费很少得到较多，也是一种进步吧。现实残酷了些，但是残酷的现实依然是现实，还是接受了吧。

长期向好，短期珍重！

当金融江湖的各种指数上蹿下跳，不确定性教育着普通人的风险观：只有变化是恒定的，稳定以及恒久作为伟大的追求是梦想，是人类世世代代的梦想。历史地看，人类筑梦也碎梦，循环往复。

但是循环往复却并非同一重复。在一个不可逆的历史过程中，和时间有关也和时间无关，时间并不负责留存彼时彼刻，也无意留存此时此刻，甚至所谓的货币时间价值也充满了人为操纵的痕迹，是人们思想甚至愿望的表达，当然包括希望和失望。

这个时代的人也许普遍患病：金融饥渴症。对各种投资充满迷恋，对收益率情有独钟，对风险视而不见，对生活不现实的期待以及无休无止的虚荣，而最需要情感滋养的地方，却冷静现实，如财务专员，斤斤两两折算成各种财务数字。

如何理解资本市场以及世界各地的各种市场？在这个喧嚣的世界上，真理和谬误一直相伴而行，谬误占上风时谬误就是胜利者，不过是以人们相反的预期存在。折腾够了恢复平静酝酿下一次的荒唐或者辉煌，是常态亦是常情。只要这个世界依然存在，只要世界各地的领导者一直在坚定人们的信心，各种市场的使命尚未完成，长期向好，短期珍重。

坚定信心从无到有

连任 IMF 总裁的拉加德表示：将继续和成员国一起通过国际

合作确保全球经济和金融稳定。

经济和金融，这两个翻云覆雨兴风作浪的领域，相互牵扯绞缠可谓久已，无论是过去的一年，还是未来的一年以至若干年都不会太平静。资本及资本主义在不同意识形态的国家，几乎取得了同样的胜利，而不同意识形态主导的国家主权仍然界限分明，也应该界限分明。谁来协调国家主权与利益？拉加德说现在是处于需要全球合作的时刻。但是这个合作本身充满了不确定性。

首先，在财富创造方面，资本是逐利的，并不考虑公共利益以及民生福祉，民生福祉是政府考虑的事。经济的稳定与繁荣依赖商业活动，而商业活动是由利润驱动的。市场参与者的竞争无论使用多么冠冕堂皇的词汇，都摆脱不了竞争的残酷。关于这一点，只需看看全球资本市场的血雨腥风就明白了。

其次，关于预期与管理预期，政府或者公共机构可以大有所为。人类是没有未来的，或者人类未来充满光明带给人们的感觉天差地别。作为个体的人都希望一生之征途充满光明，良好的预期可以纠正无数偏见，即使充满真理的偏见也会被人们的乐观情绪淹没。世界需要一个领袖，心中需要一个神圣，无非是坚定生活的信心，坚定信心可以从无到有。

第三，在价值及价值观方面的问题及其干扰。价值是简单的，经济价值无非表达了交易者为了某件东西愿意付出的货币数额，但是价值观要出来干扰，不喜欢或者看不上，不理解或者时过境迁，都会阻挠价值的实现。从这个角度理解管理预期并非易事。

看到一句话想了三点，忘记了吃药，又多虑了。大千世界，众生纷纭，人们对资本的热情不减，关乎经济和金融的江湖就永远不会平静，永远为这个现实的世界演绎各种故事，忽而喧嚣异常，忽而寂寥无声。

那个神秘的主宰以轮回相赠

想象力也叫想入非非？今天，无疑是个想入非非的极好日子。

明媚的阳光从早到晚，仿佛昔日重来，我们出生的若干年内每一个春天的好感觉，都来自澄澈的天空和明媚的阳光，清晨的树影斑驳以及傍晚的晚霞春色，还有春天泥土的气息，还有春蕾绽放娇艳欲滴！还有很多的美丽无言——

单纯是美好的，彻底的单纯之爱没有原因亦没有未来，因为单纯不需要未来，只活在现在。被现实主义侵染太久的灵魂无法容忍没有追求的生活，就像一个浪漫主义者总是嘲笑精于算计。他们存在着，都被阳光照耀，都感受着春天的花香鸟语，都在探试生命的真谛，行走在同一条道路上却彼此侧目。我想，他们都是单纯的，生之漫漫征程，使命不同，感受互补，那个神秘的主宰以轮回相赠。

像钙一样，支撑起生命的硬度

钙，人体必不可少的化学元素。由于具有颇为活泼的化学活动性，广泛存在于人体的所有细胞。现代医学已经证明：钙是许多生化过程及生理过程的触发器，参与生命进化及生命运动的全过程，甚至释放激素这类比较神秘的行动，钙也积极参与其中，对生命的影响巨大。

理想信念是共产党人精神上的钙，足见理想信念对事业的极端重要性。当然，这也是一个比较复杂的问题，人们的价值观、世界观和生活态度受多方面的影响，最大的制约也许就是生命的限度，或者大千世界无尽的色彩和诱惑。

是积极进取还是消极避世？恪守勤俭美德还是奢华享受？是追求高尚还是蜷缩于小时代、舔舐曾经的心灵伤痕？这决定着特定时代人们的生活品质，这种品质包括如何处理物质和精神的关系。

在人类无尽的信仰追求中，一以贯之的理想信念就像屹立不倒的树，或者坚实的房屋，不仅令人心生敬仰，也是人的精神根据地，让人们面对任何风雨罹难时，保持坚定如一的品格。像钙一样，将活泼的个性渗透于周身，支撑起生命的硬度。

时间的随从

喧嚣过后是沉寂。当白天成为过往，夜晚来临，忧思难忘的感觉悄然而至。时间中发生的各种故事，总有些沉淀下来，如影随形。当它们成为文字的时候，附带的各种思想感情也保留下来，成为时间的一部分。

　　每个夜晚，当我把那些深受触动的感觉变成文字时，一种如释重负之感油然而生。虽然思绪断断续续，有深有浅，已往者不可复，将这些瞬间所思甚至有些偏颇的想法及时记录下来，是为了纪念，也是为了在以后合适的时间继续思考。繁忙的工作留下了太多的来不及，亦属必然。

　　这些提示性的文字，记录着此时，也启发着彼刻。未来，当再次与它们相遇时，希望触动新感觉。时间的随从，是对时间最大的敬意，我们都是时间的孩子。

讨论时间不如回避

人什么时候超脱身体的局限？把一切交给热议的人工智能，甚至日常的琐事也不用亲力亲为，并且还能长存不息，现代科技带来的幻想是否会改变时间中的人？各种思虑带来的虚妄也许盛极一时，只要生命还是肉身之躯，时间就是生命，生命就是时间存在的过程，任谁也改变不了。

对于金钱特别关注的人，时间就是金钱（Time is money）；有历史感的人认为时间是变化，古代的诗人曾经充满伤感地写出"年年岁岁花相似，岁岁年年人不同"的诗句。在孔夫子所言"逝者如斯夫，不舍昼夜"的变化中，人的无数梦想与期待甚至爱，都一去不返，在某个时刻，万事皆休，人的变化在诗人的眼中更悲剧，曾经存在的人类都哪儿去了？

讨论时间不如回避，就像我们回避这个世界上的很多事。被探究探寻以及好奇引领的思想，在某些问题上必须有所节制，知其不可为而安之若素，关键是态度好，顺其自然的态度可以应对很多事，尤其应对那些热血偾张的互联网新贵，不遗余力强调效率，喝粥的人对着移动设备在网络挂单，送粥人如十万火急般奔向准备喝粥的那个人，等等。送粥方式的改变是进步吗？喝粥的急切程度真的到了如奔跑救命般的程度吗？各种米面仍然来源于大地，人也要亲口把这些东西纳入腹中，而中间的过程却被分解得异常复杂，把平静的时间瓜分成若干如流水线般不间断的行动。科技推波助澜，却改变不了时间的存在方式。时间，仍然以它自己的节奏，嘀嘀嗒嗒，不紧不慢。

生活在时间中的人，或者由人体现的时间，千百年来顺序前行。生活在时间中的人，从出生到离去，无论怎样讲求效率或者根本不顾效率，吃喝之类的需求总是一副老样子，饭要一口一口吃，话要一句一句讲，效率可以解决很多问题，送粥的快慢即使用互联网 APP 也不见得是进步，更谈不上是值得称道的技术应用。

生活的好感觉来源于浑然不觉，拥有着，感受着，却也无须抱定不放的态度，感觉美好是最大的富有成效。关于时间的慨叹或者知道了时间的限度强调效率，都需要冷静下来思考，生活在时间中的人，讨论时间不如回避。

如果时间有痕

如果时间有痕，一定是那些精力充沛的人物留下的印迹，尽管他们太忙了，在有限的生命里成就太多，甚至略显潦草。但是在一些关键的领域超越芸芸众生，在艰难险阻中为时代树碑立传。

首先是文化。这个深入骨髓的文化究竟是什么，随着认识的深化更加难以概括了。每个时代都有一些主流的认识，成就着特定时代的人，成就着他们的作为，这是不是文化呢？文化没有强权，但文化却潜移默化地影响着那些时代先锋，朝着某个方向前行，直到形成自己的特色。

其次是信仰。我们不要误解信仰，也不要把信仰看得高不可攀。对于跋涉在生之征途上的众生，某些小目标可能比大信仰更切中实际，填饱肚子与混口饭吃，都是信仰。如果我们承认信仰与信仰之间存在差距，也许就不那么愤世嫉俗了，甚至可以做到心怀悲悯接受某些不堪。但是，为时代做出贡献的人们一定坚信着某种信仰，至死不渝，这也正是时代的优异之处。

第三，其实任何其他因素都可以放在第三点，比如经济，比如政治，比如经济和政治联姻，情感插足理智插手，等等。合纵连横，令人类社会万般丰富多彩，无法穷尽。

第四，"少则得，多则惑"，还是先人精炼，就此为止。

生活在时间中的人

众生芸芸，说了又说。

我们的判断力和感觉受到环境的制约、视野的局限，我们的感觉随着年龄的增长和理解力的增强而变化，但这些都没有影响我们的表达。互联网几乎为所有人开辟了表达窗口，达成共识几乎成为一件非常困难的事。人们总是基于自身的认识表达对事物的看法，无论什么事都有自己的见解，即使见解与事实之间存在十万八千里的距离，也阻挡不了人们表达的欲望。

思想之间的差异，表达带来的分歧，需要花费无数的时间理解沟通。当耐心和等待无法化解某些冲突时，于是求同存异，于是妥协，于是在分歧与冲突中继续前行。

我们每个人都是从渺小的自身出发对周围的人和事进行判断和评价，尽管信息技术让信息迅速传播，提供了诸多的理解角度，我们还是无法冲破自身的藩篱，无法祛除某些根深蒂固的偏见。互联网为我们提供了无比便捷的工具，却没有解决亟待解决的共识问题，在有些方面好像认识的差距越来越大了。位置和角度、利益和情感束缚着认识，价值及价值观也许是个根本问题。

时代需要一个伟人。人性中依赖以及依附的天性如此深重，犹如爱，犹如恨，深深根植于任何时代人们的心中。也许我们真的需要这样一个人，为人们指出生存的方向，给人们的生活带来切实的好处以及改变，给时代和生活在这个时代的人以安全感和稳定的存在状态。

时代也需要独特的个体，迷醉于自身小我，要么自恃过高，要么自卑自轻，或者形体与思想脱离游走于世，被各种事物牵引，将自己遗忘。

特定的时间形成特定的时代。人们在特定的环境中抒写着迷一样的生存轨迹，在平衡与失衡之间，上演着永远无法看透的人生活剧。

人的宿命与历史的天命

生活在时间中的人，生活在具体时代中的人，日常生活的景象变化也恒定。围绕吃喝拉撒睡不尽地循环往复，精神在暗中不停地发号施令，时而不知不觉，偶尔骤然而至。

某种生活状态占据上风，时代风尚使然，各种因素都在发挥作用。人的辨识能力远没有达到人们自以为的那样，尽管科学技术在人们的生活中发挥着前所未有的作用，但是应用能力的提升并不等于生活态度的提升，也不意味着借助科技手段可以改掉蛰居在身体内的坏毛病。有些遗憾的是，好习惯和坏毛病也许同步行进，一时半会儿解决不掉。

受到视野的局限，任何人可能都避免不了教条地理解经典，仿佛要把时代拉回某个历史曾经存在的时期，大力倡导古风古韵。

殊不知生活在那个时代的人也是纷争迭起，各有各的烦恼愤怒，愤世嫉俗和安守宁静只是人的精神状态使然，思虑过多无益。某个学者自身的局限在于，花着国家的供奉研究自己的学问，教条地理解经典，把经典看作一切思想、行动的典范，其实这不过是特定时代作为人追求的目标或者目标之一。

当然，这不是学者的过错，不是一个人的过错。人们很难同时看到路两边的风景。同样，一代人有一代人的认识和活法，不是其他百态不存在，而是不经意地忽略或者来不及，或者当时只认定一种人生目的，其他一切被抛至一边。这是人的宿命，历史的天命。

忠诚是个好品质

忠诚首先是对自己的肯定，只有那些对自己坚信无比的人，才更乐于顺从和服从。在时间的日积月累过程中，忠诚的人由于坚持和坚守，不仅得到岁月的眷顾，也证明着选择的正确。忠诚在教科书中找不到，却可以在很多历史悠长的伟大组织中发掘，那些沉默淡然却始终如一的坚守者，耐得住寂寞，守得住繁华，不紧不慢地度过每一天。

世界只有一个主宰，其余是随从，随时听命执行的随从。

一个随从可以有丰富的情感，也可以单纯如赤子，但不要忘记你只是个随从。要理解这一点要和许多天性抗衡，要花费很多时间，甚至终其一生。最好是换个角度，即假如我们不是随从。一个伟大的企业家曾经直白地评价不忠诚：他们不是当家的，不会明白当家的想法。他们总是这么幼稚，无法明白这个社会的现实，也无法明白所谓生存就是一种不得已而为之的无奈状态，世界上哪有这么完美的事情？

忠诚是不排斥才华的，也不排斥特立独行的思想。才华和思想是为组织和个人的发展服务的，而不是起阻碍作用。忠诚的大敌是心思游移，飘忽不定。世间百艺中，也许只有艺术家可以特立独行，变幻无常，但是艺术家要想把艺术才华变成现实生产力，也得遵循社会的一般规则。在这个问题上还是我们这样的大国民间表述更彻底：心往一处想，劲往一处使，看到的是团结，背后的是忠诚。当然，理解离做到还很远，毕竟是一种进步。

最伟大的幸福是顺从

劳动——适度劳动最快乐。这种快乐的感觉和专注相关，和单纯相伴。当我们专注单纯的劳动时，无论体力还是脑力，都是快乐的，当然也不能太过高估劳动的快乐，挥汗如雨种庄稼谈不上快乐，如果不是秋天随之而来的果实，种庄稼的快乐可能比不上树荫下乘凉、谈天说地更快乐。倡导劳动说明人们对劳动的认识存在巨大的分歧。在经济学成为显学的当代，精于计算的韦伯主义者更喜欢不劳而获？不能妄下结论，观者自行斟酌吧。

幸福——最伟大的幸福是顺从。顺从意味着内心的接受，或者深入骨髓的爱。低眉俯首，把爱看得很高，把自己降得很低，心甘情愿，千百种温柔，身体和精神合力，共谋享受无尽的沉醉，直至进入梦境。

痛苦——任何生理的不适都可以引起痛苦。痛苦是无法克服的，时间是最好的疗痛剂。把痛苦变成快乐需要非同寻常的自强之术，至于强大到什么程度，不太清楚。

委婉——除了谈情说爱，我们不需要委婉。由于生命的限度，无论政务还是商务，直接是最好的表现形式。情感需要委婉，犹如顾恺之食甘蔗，渐至佳境。

对立的观点及其转变

我们总是从渺小的自身看待问题，不可避免地陷入自我的天地。

无论什么问题，只要一提出来，就会有各种评价观点。两种对立的观点更是针锋相对：这边说"我们认为"，那边也说"我们认为"，都以我们的名义标榜自己，并且痛陈观点的正确。"如果说得绝对一点，这种评价方式等于给人翻手为云、覆手为雨的机会。"

但是人这般物种就是有这个能力，动物世界基本不做此等无为的评价和争论，直接采取暴力的方式了结，认为什么不重要，谁最后胜出重要，手段为目的服务，首先要有足够的力量，哪怕是野蛮的力量。至于是否长久，人们一旦投入到行动中，就基本不再考虑长久这类问题了。

政治上的左派或者右派，经济发展史上的乐观和悲观，以及当下资本市场上的多方和空方等，作为对立面长期存在着。谁也说服不了谁，倒也并不是有多么水火不容。

除了少数的坚定不移者，大部分还是可以转化或者分化的，认识的局限以及认识的改变，身在其中的人会自然调整。彼此相互倾轧立盟又背叛当属正常；面对迅速的变化，三番五次地改变立场也属正常。如此，才看出耐力和定力的重要。当然，即使耐力和定力也要随时代的风云际会，顺势调整，求得动态平衡，而且是相对的。

其实，人的认识本可以简单天真，不必事事复杂多变。作为时间长河中转瞬即逝的一个波浪或者一滴水，顺势而为更舒畅。所以没有必要对随波逐流采取批评的态度，只是随波逐流掌握起来也非易事。

不要忽视乡下人

在自然界，即使在最高级的动物种类当中，一个个体对另外一个个体谈不上举足轻重，除非它们之间把对方看作亲密无间的朋友或者非常强大的敌人。

同样，社会层面，个人也并不是非得加入某个圈子，必须与这些人交往不可，即使权贵或者名流。在包装与宣传盛行的社会中，某些名人或者某类具有权威的人，名不副实或者徒有虚名者大有人在，在这一点上必须有清醒的认识。

同样必须保持清醒认识的还有：不要忽视乡下人，那些仅仅接受大自然教化的纯朴心灵，也许常年在田间地头劳作，礼仪欠缺讲话直白，但说的都是人间常理，媒体上泛滥的各种道理基本都是从写字间流出的，远离常识却穿着看起来华美的外衣，其实真正的华美隐藏在质朴中。

生活在城市中的人充满各种技巧，并且随着时代变迁衍生繁衍。据传在荷马生活的时代，拦路打劫是司空见惯的事，人们可以礼貌地且毫无顾忌地向陌生人咨询有关抢劫的要领，中国古代也有类似的时期。当代，世界已经一体化了，公然讨论抢劫的场面已经一去不返，但却改头换面以另一种形式出现，比如被各种话术包装过的销售、甜言蜜语、套取钱财，以及各种动机可疑的私募和P2P等等。

在思考和感受此类问题时，心情不太愉快，甚至比不上在阳光下挥汗如雨除草种地时的畅快淋漓，如此的问题还是放下好。

时间是最好的平衡器，涤荡着历史的浩渺烟尘

时间是最好的平衡器，涤荡着历史的浩渺烟尘。

每个时代，人们的关注点以及形成的时代气息，决定着每代人的生活风尚，也决定着人们的创作及工作。人们无法逃离时代的藩篱，顺其自然或者鼎立抗争，是人们自由选择的生存之道，也是那个神秘主宰乐意看到的行为。他有时喜欢人们顺从，有时喜欢人们抗争。

困难、艰苦和阻力是他不经意的安排，促进人们的灵魂不断进化，也不断改变着世界的面貌。他多数时候安然，偶尔动怒，雷霆之怒！

秋天来临，雾霭深重，北京深陷雾霭浓浓之中，伴随着假期来临，人们缓慢地穿梭往来，把宽阔的道路变窄、变小，变得让人们积聚抱怨，尽管道路并没有让人们不停地拥入，北京也并没有向全国召唤：到首都来！

而人们还是来了，涌动不息！时间的洪流以及空间的博大，人的尊贵与卑微、勇敢与怯懦、执着与散漫也许不算什么，真的不算什么，但是人们认真地活着，不计生命之短暂，不计时间之漫长，安之若素，的确值得人们自我欣赏与愉悦。

当然，人们的思考还有很多，很多，很多！

普遍舆论都有些偏激

"每个世纪的普遍舆论都有些偏激，这是不变的规律。"此言不谬。

当媒体指向一个又一个热点问题，然后沉寂消失无影无踪，时刻证明着人类健忘的本性，令人惊异。从这个现象出发我们也许会得出一个结论：喜新厌旧的本性似乎永无止境。如果稍微缓和一下情绪，喜新厌旧也许反映着时代的风向，即社会普遍繁荣带来的新问题。

人们不必为填饱肚子挖空心思了。中外古今，历史上曾经出现的饥馑甚至发生过人吃人的惨剧，通过各种可以查询的文字，显示这样的时代并非久远，即使在当代地球上的某个角落，某种极端情况出现同类相残饱腹充饥的事也可能存在，人类身上残留的野蛮天性由于物质的极大繁荣被隐藏了，或者文明暂时压倒了野蛮。当代社会发明的饮食零售业极大推动了社会进步，表面上看是食品增加了，背后反映着社会的稳定繁荣。

也正因为如此，节制饮食成为时尚。人们用于吃东西的时间在减少，用于讲话的时间却在增加，并且令人难以想象地增加。凡事都要曝光，评论无数道理成堆，发表着不仅和常理有段距离，永远也达不到真理的指导和评论。或许指导和评论本不重要，重要的在于表达，而不在于表达的内容，说了什么并不重要，关键在于说话本身。

那些普遍舆论满足着人们偏激的情绪，为修炼日常的温和做准备。

转瞬即逝或永久存在

时代变迁带来的新感觉，就像秋天来临，有清爽也有凉意。人们怎样对待转瞬即逝的感觉以及永久存在的某些记忆？遗忘或者强化，借助各种表达形式，记录着时代，记录着属于时代的感觉。

由于要做的事情太多，在宏大与细微之间，在理想和现实之间，在变化和恒定之间，人们一边忙于不断派生的各种公务，一边关注着生活中的各种变化。时代的匆匆脚步几乎由不得深入思考，一个观点尚未懂得，另一个观点已经诞生。人们在接受中努力理解着或者任由想象发挥，从不同的偏见和狭隘的自我出发，解释着时代现象，自以为理解了，更多时候是误解和误会阻断着理解，转瞬即逝，了无痕迹。

但是，更多的生机勃勃和丰富多彩让误解变得美丽，如同透过迷雾看到的花朵，依然是花朵，依然美丽异常新鲜宜人，散发着无可阻挡的鲜艳和活力，展现着旺盛和新奇的生命力。人们离开家乡或者回到故里，迁移，持续不断地迁移，就像花粉在空中飘浮，寻找着适宜自己的栖息地。

责备少一点或者换成赞美。属于时代特征的终究被时代记住，变动不居或者始终如一都是品格。一个人的远途带来的遐思无限，被梦想牵引的人四海为家，无所畏惧，或者他的思想中从来没有如此的概念，让转瞬即逝的歌声成为永久存在是他的使命，也是他的乐趣。他感受的更多，具体是什么，我不知道。

时间的随从，有太多的主张

时钟嘀嘀嗒嗒，时间不紧不慢。

人是时间的随从，却有太多的主张。金融街上空的云朵随风飘移，而楼宇里的思想却离不开投资生利。一段一段的讲话以及一条一条的制度时刻约束着创新的奇思妙想，也时刻催生着弯道超车的技艺。那些灵活强健或者不怎么强健却也一刻不休的个体，一面试图相互拥抱，一面试图彼此伤害，带来生机和活力，也带来烦乱。

货币计量着时间，时间承载着万物。凡事都要标个价，也许是时代的进步，但是这样的进步有时会伤害感情。时间的随从既有喜怒哀乐，也有悲欢离合，见过太多的风景，连他自己都是时间的一部分，如何定价是个难题。

但是另一方面，没有价格的市场无法维系，没有价格的交易犹如一份没有条件的契约，纯粹是一种虚幻，即使慈善也不能没有货币，所以还是定个价吧，有总比没有强。这是不是可以解释某些价格为何很随意？定价的过程简单也复杂，如果厌倦了条理清晰逻辑严密的分析，这个观点可以凑合着用一段时间。

贫瘠的土地需要殷勤侍弄，肥沃的土地需要严加看守。我是时间的随从，恪尽职守，你也是，虽然你更关注火锅以及烟酒糖茶，更热爱生活！

历史是由具体的人塑造的

虽然历史不可逆转但可以变化万千。逝去的一切可以重生，重生于一代又一代人的思想观念中，通过文字、戏剧以及对时间抱着极端认真态度的人，塑造着各种各样的历史，茫茫无际，证明着人类的存在，或残酷或幸福，没完没了，无始无终。只是生活在时间中的人，循环往复生生息息，不停地从头再来。

生育是大事，始于婚姻。负责传宗接代的婚姻除了门第，健康是首要，强健的身体依赖于获得充足营养的能力，胃口要好运动充足，等等。当代人对婚姻的考量基本以拥有砖瓦灰沙石的数量计，其他一切退居其次。从生物意义上的生存到社会意义上的生活，人们更关注财务经济。为什么社会普遍繁荣之后，人们的忧虑却增加了呢？在有限的时间度量范围内，哪些才是最值得关注的问题？或者可以忽略哪些问题？

如此的疑问不仅消耗着心智，基本也是一个无解的问题。从历史的角度看，人们曾经明白过很多道理，最终都遗忘在时间的长河中，从头再来，不是不厌其烦而是迫不得已。生育的下一代是从走路说话开始发育成长的。同时代的人仿佛被注入莫名其妙的疫苗，决定着他们的生存方式迥异于上一代，潜移默化或者突然改变。生活的历史不同于战争史或者军事史，生活的风向标缓慢也迅疾，随时准备改变着方向。看看当代人是怎么演绎历史的，时而郑重其事，时而犹如玩笑，打发着物质繁荣时代的时间，浅薄而快乐。

生活在历史中的人，渴望发生铭刻历史的事件，也希望安享和平。矛盾重重快乐多多。看看媒体或者人们的话题，从一个焦点到另一个焦点，证明着人类确实不同于动物。家禽或者宠物小狗基本都依赖同一个召唤，而人却随时可以被各种信息引领，发表着各种言论，仿佛无限接近真理，尽管真理很少袒露真容，需要经年累月之后偶尔露面。看到了问题所在却无力阻挡是某些专家的专利，与其如此还不如沉默不语，接受着已经发生的历史然后进步（某些论坛仅仅是为某些人提供了表达的场所，有害无益）。

自觉自省，既是进步也是遗失

时事繁杂，在和时间共谋的岁月中，马可·奥勒留的沉思，无数次安抚着人们的精神和心灵，也安抚着我。少年庭院中安然若渴却也不甚明了的阅读，在北京四月的傍晚，忽然产生一种不曾有过的雄浑与悲壮。"实迷途其未远，觉今是而昨非"，自觉自省，即使一点点的自觉自省，既是进步也是遗失。在和时间和睦共处的时刻，诞生反目的情绪，挑战着平静，催生着烦乱。

我用辩证法安慰着自己：凡事有正反两面，仅仅是个选择问题，或者仅仅是个意志问题。

其实，在对待时间这个问题上，如同我们对待自己对待他人，远没有表现得那么宽宏大度。我们是时间的孩子，却是任性的孩子，亘古至今生存的哲理写满书页，却还是被自身绊倒，既要还要又要，没完没了。被欲望统治，被虚荣绑架，被各种匪夷所思的物品困扰，本不需要那么多，却总觉得少！

有时面目狰狞，偶尔如花似玉。看看只有在当代才有的颜值美誉以及层出不穷虚妄无度的生活，自身的真实面目离标榜的差远了，却没有止境地美化着，直到大自然漫不经心地揭开令人心碎的面纱，直到伤心欲绝，直到隐忍回避。马可·奥勒留从灵魂深处流淌出来的文字告诫我们：

在喧哗都市中整日忙碌的人们，要有闲暇时间反省自我，不断学习历练人生；要保持心灵的宁静，减少欲望淡泊名利；要珍惜眼前所拥有的，只有现在才是重要的；坚持"理性"的人生观，遵从"本性"地生活。

现在才是最重要的，让我抽支烟吧，感想至此，动身吃饭。

历史的耐心，引人深思

历史的耐心。关于瞬间与恒久的关系，也许历史的耐心可以解释：我们这些历史的匆匆过客，某些时刻可以放慢脚步，和时间和睦相处，共同倾听时间的嘀嗒声。

一个理想主义者总是对未来充满期待，也应该充满期待。但是珍重现在更重要。此时此刻，关于历史的耐心及遐想，也许比精微的计算或者明确的目标更耐人寻味。

所有的恒久都是耐心的凝聚，甚至人世间的爱恨情仇，集聚再集聚，变成我们可以看到的样子。我还能说什么呢？我还能想什么？在这个清冷而匆忙的冬天！

愿耐心成为一种修为，努力为之！

披上乐观主义的华袍，美艳荣光

月圆之夜，圆月令人惊异地悬挂空中，仿佛要跌落下来，近得令人心悸。一切太过亲近的距离都令人心悸，仿佛听到自己的心跳。当我们无法保持适当距离的时候，不仅考验着感官，也考验着耐力。

人性决定了我们不愿意承认现实，不愿把眼前的问题与自己挂钩。逃避是美德也是选择之无奈，超越现实的美丽幻想也许更加迷人，或者根本不迷人，却可以把现实的种种无奈匿藏，仿佛某件物品，最终不知道放在了什么地方。只有少数人可以坦然面对，但坦然面对的结果可能比逃避更糟。就人性及其归宿而言：我们同受煎熬。

但是，如果陷入悲观主义的泥潭就大可不必了！

现实的阳光普照万物，每一个存在都有其不可比拟的精彩。比如一日三餐，比如笑着想一个人，比如集体的亢奋以及为实现某个目标的坚持与隐忍等等。人们为创造生活发明的自强本领不计其数，并且每一件都披上乐观主义的华袍，美艳荣光。如果人们在金融街留恋片刻，悲观主义很快就会结出乐观主义的花朵，甚至连花匠都会感到新奇。

至于是怎样的新奇，看看各种没完没了的金融信息，就明白了！如果还能够停下脚步赏月，释放闲情，一切的考验及耐力都可以成为生活的享受。

和时间和睦相处

时间周而复始地轮回，我只看到了花开花落。

被互联网冲昏头脑的各路创新者，怀抱几乎疯狂的激情，提出层出不穷的新概念，眼花缭乱匪夷所思，仿佛人类已经进入新境界，如果新境界是由各种尚未得到时间检验的新概念组成，我想人类已经 N 次进入新境界了。

现实是围绕生活所做的各种创新，都没有离开衣食住行最基本的需求。新媒体一直不遗余力宣传的共享经济，也许是最不经济的创新了。共享单车、共享房屋、共享充电宝等等，共享确实是一个美妙的词汇，是民主和谐社会理想的资源利用方式。但是，现实我们看到的却是资源极大的浪费，规模不经济，很可能让投资打了水漂。也许在未来的某个年头或者时代，共享经济是基本的经济形态，但目前显然还早了点，出生太早是个遗憾。

另外的遗憾是互联网购物，人们的新鲜劲一过，互联网电商开始向实体靠拢，或者叫作回归吧。互联网电商老板仍然改不了夸张的互联网语言，但对实体店重要性的认识倒并不夸张，家门口就可解决的刷牙洗脸洗菜做饭之类的日常事务，何必再通过网络淘来淘去？为喜欢刷屏的人留个窗口，剩下的还是眼见为实好，还可以顺便见识一下面貌各异神情不一的陌生人，相见是缘或者冤家，离不开偶然或者神奇的接触。

凡事利弊相伴，不偏不倚最难得。能够避免陷入某种周期率，才是最大的创新，持续稳定地存在着，和时间和睦相处，也有自己的轨迹。

还是做时间的随从吧

在向时间开展的一系列敬意中，钟表是人类对时间最忠实的表达。虽然我们不见得每天都珍惜时间，甚至胡乱挥霍着时间，误以为时间就是金钱或者各类物质，或者就是了无尽头的欲望，但是我们还是很在意时间为我们提供的一切，包括顺应时节，一知半解地在城市的楼宇街道感受着时间的嘀嘀嗒嗒，不时观看指针，忘记了天色。

世界上的钟表不计其数，它们的存在基本都超过了拥有它的人。在参观一个比较小型的钟表展览之后，看待时间的态度发生了一点变化，在意还是不在意呢？就像经常盘旋的某类问题，如果思考二十年没有什么进展，再过二十年可能仍然一无所获。某些问题可能根本不是我们考虑的问题，虽然我们倾心尽力，甚至多愁善感，任由盲目的激情泛滥，或者冷静无边让某些可能突变的时刻悄然溜走——

还是做时间的随从吧！就像一个人对另一个人无边的爱甚至奴役！尽管曾经发生过无数次的误解，人们仍然可以找到自己的存在，在温度骤然改变，树木葱茏的初夏，即使时间不紧不慢，某些时刻的倦怠和疲倦还是消解着亢奋。时间是人的主人，人是时间的随从。让我们暂时打个盹吧。

弃旧图新，臻于至善，是个没有止境的过程

寂兮寥兮，八月正午。

弃旧图新，臻于至善，是个没有止境的过程，尽管这个过程充满荆棘坎坷。同样认识到与做到也并非坦途，坚持的时候少，放弃的时候多；要求他人的多，严苛自己的少。

八月正午，寂兮寥兮。蝉鸣声声，草木安然，泥土和草木的气息融汇在一起，散发着潮湿溽热的味道。自然淡然的存在昭示着季节，草木葱茏寂寥繁盛即是八月，精力旺盛即是人的盛年，果实尚在生长中，等等。那个著名的画家在解释着一个人要取得巨大的成就需要安静的心理，非常安静的心理，而他喋喋不休的论述在印证着他的不安静成就着他的名望，或者在追求功名的道路上需要的不仅仅是安静，烦躁或者不厌其烦的表现更有助于名望。

要求别人恪守的却是自己摒弃的，画家的作为折射着生活中的某类人，言行脱离到连自己都不知不觉。多数时候，我们没有要求一个人尽善尽美，甚至不能尽善尽美，我们都是充满缺陷的人，都走在可以看到尽头的路上，只要保持真就是完美，作画好不必诗富才情，容貌佳心智略疏善良即可，一个君子也大可不必每日端坐如偶像，只要是活生生的人，优点和缺点共存真实即好。

"有匪君子，如切如磋，如琢如磨。"富有文采的君子们对自己的修为，都要像对待一些坚硬的骨角，切之磋之；像对待坚硬的玉石，琢之磨之。我不知道当代人有几个能做到，也不知道做到了还能从事什么行业！画家陈述的理想做人境界非常迷人，像他的画作一样迷人，而他的思想却没有践行意义，都是古老的说教和对他人的要求。

八月正午，曾经存在的陈旧气息亲切熟悉，画作比语言更真实，远离比接近更亲。

这样的变化每天重复

变化，虽然变化这个词在某些时刻令人伤感，却是一个不得不接受的现实。现实生活如即生即灭的戏剧，过去就过去了，留住可能徒增伤感。但是，人们还是不遗余力地保留原貌，或者对原貌倾心异常，古老的建筑、书籍以及各种物品，安慰着人们对变化的无奈，也催生着人们对变化的渴望。

信息技术可以让人充分感受变化，虽然这些变化并没有什么稀奇。吃喝玩乐、生老病死这些问题仍然是人生的基本问题，任谁也回避不了。浪漫主义者很难接受这样的现实，而现实主义者认为这个现实未免庸俗，像我这样高度认同"无可无不可"，也认为整天吃喝玩乐满足感官不值得提倡。无奈，一到了吃饭时间，对吃喝的情趣便开始上位，思想和胃口合谋向往饭菜，精神彻底向物质妥协，这样的变化每天重复。

坐而论道总是简单的，光靠沉思默想解决不了任何问题。所以，接受变化，还是接受变化吧。在时间的河流中，物质和精神一直变动不居，形式多样。

严肃庄重，是对懒散娱乐的对抗

一天的大多数时间，工作时最郑重。

生性严肃的人，最好的状态就是工作。在社会普遍富裕之后，工作意味着一天的大部分时间神情专注，精力集中，思考和行动都很明确，从而避免了无聊懈怠以及对生命发出解决不了的疑问。

严肃庄重，是对懒散娱乐的对抗。

不要把事物看得太透彻

由于某类书晦涩难懂，没有出名所以也就很少骂名。遭到广泛的谩骂和遭到广泛的喜爱一样需要出名，坏名气和好名气一样重要，如果经得起众说纷纭，担得起那一份莫名其妙的名气以及名气带来的种种是非，名气很重要。

芸芸众生纷纷表达着生的快乐，通过书籍、影视媒体以及各种传播渠道，证明着存在以及存在的很好或者不如意。真实的生活犹如脱掉外衣的躯体，不仅离完美甚远，各种缺憾伴随终身。

所以，一个真正热爱生活的人就不要把事物看得太透彻，否则快乐不起来。有句俗语叫难得糊涂，讲的就是懵懂中存在着不可言说的快乐，或者更深的含义是不明不白想得开，太懂则梦碎。

所以，读书特别是读不入流的书籍最大的优势在于可以了解生活的真谛，那些司空见惯的鸡毛蒜皮自有其乐，只要心怀快意总是好的，甚至比那些参透人生充满人生教诲的教条更有价值。发生在身边随意的小事确实消耗心智，但应付庸常生活需要的小技巧唯有此类书籍可以提供，我们不能指望一个具有宏大理想的人蝇营狗苟，但是某些不得已而为之的局促之事总得直面以对，不入流的书籍可以解决一些不入流的人和事，这一点很重要。

超凡脱俗作为一种追求好，作为一种生活状态糟。随行就市的生存之道，某些时候也可以作为应变之道，在这一点就不能以好坏计了。枯燥乏味的书籍从诞生那一天起就决定了存在的命运，默默无闻却也有安身之地，看来这个世界宽容无边接受着所有，并不怎么在乎名气，只是生活在其中的人，对名气倾注了太多精力。

时过境迁少了坚持？

有些东西必须在年轻的时候获取，错过了这个最佳时间，就不会再有这个机会了。

国家、民族或者组织，在成长期，在达到繁荣的关键时期，保持最热切的兴趣以及新鲜感，是创造的原动力，如果再加上冒险，一定是走在繁荣的征程上。身处其中，认识到这个相对重要的发展阶段，甚至是充满灵性的自我认知，和通往繁荣的行动一样重要。

从一个反面来说，就像一大片森林遭到彻底砍伐不会再生长出参天大树一样，如果原初的兴趣和兴奋点受到抑制，那个繁荣的时段根本就不会出现。仿佛一个人，错过了最重要和最具决定性的青年时代。

所以，阶段性和相对重要，不仅仅是自我认知调整之策。人们的认识东奔西突地发展着，观点千差万别，道理都很简单，不过是思想经常被分散，时过境迁少了坚持而已。

时代的刀光剑影遁去之后

时代在时间的河流中缓慢前行，一切都在变！

是的，一切都在变。无论是风华绝代还是平凡庸常，时间在按照自己的节奏行进，而我们的感受却有时快有时慢，一切的急迫与缓慢仅仅是我们的感觉。面对大自然的按部就班，有欣然，亦有愤怒。一直在探寻，理解了却又忘记了！

时间如此虚度，宏大的理想与现实的琐碎共同构成虚度的光阴。春光明媚花红柳绿的春天催生着无数梦幻，你的微笑是梦幻中的梦幻，看了又看，忘记又记起，仿佛乍暖还寒，仿佛春去春又来的花期。不必在意忧伤以及得失，某些时刻这些感觉需要从生命的感觉中剔出，仅需记得爱，一往情深。

看看昂扬向上的枝丫，看看即将怒放的花蕾，环顾周边的喧嚣以及泪眼蒙眬还有誓言，生命意志昂扬向上，黄昏之后是清晨，一个充满阳光的清晨！既然时间无所顾忌，生命又哪来那么多的禁忌？

种种谦卑与恭顺，种种不羁与狂放，都是一种状态，原野中的清风以及飘浮的沙尘，自由粗放，自然而野性。请接受你无知孩子的一切吧，生的千百种姿态，既无足轻重又珍爱异常。时代的刀光剑影遁去之后，爱与惜将恒久不绝，统御众生。

挣扎于时间的迷雾

夜晚的静谧混杂着神秘的味道，令人受不了却也安然接受着。大自然满足着感官的贪得无厌，并不介意人们的是是非非，人们又何必计较时间之短长爱命惜时？不过是数不尽的舍不得放不下，挣扎于时间的迷雾，繁衍着事端而已。

岂止是事端，这个世界的迷人之处即是了无尽头的事端。从生存的繁衍生息到生活的针头线脑，从国家的存亡兴衰到历史的更迭演进，这个世界存在过无数的事例：硝烟弥漫过，鲜花遍野过，爱过恨过忘记过，推倒重来洗牌翻牌似曾相识如故。我看到了一份往昔的菜单，端详良久，生的清单从菜单开始，绵延无限。

如果我们的记忆太过清晰，一定会被过往的故事压垮，包括反复重复的三餐，那么多。和我们对这个世界的贡献或者奉献相比，我们吃得太多了，却鲜有自责多有遗憾，总是为着下一次的饱腹期待良多。人们虽然愿意为艺术或者哲学奉献智慧，却把更多的精力贡献给饮食。食色，性也；民以食为天。菜单位于生的清单首位当然没什么奇怪的。奇怪的是，同样的食物喂养出来的思想大不相同。何以如此？何以如此呢？确实如此。

时间赋予的一切

在自然界不可思议的进化中，人种的进化也许是最杰出的。

植物也在进化，但是植物没有创造语言和文字，人作为进化了的动物，不仅有语言和文字，还发明掌握了无数工具，既用于自保也用于戕害。从这个意义上看，进化这个词的使用还需要斟酌，反复斟酌。

时间赋予的一切，时间也会悄无声息地拿走，犹如深不可测的深渊，是个无可安慰的现实。虽然这个现实被人们普遍回避着，用生的琐琐碎碎充实着深不可测。在人种进化的各种理论中，人类从非洲走出这个假说被普遍采用，其实我们可以假说外星人来临，或者索性相信亚当夏娃为始祖，或者女娲创造人类等等这类传说，更美丽有情。

看到曾经存在的矮黑人形象，或者棕色人种、白色人种和黄色人种等等，还是比较震惊的。人的模样如此坚毅和惊骇，和当代人化妆整容的样子差距还是相当大的。现代人更懂得美化自己，在原本的样子上涂涂抹抹，或者把在空中飘浮的思想变成各种物品，千奇百怪，很是了得，竟然一点都不觉得虚妄，看来使用进化这个词倒也无须反复斟酌。如果仍然采用十万或者百万年计，了解了解也就算了。

只争朝夕，用得着那么迫不及待吗？

面对繁复多样的世界，人们伴随着本能和与生俱来的野性，知道怎样生存，可以暴力、可以掠夺，甚至可以强求。但是人们不是每天生活在生存威胁或对生存的忧虑中。生活，在物质丰富后的时代，每天淡然如水的生活前所未有地考验着人们的心智。

无论是机构还是个人，"忙"更多体现的是心态。只争朝夕，人们用得着那么迫不及待吗？一代人有一代人的活法，一代人有一代人的快乐。那些只关乎感受，无关乎物质的体验深存于人们的记忆之中，所谓的苦中有甜，是那个时刻激发并保存了美好；而甜中有苦的滋味是表面的浮华掩盖了什么。是什么呢？"忙"也许是对"闲"的逃避。

也许，当贫弱的人为果腹愁眉不展的时候，富强的人正为拥有太多感到厌倦。这个世界整体是公平的，在人生的体验上，某些时候大体平衡。

意外总是令人心醉神迷

在世间的千百种陶醉中，意外总是令人心醉神迷，给平淡的人生增加味道，给平凡的生活增添色彩，给予悲观主义者出其不意的慰藉。

——如此清澈的夜晚以及白天，很快忘记了雾霾沉沉。不能总是在消沉中生活，遗忘是美德。天气如此之好，成为每天的意外，或者干脆把好天气当作意外，意外地惊喜！

——老龄化。当楼继伟为老龄化社会发出大国部长的忧虑时，那些老年人正在街头跳舞、在景区游览、在证券营业部感受着K线图带来的心跳，甚至卧床的老年人也没忘指导子女的生活。人生的经验太多，总得传递下去，一代又一代。真是有点遗憾，一个大国部长的忧虑引起的关注有限。也许老百姓有他们自己的看法：什么老不老的，连死都不怕，还怕活着？老龄及老龄化不是意外，楼部长的悲观预期，也许会创造乐观的未来，这的确是个意外。

——百年难求的股票市场。百年奇观，这个时代的人是如此幸运，即使阶段性地幸运。当所有理性投资者被理性包围，突不破经验藩篱的时候，新一代冒险家以及投机者，正兴高采烈地享受着投机收益。盲目和乐观这两个不太体面的词汇，在这个时候是如此正确，充分验证着阶段性和相对重要。至于未来，那是未来的事情。要知道千秋万代只具有表达意义，普通人能够看到十年就是远见。

也许，我们都没有未来，所以更关注当下！这是意外吗？当然不是，但是给人的感觉比意外更意外。

如何被深刻地记住？

北京四月抑郁的雨天，傍晚，有一种伤感而迷人的味道，仿佛生命之初的气息，令人迷恋不已。

如何被深刻地记住？终身不忘可能不是刻骨的爱情，爱情固然令人难忘，但新欢可以夺旧爱，喜新厌旧是人的本能之一。怎样才能加深记忆，甚至终生难忘、刻骨铭心呢？

借债，借债不还可能是个不错的选择，对于那些希望给人留下深刻印象的人，这个判断也许经得起时间的检验，如果时间愿意在纷繁复杂的世象面前有所留存的话。

尘世间，也许所有人都注定如烟云般逝去。在尘世逗留期间，如果不被人遗忘，避免孤独和寂寞，也许不是结婚，不是生子，也不是旧爱新欢的烦扰，很可能是借债不还。

人们的天性中潜伏着自我折磨的快乐

很美，很帅，很无奈！

那些张扬的面庞令人心醉，那是天然情愫的自然流露，毫无顾忌，甚至肆无忌惮，原本的人性就是这样的。遗憾的是，这个社会每天诞生的制度、条款正在扼杀豪放的天性，在多如牛毛的条款中，穷尽生命也学不完，屡有违规事件发生也属正常。而草拟条款的人仿佛自我折磨，远离大自然的恩赐，穷尽心智的约束，对自己也未必不是一种惩罚。

人们，也许，人们的天性中潜伏着自我折磨的快乐。

在诸多自我折磨的事项中，不计其数的制度算作一项，具体的还有：高不可攀的鞋后跟；布条编制的衣服，如果那也算作衣服的话；还有染得像枯草一样的头发；多得数不过来的食品；还有那些不知道派什么用场的奇怪物品，远远超出人们的所需，却还美之名曰新发明、新创造。

短长功过从来都是一体的

努力接受着常识，而常识也在发生着变化。

那些善良的人们心怀圣念，而不善良的人们也没有承认自己的腐化。在生的世界上，心怀美好应该是共同的追寻，只不过某些人一上路，就拐到了歧途。

无意论是非短长，这个世界从来不缺乏是非短长，也无意评价是非功过。短长功过从来都是一体的，但是，我还是为那些善良的男人和女人充满不尽的悲悯，爱与惜与痛！如同每天的相见与告别，人类确实不需要太多的思想，就像这个世界不需要如此之多的发明创造，或者不需要泛滥成灾的精微感受，表达再表达。但是，这不是需要不需要的问题，仅仅是个存在，一如既往地存在，如同雾霭，如同烟尘，在空气中弥漫不已。

画家们描绘的世界和作家们创造的作品充斥于世，作曲家也用音乐表达着生及关于生的一切。可是到了此时，人们更关注餐桌上的食物，我也在其中。放弃了近乎虚幻的种种思想宏论或者无处不在的鸡毛蒜皮，感官灭杀灵感，民以食为天，特别是雾霭沉沉的傍晚以后，吃完饺子再说吧。当然，吃饺子之前先抽一支烟，写几行文字留作纪念。

奋进中的悲凉以及休憩后的欢唱

精神和物质相互促进。很难想象一个整天喝粥的人会有什么英雄壮举！也很难想象，一个被牛肉啤酒填满的胃口会有一颗平静如水的心。我们是精神和物质补给的表现者。混乱的思维一定和杂乱的食物汲取有关，在这个问题上想得太多会影响食欲，及时打住是好选择。

幸好，烟草可以让亢奋的神经平静下来，酒精助力把某些过度形而上的考量降下来，再降下来。当我美丽的妹妹用鲜花装点她的世界时，我正和烟酒为伴，消灭着白天的过往，为喧嚣披上平静的外衣，为告别涂上壮丽的色彩，为遗憾开辟新征程。

喧嚣是不存在的，告别亦不存在。到处都是一样的人，我看不出差异。看不出差异，也就不需要洞察力。哪有那么多道理呢？和一个人讲话比对着百人宣讲更难，完全个性化的交流没有情感进行不下去，没有真诚如同对自己说谎。我的朋友不停地追问：是白酒还是啤酒？我的回答是：我喜欢奋进中的悲凉以及休憩后的欢唱！

永远放不下心中的风景

人们渴望通过各种方式表达自己，写作是其中之一。

记录每天的点点滴滴，是一个凡人记住自己的方式，我们曾经如此存在过：虚妄也现实，热情也无奈，繁忙也懈怠，原来我们自己的变化如此之多，有时与时俱进，有时裹足不前。

平凡生活的不平凡之处在于发现新意，而发现这个新意何其难矣！有多少新意经过时间的洗礼之后了无新意，等待下一个新意的来临。人性求新求变的天性和墨守成规的天性都是天性，我们不是被天性打败，就是被时间击溃。万物萌生的春天最感伤，春去春又来启发着万物，也启发着多思多虑的灵魂。忧郁的灵魂采取切实的行动就是积极的，这种转变为世界带来生机和笑意。关于生存长长的台阶等待着所有的人，要看到更多的风景必须向上攀登。

这其中需要多少坚持？又需要多少耐力？那个看不见的风景必须是至高无上的大梦，是心中永不磨灭的丰碑，这需要多少异乎寻常的想象啊？要达到那个理想境界需要克服多少苦难？突破多少的藩篱？认识的和行动的，不为世俗所累。我们的意志是否可以承受一个又一个考验？既要和庸常生活做斗争，还要和天性中的脆弱和懈怠抗衡，人生本可以在最平淡中度过，却永远放不下心中的风景！

随笔记下的沉思断想不时被电话所扰，接连不断的各种事务是现实，是充满活力也令人烦恼不堪的现实，为生存和生活所做的所有努力都在这些看似恼人的琐事之间，关键是态度，不厌其烦专心致志的态度。

记下此时，也就顺便记下了生存的态度，"硬邦邦的混凝土建筑里有一颗柔软的心"。春天到来之际，单纯的人都在扶犁深耕，柔软的心异常坚定专注而坚定。

一代人并不见得比另一代人更聪明

谁若是无愧于自己时代最美好的愿望，谁就无疑是生活在所有的时代中。

我们无法弄清先人在他们存在的当时，对未来有过怎样的思考，或者根本就忽略了未来，如同我们现在对未来有限度的考虑，并将梦境描绘成蓝图，以便长久地存在下去。

生命中神秘的振动，把某种精神传递到人们的灵魂中，进而表现为时代特征和精神风貌，尽管形式各异，却如影随形般时刻表现出来。而信息技术的突飞猛进，让人们有能力把转瞬即逝的东西保存下来。在时间拉长之后，人们看到了共性，更看到了差异。

一代人和另一代人的差异在哪里？是如何拉开距离的？人们是如何处理不同时期各种关系的？物的关系和人的关系哪个更重要？

这些简单而天真的问题，也许永远找不到确定的答案。因为时间和地点将这些问题复杂化了，还有就是对这些问题漠不关心的平庸之辈以及强权的威胁。因此，人们对待这些问题的态度不仅暧昧，有时还颠倒是非，甚至产生错觉。

一代人并不见得比另一代人更聪明。前人的经验和教训也不足以引以为鉴。人们的弱点在各个时代表现为极大的相似性，而优点却成就着不同的伟业。如果说各个时代都有相同的美好愿望，也许就是人人能够过上好日子。

不过这个愿望不太符合发展的本质。无论是人种还是个体，互相争斗是本能，也是天性，结果都是为了获得不平等的地位。历史学家称之为发展。

生活在时间中的人，什么都想要

人们通常说，儒家思想，拿得起；佛教思想，想得开；道家思想，放得下。现实生活中，芸芸众生的常态基本是拿不起、放不下、想不开。即使那些到处传授儒释道思想的人，亦如此，虽然侃侃而谈，仿佛觉悟有道，其实还是摆脱不了世间名利二字，甚至比普通人欲望更多，管不住自己，纠缠于世间，可谓道而有道非常道，非常人所为之道。

没什么大不了的！如果世间缺少了名利，世界会变成什么样子？真是挑战人们的想象力。名利塑造着人们生存的世界模样，正是人们认识到名利的局限，才产生了各种思想，平衡着人们无边的名利观；正是人们认识到生命的限度，才需要各种价值观，确定存在的理由，或者干脆野蛮生长，自生自灭。

生活在时间中的人，什么都想要。大自然偶尔调停，多数时候依靠人类自己调整。文化及思想以其温柔的硬度，敲打着人类的心灵。人类觉悟着，困惑着，自缚又挣脱，用自己的思想慰藉自己的心灵，这是人的优异之处，可以算作优异之处吧！是的，人们需要自我肯定，每时每刻。

把一切交给时间

时间不偏不倚，记录着个人和阶级演进的轨迹，虽然变化不定，终究有迹可循，盛衰起伏演绎着人类大梦，生生不息！

在历史演进的过程中，复杂多变是常态，恒定如一是理想。当然，变化也是理想，只不过这样的理想往往超出想象，像任何时代发生的那些始料未及的事情。时事比人强，即使想象插上翅膀，也比不过时势。

看了两篇报告，既复杂又简单，还有一种说不出的夸张。篇幅过长的文章总是有那么一种煞有介事的味道，略有思想的人都会想到：把一件事说清楚其实不必花费那么多的篇幅，拐弯抹角一定是另有图谋，或者水平所限。至于是怎样的图谋以及怎样的水平所限，只有鬼知道。

现存的总是最鲜活和能动的，至于具有怎样的生命力以及怎样的持续，各路预言大师不靠谱，我们自己的直觉也不见得有多么灵光。把一切交给时间，还是把一切交给时间好！

变化及其精神的高度

对于身处变化之中的人，一切不知不觉地改变着。我们深受变化带来的种种好处，如成长进步以及实现儿童时代的愿望等等，也同时忍受变化带来的岁月流逝，如《向死而生》的歌词，雨后的晴天，世界又活了一遍，这个我是谁，是否比昨天又老一点？

如此深切充满怀疑的疑问包含着多少忧伤？变化，我们在变化中感受着生的种种痛与欢娱，在等待变化的时刻，期待着近乎虚构的美好。

但是，精神呢？精神和物质一样处在变化中，时间的流逝促使人的表面和精神生活不断呈现不同的外部表现形式。所有发生过的事情都具有精神的一面，正是这种精神让发生过的事情可能长存，也为后来者的理解提供依据。前事不忘后事之师，是从精神层面吸取经验的高度概括，人正是从无数过往中不断汲取精神推动未来发展的。

变化及其精神，有向上攀登的倾向，也有向下堕落的倾向，一切依时间和环境来定。至于那些外在的表现形式和感受，不过是精神变化的附庸，精神是实质，裁夺着一切。如此的认识应用于现实生活最大的指导是：如果没有达到同样的精神高度，无须奢谈理解。

那些在皇家园林消磨时间的人

他们，安然在皇家园林里唱着过去年代的戏剧，专注而投入，对路人的注视熟视无睹，甚至有那么一种唯我独尊的骄傲与忽视。

他们，坐在古树下谈天说地，像任何时代的人，针砭时弊不留情面。

怎奈，任何时代都有利有弊，无论是没完没了的批评还是赞美，都如此存在，有说不出的好，也有说不完的厌烦。春回大地的时刻，万物萌动复苏，花朵艳丽，皇家园林的新老游客们把目光投入了满目生机，炫耀着绿色和花朵，终于把自己融入大自然，暂时成为春天的一部分。

批判现实主义令人厌烦，虽然有用。凡事从反面看并不意味着清醒，心境中的尘埃变成语言危害堪比雾霾，好在那些话里话外的语言表达的都是善意，只是期望好些、再好些，永无止境的期待。无论个人还是社会，养得起每天在公园度日的人，就是进步。皇家园林的人越来越多，直接表达着时代的进步，无论从哪方面看都是进步，身在其中的人拥有很多，有历史感的沧桑树木和精心修饰的花圃，再加上优良的心境，堪比帝王。要知道，任何时代的帝王都为江山社稷夙夜在公，少有时间闲谈，即使那些闲情也如思想的重负，高处甚寒。

公园里唱戏的人们认真生动。他们演绎自己的故事，艺术是为生活服务的，或者就是生活的一部分，并且一切都是免费的。生活在幸福中而不自知，是真正的幸福。

日复一日地劳作耕耘，忘我不辍

生活在时间中的人，面临的问题可谓多矣！

我们都是时间的产物，无时无刻不受到时间的制约，却也时常不知不觉，仿佛时间仅仅是推动我们向前的战车。我们甚至可以牺牲掉当下的时间，去期待一个看不见的未来，仿佛等待未来优于现存的一切。

也许是吧，生活之梦永远指向未来。

行走在人工雕琢的小路上，弯弯曲曲的路边石榴繁花似锦。年年岁岁花相似，岁岁年年人不同。这个不同也许就是要面对终将逝去的年华，以及由此带来的所有斟酌或者怜惜。若想从受时间限制的生命中创生出恒久不变的动力，唯有树立信仰的大旗，忽略时间和时间带来或者带走的一切，坚定不移地所作所为。我从持续耕作的农人身上看到了榜样，田间地头日复一日地劳作耕耘，忘我不辍。这个当代被无数人逃离的职业，深藏着千百年来的质朴以及丰富实践经验。

傍晚，园丁向我介绍果树修剪，增长了不曾有过的见识。春天是万物生发的时节，此时对树木修剪容易生长及定型，正确的修剪方式可以让果树的生长更加合理。

疏留并举法：这是我的总结，具体是遇到主枝延长头两边生发的强旺对生枝，在修剪过程中采用疏一留一法，留下的在生长期要加以控制，不要和原头发生竞争；辅养枝发出的对生枝，可疏除一个枝，另一枝可从基部留保护桩。园丁对着杏树娴熟裁剪，记住的要领没看清操作，手段太利落。

培养利用法：对于幼树发出的背上枝，本着培养利用的原则，根据所处位置和长势，控制其强旺生长，有计划、有目的、有步骤地培养、更新、改造结果枝组，大体原则是本着有利于多结果实的原则修剪。裁剪的过程太过短暂，看着甚是可惜，新冒出的枝丫就这样无情地被裁剪掉。

控制造型法：这是总结最不到位的方法。果树不是留枝越多越好，对所留枝组没有及时控制和改造，长期任其生长，容易造成树形杂乱、主次不分、枝杈交叉、主干细弱无力等等。此时要依据栽植密度，明确树形，再按树形要求确定主枝，把主枝的角度、方位调整好再处理主枝以外的枝，对分枝少、花芽少的干枝及早疏除，留下结果主力枝。

简单记下一个园丁经验之谈下的实践，对春天的现实感受更加深切。未来优于当下，也许是当下为未来进行着充分的准备。可期待的未来永远是理想主义者的梦想，从思量到肯定，需要和园丁进行一次常识性的交流沟通，仅仅需要三十分钟。

其实一切都是一样的

临近四月的傍晚美丽而空虚，大自然仿佛故意为之，空气中弥漫着温馨散漫的气息，为即将到来的生机积蓄力量，就像迎春花，就像玉兰花，就像弱小的苍兰。每一个花朵盛开的前夜都缱绻不展，羞涩却也无可阻挡地等待绽放。

逃避喧嚣的唯一办法就是回到乡下，回到最接近泥土的地方。静默安详的夜晚星空寥廓，寂静得令人心悸，依稀可以听到植物生长的声音。人带来的各种烦乱，大自然带来平静，和土地亲近的秘密也许就是瞬间的平复，让心安定下来！所有的幸福和快乐降临在此时此刻，像个累了的孩子，找到家的温馨。

我那个热衷哲学的朋友不厌其烦地介绍着幸福和快乐的区别，我则抱定态度不以为然。我一向认为快乐和幸福就是一体的，各种学说纷繁复杂，我只保持自己的看法，无论读了多少西学，骨子里占据主导地位的还是古老的东方教条主义。古希腊哲学家伊壁鸠鲁区分了三种不同的快乐：第一种是自然的和必需的，如食欲。第二种是自然的但却不是必需的；第三种则既不是自然的又不是必需的，如虚荣心。作为学说分析，怎样解释无关紧要，作为充满灵性的人，剔除哪种快乐都不完美。每一种哲学都有时代的烙印，作为普遍的规律可以参考，作为特殊性的人，可以是个例外。

物质丰裕的社会，人们不必为填饱肚子发愁，未见得发愁的事变少了，反而越来越多。人的发明创造越多，派生的考验心智的事也越多，再加上道德良心的考量，再加上大众福祉的考量，若是没有把事情办好的虚荣心，当然虚荣心某时某刻也可以转化为责任感，把复杂的事情办妥当也相当不易。

想着若干正在发生的各种问题，倾听植物的生长，等待花朵的绽放，其实一切都是一样的。

各种观点都有存在的局限

和实务打交道难免要懂得一些经世致用之道。既要有远大理想抱负，志存高远，又要不务虚学，脚踏实地，注重实效，特别是注重实效是第一要务。

现实是千变万化的，和风险和不确定性打交道的金融从业者，客观、专业、审慎这三个看似平凡的词汇，简直像束缚腰身的缰绳，既是不得已，亦是不得不。各种专家可以口无遮拦，特别是金融领域的专家，发表各种算卦先生般的预测，观点特别离谱时大不了接受监管部门的约谈，对于从事具体实务的金融从业者来说，必须保持足够的谨慎，时刻盯着市场变幻莫测的老脸，须臾不可懈怠。

市场是不可预测的，至多预料一段时间的相对稳定，这已经足够考验心智了。作为生活在时间中的人，意外以及意外带来的损失或者收获，理应是常态。略读历史的人都知道，处于变化中的世界是如此无常，各种学说虽然都有存在的道理，受各种条件的制约，都有其存在的局限，很难一言以蔽之。除了抱定态度，一了百了，但这不符合通常的人性，这种观点可以忽略不计。

在所有以时间为顺序的各种认识和判断中，人们总是陷入已有观点的泥淖，以过去的观点理解着当下发生的各种事情，仿佛当下的一切事情，都能从过往的事件中找到答案，或者参考；或者运用奇妙的联想理解着当下，殊不知，几百年前或者几十年前的今天，是完全两个不同的日子。借用一位历史学家的观点：哲学家经常错误地认为，我们的时代是所有逝去的岁月所结成的果实，或者至少是过去的愿望基本实现的结果，我们之前的一切存在其最终目的指向我们，同时，逝去的一切以及我们的现在，一方面为过去和现在，另一方面也将为将来而存在。

类似的错误需要某些修正，特别是在实践层面，将某些过度乐观的预期适当调整，谨慎稳妥地行进，特别是金融以及金融支持的各种经济行为。由此，在以后的思考中，保守、风险、不确定性等缺少情感，却为情感保驾护航的词语，在沉思断想中经常露面，这种思考并非形成一种体系。这远在我的能力之外。从一个平凡从业者的角度出发，提出一些见解，算是职业经历的纪念，这是随笔记下的初衷，唯一的初衷。

如果大自然与人类反目成仇

古代有个奉旨填词的词人柳永，写过"暮霭沉沉楚天阔"的诗句，记得那是一首关于告别的词，情谊浓浓印象深刻。

过了多少世代，雾霭沉沉的天气是否依然？

变了模样。现代的雾霭掺入了太多的化学烟尘，从一种充满诗意的自然现象变成污染，闲情逸致迷失在浑浊中。

人们呼吸着同样的空气，却忽略着如何保护；人们依赖同样的土地，却在土地上肆意妄为；人们离不开滋养生命的水，却赞美着挥霍无度。"我们现在就需要保护这些资源，而不能等到大自然与我们反目成仇的那一天。"

大自然也许还没有决定与人类反目成仇，却经常面露不悦，脸色阴沉。诗意的生活不是人类创造的，是大自然的赐予，人类仅仅在创造着舒适。人们应该认识到舒适是相对的，要看大自然的脸色。如果大自然与人类反目成仇，舒适是不存在的。

自由的沙尘

大自然的神奇魅力在于平静，在于狂放，在于变化，在于消解一切的人间苦难和烦恼，当然也有不尽的快乐！

三月份北京的这一天，清风飞扬，云淡天高，楼宇静默，远眺参差如白骨般错落的建筑，令人心悸！人们居住在自己倾力打造的房间里，它的外观如此参差；如此参差的外观被坚固的钢筋水泥混凝土撑起，它们的存在要比居住在里面的人更长久，甚至超过百年或者更长，见证世间的是是非非，漠然矗立。而人呢？无论怎样坚强的灵魂都将成为时间的一部分，可悲可叹地存在，却也坚定乐观地存在过，除了思想和魂魄，如果有的话，成为后人生存的一部分，借鉴或者联想，全由后人定夺。如果后人对存在过的历史有兴趣的话。

被乐观和热情侵染的情感容易受伤，被悲观和冷漠对待的灵魂容易遗忘。在两极游走的灵魂接受着精神的起落跌宕，更像个诗人。但是诗人，诗人已经向生存的现实妥协，再也找不到原初的纯真和升腾的激情。风起云涌的时刻最寂寞，这是一个童心未泯的人，这是这个人瞬间的回归，回归到最初感受人间气息的时刻。风带来寂寞，风打破寂寞，正在孕育春天的杨柳飘摆不定，城市丛林中最简单的装饰认真地迎接着属于它的时刻，那么人呢？人们用思想和情感迎接，喧嚣不已，热切盼望季节回归！

风到来的时刻，自由的沙尘无孔不入，不再为令人羞耻的依附寻找借口，但这是自由吗？没有人回答这个问题，我也回答不了。

一次又一次，自然灾害将人类文明拉回起点

无论如何，人类不是环境的友好使者。有意无意中，人类扮演着破坏者的角色。

那个神秘的主宰普照万物，人类在他的恩泽下生存，却并不感恩，总是走在相反的道路上。如霍金所言，人类没有得到更好发展的原因是：洪水等自然灾害将人类文明一次又一次地拉回起点。

欲望的无穷尽以及对发展的盲目理解，人们很难耐下心来思考生存与生活。文明的轨迹记录着人类探寻的足迹，血迹斑斑，偶有灿烂。人们并不满足于已有的取得，甚至不愿意多看一眼，总是奔赴下一个目的地，这个简单的道理甚至在小孩子的动画片上都有体现。但是，改变却如此之难，除非那个神秘的主宰动雷霆之怒！

更多，更好，更强？不断推高的欲望反复被强化，环境成为牺牲品，而人类却生活在其中，能逃离到哪里去呢？无奈相守，是这个时代人们不得不接受的现实。

北京雾霾浓重，持续三日，北京市政府短信提示：启动空气重污染橙色预警，做好健康防护。短信，这个信息传递的科技发明，本身亦是污染之一。凡事总是利弊相叠，让人们迷失在科技与智能的雾霾中。

记录时代特色：自由只具有相对价值

歌德说过，自由是一种奇怪的东西。的确，自由是一种很奇

怪的东西。每个人都有足够的自由，只要知足。多余的自由有什么用？如果我们不用它。这个时代的人们显然是自由充裕的，人们不仅涉足地球的各个角落，对这个世界上的任何事都评头品足，发表着连自己也不甚清楚的言论，信誓旦旦，似是而非。

无论哪个时代，人性中比较高尚的品质，如对家乡的热爱，对亲情的维护，对职责的坚守，对祖国的忠诚都不应该改变，唯有这些不变的存在，人性中才有坚守和依托，才有追求和归宿。这些看不见的热爱和忠诚是魂魄也是根基，如果魂魄和根基松动，就会产生飘浮无依，遭受没完没了的奴役，自由反而成了藩篱。

那些风尘仆仆的旅人，还有那些不知疲倦的投机者，让这个世界离身心自由越来越远，却自以为越来越自由。某种程度的恪尽职守以及安分守己也许是最大的自由，总得有个尺度，总得有些约束，自由才彰显其价值。自由和这个世界的任何事情一样，只具有相对价值。

总有人打探你的年龄

生活在时间中的人，什么都想要，当我再次思考这个问题时，是在一个沉寂的中午。

最近几年总是有人打探你的年龄，关心你的健康，询问你的未来。

没有任何助益的关怀犹如没有任何收成的田地，除了荒芜还是荒芜。我们并没有从时间中图谋什么，时间慷慨有度，作为个体的人遵从有序即好，什么老不老的，无非是存在。年龄像这个世界的任何事，各有各的好，一切遵从自然的顺序，欣然接受命运的安排，是对待年龄最好的态度，当然也是对待生命的态度。

什么向岁月妥协之类似是而非的观点说说尚可，我没看见哪个热爱生活的人真正妥协了，不过是变换着姿势享受着生活的趣味，生的趣味。

如果我们真的向年龄图谋什么，就是健康和工作以及贯穿其中的爱。这个回答抽象又具体，渗透着太多的情感，以我平和却也倨傲的性情回答不了如此普遍关注的问题。

我的同事妹妹曾经没好气地问我：有没有对你不好的人？我漫不经心地回答：我看不见。她也曾经感叹我温柔，其实我并不温柔，温柔解决不了任何实际问题，除了取悦。取悦这个令人心醉神迷的动词，确实能够带来温柔的气质，不管我们的天性中是否与生俱来，而且这种能力和年龄没有什么关系，其实任何事情和年龄都可以扯上关系或者没有关系。

沉寂的中午，为那些热爱生活的人安排了午餐之后，我把自己幽闭在办公室，思考关乎时间和未来等未得其解的问题。

人，可以雍容大度地活着，也可以斤斤计较地活着，可以漫不经心潦草地活着，也可以认真专注地活着。关于时间中产生的一切问题，包括年龄以及年龄带来的各种关注，避而不谈是个不错的选择，是个不错的选择吧。

积极的人生很重要

人口老龄化遇到一系列问题，对衰弱的理解也许更重要。

首先谈谈认识。老化本身带来的衰弱不可避免，但这是一个逐渐甚至缓慢的过程。从六十五岁步入老年到和这个世界说再见，基本还要度过漫长的二三十年；六十五至七十四岁大多数人尚处于活力阶段，看看当下满世界游走的面孔，就知道这个年龄段储备的能量足够挥洒相当一段时间，加上某个时代特殊的顽强基因以及争论不休的心理素质，时代强化着大多数人抗老抗衰的能力。

七十五岁以后体能逐渐衰减也属正常，大自然新陈代谢吐故纳新是必然，这个阶段要学着如何变老或者遗忘，无论在思想上还是行动上，运动和劳动对健康总是有利的，至于失能失智等问题还是留给政府或者专业机构去考虑承载，目前只能考虑到这个阶段。

其次，老年衰弱综合征的表现。北京协和医学老年医学科医生张宁认为，如果论病，老年人一般都会有不同程度的疾病，国际上采用比较多的标准是美国的一项标准，涉及五项指标，一是不明原因体重下降，一年体重下降超过4.5公斤（在没有主动节食的情况下）；二是疲劳感增加，即使做扫地这样简单的家务也会感到吃力；三是手握力下降；四是步速下降，步速每秒钟不超过0.8米；五是低体能状态。医学标准不像文学语言温情脉脉，语义温暖。如果换个角度把这些症状理解为自然想象，也许就没有那么大的心理负担了。现实中有哪个青年人看到婴儿掰脚丫就认为自己不行了？比较带来的困惑和痛苦，代表着精神衰弱，分布在年龄的各个层次，还是改变认识好。

再次，足够的能量在任何阶段都重要，老年尤其如此。现存的养生之道消极懈怠，需要调整。社会普遍富裕之后，人的行动和思想范围都非常广阔，体能消耗也和几百年前大不相同，仍然沿用晚餐少量进食的标准无疑是自决。大多数人包括老年人在七点之后几乎还要度过将近一个上午的时间，没有充裕的能量供给，天长日久一定会影响身体的储备能力，粥和蔬菜很难支撑不断思考的大脑，像平常一样多的晚餐尽量丰盛。吃得饱睡得香身体很健康，足够的能量可防止衰弱，至于消化机能也是平素锻炼的结果。

活跃在世界各地的政治家们没有哪个是依靠每天喝粥吃菜做决策的，繁忙的工作以及充足的食物供给，即使很少睡眠，很少休息，依然博闻强记，思维敏捷，统御世界。什么老不老的，积极的人生最重要。

文艺及随想

各种缘起于生活的认识有趣亦枯燥，时刻激发着灵感，也很快成为过往。读书的好不一而足，只有理解的人才懂得。书里书外，随时记录所感，也许是一种生活方式吧。有感而发的文字，有对也有错，或者不以对错论。

论阅读

论述不是我所长。在我漫不经心的阅读岁月中，总是那几本书占据着显要位置，从书房到厨房，走到哪儿带到哪儿，虽然有时一周也翻看不了几页，还是如影随形地带在身边，就像经年不变的情人，时间越久感情愈浓，离不开放不下。

时间总是有限的，生活在日常环境中的人对书籍的需要既出于本能，也是情势使然。对于生的认识是没有止境的，除了生活中的鸡毛蒜皮家长里短，我们还需要了解一些超脱于庸常的伟大时刻以及伟大见解，那些古今中外传世的伟大作品可以满足这个愿望，甚至让我们的愿望梦想成真，就像林荫大道通往圣殿，伟大的作品引领着平凡的思想进入新境界，瞬间通体开阔，忘掉那个时常忧思伤神的自我。

阅读不仅要有所选择，而且要自制有恒。世间扰乱心智的书可谓多矣，特别是那些喧嚣一时肤浅流行的畅销品，所有被广告推广的书都有误人子弟的嫌疑，各种夸张的标新立异以及耸人听闻，无非是吸引幼稚读者的注意力，牟利赚钱，并且把人引向低级趣味。社会上低级趣味的人多了，各种混乱作品的市场就大了，人的本性之一就是人云亦云疏于思考，从这个意义上讲各种无良作品深谙人性，却不懂得提升，所以未经筛选的书籍最好放弃。某些书不读也罢，如同某些人不见更好，把时间用在和朋友把酒言欢，享受世俗生活的乐趣上。

求新求异是阅读的大忌。随便翻看汗牛充栋般的书籍世界，不仅观点雷同，即使遣词造句也基本是重复，要记得每个世纪如果出现几个天才和伟人是非常了不得的事，那些小说家或者文学作品基本都在重复表达着生而为人的种种感受，只是随着时代变迁，人们的认识和处理方式不同，低水平重复是常态，偶尔突破是特例，举一反三是不必花费太多时间的。

越是披着创新的外衣越要警觉。我们人类经过数千年的进化也基本还是这个形状。既然对人的认识不能以服装计，对书的选择也就不能唯新论了。阅读经典，是因为经典经过了时间检验。当然，对于伟大书籍的观点既要顺从敬仰，也要有与时俱进的批判观点，等等。

论反复阅读

反复阅读一本书，如同世交老友，伴随着时间的日积月累，理解加深，成为彼此精神世界的一部分，类似于民间的俗语，一起混日子的交情，绵长深厚。

反复阅读一部好作品，也和我们阅读之初涉世未深，对这个世界理解浅薄有关。好作品是作者精神活动的精华，思想和认识远远超出庸常之辈，本身也需要时间逐渐领悟。一般平庸的文字作品往往用趣味和有益吸引读者，殊不知往往是有趣和有益降低了作品的价值。思想的优异之处不在于追求有趣，而在于身处繁杂的人世心怀悲悯，不但同情好人也同情坏人，或者避开这样的划分，让读者不忍放下逐渐进入另一个境界，甚至不依靠众生喧哗寻求快乐，而是通过反复阅读，在精神上达到自足。

古人的名著可以达到这个效果。世代流传下来的古人著作，眼光之深远，语言之简练，洞察之豁达无不验证着古人的真知灼见，百看不厌，百读不倦，直到成为精神世界的一部分。身体上我们依赖食物，精神上我们依赖读书。好食物对身体有益需每天进食；好书籍对精神有益需反复阅读。反反复复，历久弥新，阅读也遵从这个简单的道理。

书籍，一生的情人

量力而行，为我们指出了为人做事的方向。把自己的愿望引向轻松易得，与自己的天性和能力最接近的东西，算是对自己真正的好，少去了很多的自我折磨。

友情如此。交往时感觉没有负担，不必考虑得体与修养，轻松、坦率、善意，仿佛是另一个自己，这样的感觉可能凤毛麟角，但一定是存在的。人们倾心追寻的，一定在某处存在，至于在什么地方，我不清楚。

爱情如此。爱情的好毋庸置疑，但是人们应该特别注意视觉和触觉的价值，这种看法本身似乎太过实际，但是如果缺乏美好的肉体和容貌，纵有神圣高洁的心灵也很难派上用场。因为心灵关乎心智，在高处；而容貌和体貌，看得见摸得着，显而易见。

人们总是倾向于接受表象，听风就是雨，被表象牵着鼻子走，乐此不疲。

心灵之约，由于寡见鲜有令人心生惆怅；肉体之交，由于岁月销蚀而日渐凋零。而与书籍的交往，不仅安全可靠，慰藉着孤傲多思的岁月，消除烦乱闲愁，还随时带来新奇，拿得起放得下，心安理得不必关照情绪。

书籍是关乎一生的情人，还在于高度自主的选择。书籍从来不会自己出来烦人，不喜欢的根本无法走进书房，更不用说那些恼人的自我推介和烦扰了。

当然，和其他任何事物一样，和书籍也不能缠绵太久。

好作品还需要好读者

由于人生的局限，文学有意无意地丰富着人们的生活，特别是那些经典文学作品，几乎总是在陈述"人生和世界到底是怎么一回事"。《红楼梦》，这部诞生于清代的作品，可以作为实例。

无意对这部大作进行评价，横看成岭侧成峰，远近高低各不同。

《红楼梦》意义非凡，曹雪芹把庸常小事描述得意境非凡，远非一次就能读懂，可以终生阅读。任何时代都读出新意，考验着作者和读者的耐力，宛若一场终生不渝的恋爱，他们思考和践行了什么，值得探究。

好作品还需要好读者，否则就是浪费和糟蹋。大致翻了某位专家的书评，所谓标新立异的观点，除了误己害人，别无他用。如果看问题失去了常理，所谓的观点和见解就是胡言乱语，貌似高深，其实却是高深的反面——浅薄。

一流作家的精神特征

一流作家的精神特征，独立而直接。他们创作的作品是自己思索的结果，他们的作品在任何场合都是一流的。在精神领域，他们是自己的君王，其他作家只是站在陪臣的位置。

在精神王国，真正思索的人就是一国的君王，具有至高无上的权威。他的话如同君王的圣谕，本身就是权威——君王不接受他人的命令，也不认识其他的权威。反之，拘守于世俗流行诸种意见的凡俗作家，人云亦云，像秋天被风吹拂的枝丫，左右摇摆，不知所然！

有些人每每爱引用权威者的语句，取代自己贫乏的理解和见识，并以此引用为荣。仿佛取得莫大的组织靠山，既无思考又无判断力，为自己找到权威的护身符，也算是自己站在权威者一边，好像自己也变成了权威。

原创，应该发自内心

在什么条件下？一个人不必在乎别人用他的东西，不必把自己的想法和主意置于自己的名下，也不必争论谁先想到了那个主意，谁先说出了那句话？富有和超脱，或者非常富有和非常超脱！富有和超脱也许是原创的前提，没有太多的顾虑和负担，是原创的必备条件！

但是原创如此折磨着现代人的神经。天赋才情以及源于内心的渴望本来就是稀缺的。上帝不希望他的孩子们每个都出类拔萃，他希望挑重担的少数和追随的多数，他希望众生云云过好每天的生活，而非人皆圣贤。现实中的人们也没有要求红花少年样样红。但是，人们需要原创，在所有的领域，人们现在到处讲究原创，简直成了瘟疫。

原创应当像疲惫的人需要刺激一样发自内心。但是，有些遗憾的是，无论我们怎样渴望发展与突破，都不能超越前人的藩篱。先人在各个领域都为我们确立了一套行之有效的模式，尽管存在缺陷，还是非常好用。就像国家的形态，虽然历史上各种革命每个时代都在发生，但革命过后，又恢复常态，无论是组织机构还是生活态度，大抵还是那个样子——人们生活的本来样子。

原创是人类自由精神的自然流露。人们把自己的观察与感受表达出来，出于不可抑制的激情，而非东拼西凑自我折磨。原创不是追名逐利，也不会在繁文缛节上消耗自己。一个人必须具备原创性，但是它却不是通过刻意追求就能够获得的。

记录时代精神：把话说好很重要

人，世间最需要沟通的动物。沟通迫使语言发展，甚至发展到语气语调都能表现不同的态度。反过来，又给沟通带来更多的困难，甚至产生难以修补的分歧。

人们不停地发表着生的见解和主张，不停地说了又说，变成文字，变成图片，变成影像，穷其一生表达着生的种种感受，没完没了，一代又一代。而当代人对生的感受似乎更加强烈。除了主流思想，次流思想以及不入流的思想更加活跃。即使说话，要想说得有分量，也不是件容易的事。

作家刘震云认为有四种话是有力量的：一种话是朴实的话；一种是真实的话；一种是知心的话；还有一种是（与众）不同的话。从作家的角度看，要写一本书，肯定是有不同的话要说，而不是有相同的话要说，相同的话真正成废话了。而真正的现实是：大多数人每天被各种废话包围，甚至一年也听不到一句像样的话！

但这实在怪不得谁，更不能责怪时代。

我们都是被时空束缚的人，即使渴望超脱，又能超脱到哪里呢？大多数人的生活基本上处于《一地鸡毛》的状态。作家，作为强力沟通者：人们被简单重复的事件麻木甚至钝化了的感觉，一经提醒，顿开茅塞。具有时代特色的作家一定会有这样的力量和能力，虽然他们的生活本身不是时代的代表，但是他们的作品不仅是时代的感受和记录者，也一定提醒着同时代的人，如何生以及如何感受。

沟通，如果说这个世界存在良好沟通方式的话，把话说好很重要！

文化，挣脱着思想的羁绊

很难将文化和思想区隔，但也并非如想象的难解难分。文化在默默承载和表达思想的同时，也在不知不觉中分化和丰富着思想，改变着世界，虽然文化自身总是有那么一种特立独行的味道。

在世俗社会，人们忙于生计或者如升官发财的梦想，文化好像总是以附着物的形态存在。文化在各个方面泄露着人们的秘密，从衣食住行到言谈举止，但是人们往往以感觉说长论短，这是文化的微妙之处，也是文化的个性所在。

现代人追求民主，张扬个性，凡事自有主张，而现实中的具体表现却千篇一律，所谓的个性就是无个性。也可能有人会不以为然，无奈，大国人多，即使存在个性，在追随和被追随的过程中，个性也很快变成共性。倒是历史千年传承的文化依然故我，保持着独有的特色，千人仿效，万人膜拜，也仅仅是学个皮毛，东拼西凑地改良改进，骨子里的魂魄不变，文化挣脱着思想的羁绊，最终还是倒在思想的怀抱里。思想不进步，文化也前进不了多少！

略论文人相轻

读了一本书，又读了一本书。

文人相轻与相惜，不单是文人，只要有人的地方都存在，区别仅仅在于程度深浅而已。原因大致如下：

首先是偏见。人类的偏见由来已久，虽然交流互鉴是交往的最高形式，也是最理想的形式，但交流互斥也是经常存在的，并且更普遍更通常。每个日常生活中的人都能够理解，只是没有深思背后的原因——偏见。如果偏见和私心联姻，就更加灾难深重了，好在人们并不怎么在意，一日三餐的琐琐碎碎，足以消弭各种偏见，尽管偏见还是顽强地以各种形态出现，在各种有人的地方制造事端。文人事更多。

其次是权利。如同国家，使用武力扩大边界彰显的是权力，是统御。作为个体的人也没有自甘平庸，想要的是权利。有句广告词很直接："我的地盘我做主"，自我做主的心态就是权利。现实生活关于权力有千百种解释，行政权力划分得比较分明，按秩序遵守并无多大歧义。文人就不同了，一本书比另一本书好？实在是非常主观的。文人的地位也不太好论座次，文人地位的决定基础就是几本书，不像金钱、武力那样容易确定，甚至不如艺人让身体说话脱颖而出。所以文人只好相轻相贱，捍卫自己。

第三是地位。在经济繁荣的时代，不繁荣的时代也一样，人们对待当代文化的态度总是暧昧不清。人们总是对遥远的事物倾心，要么过去，要么将来，唯独对生活的当下忽略淡然，带着少有的批评态度。很少有人清醒地看到时代的偏见与麻木，文人自身更是被自己带有偏见的作品缠绕，以为几本书就可以把生命的本质看透，局限在自己的一亩三分地。

还有吗？还有，不一而足！

心无旁骛专心致志地生活

读史是件很有趣的事。放下现实翻阅历史，为当下寻找依据或借鉴，有根有据地活着，既是对历史的膜拜，也在表明对当下生活郑重的态度。这样的认识怎样呢？想到了就接受，太多的疑问可以放下。

按照传统的说法，我们的历史书，有正史、别史、杂史、小史等各种各样的史书。把历史了解清楚，几乎是不可承载的重负，就像拥有财富只是少数人的事，历史只要少数人了解即可。"二十四史"就是为少数人准备的，虽然是一个民族绵延不绝的历史，也仅仅属于少数人，书店书橱可以为证。但是"二十四史"从来没有被忽略，重要的少数和不重要的多数，无论从哪方面论证，"二十四史"都可以成为当然的例子。

翻看正史犹如拜见正襟危坐的人，那种特别的味道不见得令人愉悦。人们更喜欢形象生动甚至流俗的表达，因此，野史比正史流传更广。野史的优点在于每个人都可以根据自己的判断理解，人之常情之类的传说总是能唤起同情心，至于理解不了的可以任意曲解误解等等。历史和现实结合，衍生出各种意想不到、堪与不堪的新故事，也属正常，也属正常吧？

存在的就是合理的。生活在当下，不被历史所困，不被未来所扰，忽略盛衰，忘掉变化，心无旁骛专心致志地生活，还有什么比如此更值得提倡？

艰难着也快乐着，生生不息！

《平凡的世界》涉及土地问题，涉及情感问题，涉及宗族问题，还有其他各种次要问题。两大村落之间的打架事件，非常热闹也非常草率盲目，类似平凡世界发生的任何不平凡事件。

土地作为稀缺资源对农民重要，其实对城市的人更重要。土地对所有人都很重要。人们依附于土地，争夺土地，每天行走其上，幻想据为己有，挥洒青春和热血，艰难着也快乐着，生生不息！

现实生活中要解决的问题，基本是关乎人的生存问题，所以也离不开土地及其所有权的问题，归根结底还是人的问题。而由人派生出的问题太过复杂，看看中华大地不同区域代表的服饰及其口音，也能理解一二。

世世代代，人们力图寻找生的普遍意义，寻找理想国或者大同世界。但是世界依然故我地存在着。一直在探索，一直在追寻，坚持不懈，苦乐其中，一代又一代！

平凡世界里不平凡的种种事例，昭示着社会的进步以及治理之艰难。看看人们的新期望，再看看日新月异的新追求，一直在进步，停一停也是为进步准备，比较流行的词汇是转型，微观上也叫调整。是这样吗？一定是这样。

关于风格

　　某些传记作者，他们的作品甚至超越了他们描述的人，给主人公增色添辉，给人物穿上掠人心魄的金罩衣，让我们深深地记住。

　　风格是附在人们身体上的魂魄。我们可以准确地描述脸、身体或者外貌，但是我们只能抽象地谈到风格。风格如影随形地伴随着人们，那样一种态度，那样一种风貌。

　　风格的魅力在于让人记住。当然，趋利避害的天性，还是让我们愉悦地记住了良好的风格，遗忘差的。

　　看了两篇不同作者对同一个人的传记描述，天壤之别！

　　传奇女人与市井商妇，同一个人出现在不同作家的笔下。不要深究了，一个浪漫主义艺术家和一个想象力匮乏的编辑本来也不是同道，看人看物相差十万八千里，也属正常。差距如此之大，还是有些惊异，很惊异。

　　看来，这个世界非常需要向上看，超越现实生活的理想主义者！

树影斑驳梧桐道

　　像沉默的男人，静默凝思。

　　如果是凝思，他在凝思什么？梧桐道的寂寞与喧哗，在澄澈的夜晚，在皎洁月光的映照下，触发着转瞬即逝的想象，也触发着对这个世界的联想与展望，还有回顾！

　　在生的征程上，也许只有人类才多思多欲，想象无边！被无边的想象牵引，忘记当下和现实。人们多虑又健忘，慷慨又吝啬，对这个世界付出又索取，了无尽头！当下的一切都可以成为烟尘，但是人们却拿得起放不下，说了又说，从不满意，任是烟尘也前赴后继，从不停息！

梧桐道也许经历了很多，太过高大的树木总是给人凛然的感觉，也许相对论在暗示着什么。倏然涌现的想法太多，来不及思考就被新感觉淹没了，很像这个快速发展的时代，新鲜和新奇摧残着人们的神经，比学赶超还是经常落伍。

幸好每个时代都有一批遗老遗少般复古情怀的人，把老旧却深藏人们记忆的物品奉若上品，百般呵护，给人昔日重来的温馨感觉。也许不破坏就是传承。我想：传承也许就是留给自己连续不断的生命记忆吧，无论好坏，都不能从记忆中抹去！

梧桐道不长也不短，便于漫步也便于静坐，无人打扰的时光就是好时光。

舆论如同空气一般存在着

什么是生活的旁枝末节？什么是生活的根本所在？哲学家回答不了的问题，艺术家也勉为其难。但是哲学和艺术一直坚持不懈，行走在探寻的道路上，为我们留下伟大的思索和实践，用各种艺术形态装点着生，装点着生命的壮丽辉煌或者苦难深重。

骤雨过后，天空清澈异常。

就像一场交响乐会后的宁静安详，表现已经相当充分，生活重新回归庸常。在庸常的世俗生活中，尽管众生喧哗，却免不了陷入舒适安逸不能自拔。那些激进的观点无论多么冲动，也改变不了事实上的平庸，一切仅仅是说说而已，或者沽名钓誉或者泄一时之愤。另外，大声喧哗者没有真正的裁决权，舆论仅仅是舆论。

和平时代，舆论如同空气一般存在着，并没有真正束缚裁决者的手脚，甚至舆论制造者本身也没有太过较真。人们如此健忘，今天投入这个，明天投入那个，被事件和情绪左右，碌碌无为还以为一切尽在掌控中。

哲学在雨天销声匿迹，画家闭门作画，演员们低声朗读着古老的诗句以及当代人的家长里短和情感忧伤，既无震撼的力量也无洞见，人云亦云地发声，似有可无。也许生活的根本即在于此：一切如常，平静如初。

私人谈话的价值永远无可取代

任何入迷都是一种自恋，绝对的自恋就是自爱，自我爱恋达到一定程度，比如到敝帚自珍的程度，一定是达到某种境界了！

一位同事很形象地解释道：把破扫帚当作自己宝贝一样，就是敝帚自珍。这个解释配上当时的表情，让一个粗犷的形体有了无尽的纤柔，表现及其表现力让一个人变得灵动。

这就是沟通交流中私人谈话带来的魅力。

人们获取信息和知识的途径有千百种，私人谈话的价值永远无可取代。人们不惜翻山越岭去见某个人，漂洋过海去听某门课，无论是倾听还是探讨，同时还裹挟着情感和心理感觉。当一种交流由情而生，由感觉驱动，一切都会活跃起来。

这不就是生的乐趣及其形态吗？当然，如果我们反对一个人，还是不见面的好。见面也无妨，拳脚相加也需要面对面才可实施。相对于电视、手机以及任何电子设备，面对面永远令人心仪。

私人谈话永远是人的基本交流方式。让我们见个面吧？这句通常的话反映的基本诉求，千年不变。

偶然翻到一页书

偶然翻到一页书，犹如偶然遇到一个人，或者进入新奇的宅院，是新鲜也是新奇，虽然新鲜和新奇并不是生活的全部。好在人们并不在意生活的全部，而是在细碎的生活中感受着生，每天知道一些，又忘掉一些，感到时间不够用。

那个神秘的主宰淡然安排着一切，缓慢地让他的孩子们知道一些，再知道一些，一次只赐予那么多。于是人们勤奋努力，不懈努力，甚至某个在高处御览天下的帝王，向天发出再借五百年的企望，留住更多的光阴，直到懂得？

我们懂得了什么？酒精加剧了悲悯，烟草缓释悲悯，或浓或淡的茶让悲悯来来去去。刘震云曾肯定地说：我不追求幽默，我追求见识。他的《一九四二》是二十世纪最震撼的见识之一，虽然无论印成小说还是拍成电影，都观者寥寥。某个时刻我好像读懂了，更多时刻还是遗忘，有意无意地遗忘。偶然翻到一页书，合上却不舍。这页书带来的思考如下：一、本能。但本能可以沉睡，也可以迸发；二、情感。情感可以沉睡，也可以迸发；三、本能＋情感是品质；四、情感＋本能是高品质；五、情感＋本能＋精神汇聚＝灵魂。

对于庸常之人，达到第三种即"本能＋情感"就很好了，是中庸吗？比上不足比下有余可以如此理解吗？深夜不能确定。

赝品及其价值

从问题的对立面看，赝品在佐证真品的价值。无论出于什么目的。

在马萨诸塞州春田博物馆举办的一场名为"欺骗的意图：艺术世界的伪作与赝品"中，著名的伪画制造者凡米格伦临摹了大量维米尔的作品，据说其伪作十分逼真，蒙骗了许多最高端的鉴赏家。蒙蔽与被蒙蔽，误导和被误导，两个相互关联又极具争议的动作，不简单的动作，为这个世界创造着新奇与吸引力。

某件事情能够引起人们持久的关注以及经年不改的兴趣，本身就是传奇，至于真假，也许已经很不重要，或者很次要了。就像祖传下来的老物件，在那个时代可能非常稀松平常，但是有了时间的洗礼和情感的浸润，变得非同寻常。

真真假假的事劳心费神，如果真的好，假又何妨？不过是借个名而已，其中的八卦传闻供后人参考沉思甚至愉悦，由后人定夺。

附：《基督之首》令人过目不忘，引人深思。《戴蓝色蝴蝶结的少女》以及《老鸨》未曾见到。

关于庸俗的价值观

某个经济学家在评论约翰罗时，使用了庸俗这个词，看到这样的评价，我忍不住笑了。

这个世界哪件事不沾染庸俗的味道，人类追求高尚不就是渴望脱离庸俗吗？在拥挤的现实世界，庸俗和高尚并存，高尚偶尔露面，庸俗时常缠身。

对庸俗的厌弃，说明追求尚在。即使那些庸俗缠身不可救药的人，也对高尚充满敬意。这个世界的人和事，心意是一回事，能否做到又是另一回事，不必苛求，大可不必苛求。

约翰罗发现了信用的效用，一张纸可以作为价值的尺度，又何必使用沉甸甸的贵金属呢？如果这也叫庸俗，我看庸俗这个词倒不那么令人生厌。真正令人生厌的是滥用，包括货币的滥用以及任何一项人类的发明被滥用。凡事利弊参半，所以需要节制制约，克制相伴。而在这一点上，人性永远是输家，输给了自己！

无中生有，梦醒梦醉，时间悄然而过！

节制与奢侈

几乎所有的西方哲学家都认为，节制是美德，而亚当·斯密的表述更有一种令人愉悦的亲切味道：雇用许多工人，是致富的方法；养活许多家仆，是致贫的途径。斯密在研究财富增长的实现途径中，将节省并积累作为最普通也最显而易见的方式，作为最重要的优势。

"成由节俭败由奢"仿佛在东方对应着斯密的判断。无论是宋朝的词人还是唐朝的诗人，更是把节制与节俭上升到国与家的高度，"历览前贤国与家，成由勤俭败由奢"。从文风和写作风格上看，在关乎节俭节制的认识上，亚当·斯密更委婉，中国的诗人更直率。

趋同和趣味，在不甚深入的阅读中，即使找不到适当的词语表达，沉迷其中既是所得，无须他求。

现实中，人们是怎样对待奢侈与节俭的？正如中国的诗人寄情山水，亚当·斯密对乡村的看法几乎能够让每一个人得到慰藉：乡村带给人愉悦和内心的平静，同时这里也拥有人们最珍视的独立。现实中的节制与奢侈，从古至今一直存在着较量着，人们看到的样子就是现实的样子，一切如常。

《诗经》，诗歌的绝响

白米粥加白开水加白皮书，不治病也许可以医痛，分散喧嚣之乱，分解雾霾之惑！

金融末日与财政悬崖，金融和财政的新问题新语汇越来越多了，多到必须汇精聚力才能理解的地步。刹不住前行的步伐，就与时俱进，或者与时俱退。时间在与时俱进，而具体的人是与时俱退的，懂得又怎样？义无反顾地前行，一如既往地努力，挑战人类制造问题与解决困难的极限，是这个时代的特征之一，仿佛不断进化的抗生素，新菌落在助推，一直在助推！

翻出一本工具书，扔掉；翻出一本《论语》扔掉；翻出《经济学原理》扔掉，这些原理扼杀着人们的情感；翻出《诗经》，留下，一定要留下！

《诗经》，诗歌的绝响，我们的祖先曾经多么优美的生活和感受，看到其中的诗句，也许会唤起我们身上仅存的一点浪漫情怀，为生活增色添光，而不仅仅是正襟危坐为金融末日忧虑。世界没有末日，只有未来，未来属于未来的人们，懂得这一点足够了。经济学不能给予的，《诗经》可以做到。也许我们总有一天会明白：为什么诗人会相信柏油路上可以长出玫瑰花了。

读《论语》最好是随着岁月蹉跎，逐渐懂得

读《论语》这样一部语录体的书，比起读动辄上万字甚至上百页的报告，不知要享受多少倍。虽然现代人比较讲究舒适，但做起事来基本是和舒适作对，写文章讲话诸如此类的事也是如此套路，和舒适绝缘，甚至走到了舒适的反面。

《论语》中的对话以及孔子日常生活中的一些事情，放在任何时代也许没有什么稀奇，但是把并不稀奇的事情处理好却又是非常难得。据说儒学思想基本都在《论语》中找到，传承两千多年再加上不断的解读演绎以及发展，成为体系亦属必然，但是《论语》读起来并不晦涩难懂。当然，真正理解懂得需要假以时日，这个时日以年计或者数年计，最好是随着岁月蹉跎逐渐懂得，类似瓜熟蒂落般的过程尤其好！

《论语》的好，不一而足。孔子认为"极高明而道中庸"，理解这样的语录，恐怕需要经年累月的时间，无论是庙堂还是江湖，都会派上用场。还有"文质彬彬，然后君子"以及"道之以德，齐之以礼"或者"性相近也，习相远也"，变成字帖或者书法挂在墙上或者任何地方，经年累月，既是教化也是昭示，世世代代受用。虽然现代人受民主自由侵染，喜欢突出个性，彰显自我，但是亢奋期一过，还是回到中庸，追求某种极高明。

孔子不知老之将至

勤学不倦是成就任何事业的基础，即使学习亦如此。

孔子"发愤忘食，乐以忘忧，不知老之将至云尔"，用功读书达到了忘记吃饭的境界。陶醉在学问里，忘记了忧愁，甚至不知道衰老即将到来，真是忘我！

孔子的学问传承了两千年，学问滋养身心，也创造了无数就业机会。只要怀揣孔子的学问，传道授业解惑，就能混饭吃，真是不得了！没有哪个人如此持久地受到欢迎，历朝历代不知被批倒了多少次，多少次又被推崇到高点，无人企及的高点，思想的高点。

经世致用的学问，没有比孔子的《论语》更切用的了。

读读孔子，读读《论语》，无论早晨还是傍晚，无论深思还是消遣，即使达不到发愤忘食的程度，至少也可以忘记老之将至，另外的愉悦就不必说了。

人生在世，忘记一两件不应该记住的事，总是好的。至于是怎样的好，要多好有多好，只有忘记了才知道！

孔子在乎衰老，主张活有章法！

孔子还是在乎衰老的，但是主张越活越有章法。

孔子说：四十而不惑，五十知天命，六十耳顺，七十从心所欲不逾矩。顺序而为，越活越有章法。其实，孔子还是和常人一样对衰老心存疑惧。

子曰："甚矣，吾衰也！久矣，吾不复梦见周公。"——我很衰老了啊，好久好久没有没有梦见周公了。孔子对衰老的理解就是不再做梦了，没有梦的世界就是衰老的世界。是的，大家要做梦，有梦想就年轻，至少是人生的盛年，还有未来。

但是孔子也有对衰老的化解之道。

叶公问孔子于子路，子路不对。子曰："女奚不曰：其为人也，发愤忘食，乐以忘忧，不知老之将至云尔。"叶公向子路问道孔子，子路没回答。孔子说："你为什么不说：他的为人啊，发愤时竟忘了吃饭；快乐时，便忘记忧愁；简直连衰老就会到来也不知道，如此而已。"

其实呢，根本没忘掉，只是转移了注意力，或者采取了章法有度地活着而已。其实已经不简单，很不简单了！

孔子的创新观：苟日新，日日新，又日新

孔子"述而不作"，是有选择的，可以通俗地理解为择其要者而作，即抓主要问题、关键问题。具体到孔子的"作"就是：把过去的典章制度按照所处时代的需要给予创造性的整理、诠释甚至发挥。"苟日新，日日新，又日新"体现的就是孔子的创新思想，用当下比较流行的术语就是：与时俱进。在不断变换的外部环境和内部变革中，因时因地制宜。

儒家文化的千年不衰，也许就是"苟日新，日日新，又日新"绵延不断的结果。

金融街的早晨，新的一天开始了。在"苟日新，日日新，又日新"循环中创造着属于这片天空的故事，在历史烟尘中寻求永驻。

迷人的提升过程！

人生之初最美的相识，《红楼梦》做过最好的描述，互相打量似曾相识，新奇相惜，这个世界原初最自然的状态。和我们一样的人是怎样生活的？怎样共谋生活？怎样被生活改变？

人们创造着生的千百种姿态，循环往复，从来认真，偶尔无奈。这样的认真不独为人所有，所有的生物都顽强不息，根植大地积极向上。积极向上是那个神秘的主宰对世界的安排，如同春夏秋冬，如同日夜轮回，是这个世界的常态。

如果真的理解了，充耳不闻，视而不见即是常态。而真正的现实却刚好相反，人们没完没了地追求、不知疲倦地疑问，甚至连那个神秘的主宰都会厌烦，看看雾霭沉沉的天色，一副阴沉不悦的样子。

认识一些，再认识一些，迷人的提升过程！

比认识更迷人的是烟草。抽了两支烟，烟草的味道可以改变不悦，也许不悦更加深重了。抽烟不是好习惯，自我检讨却积习不改也是本性之一吧？毫无疑问！

不经意的时刻以及鬼使神差般的相遇

在浩如烟海的资料面前，研究任何一个问题，都足以耗尽人们的精力。

幸好，随着研究的深入，我们会不经意地发现：尽管资料遍地都是，除了某些真知灼见，大部分所谓的研究不过是互相抄袭，如果掌握驾轻就熟的方法，从部分猜到整体，窥一斑而知全豹，不仅是非常容易的事，而且也能坚定我们继续研究下去的决心，树立自信。但是，我们还是需要某种不经意时刻的到来。

在资料的海洋中，翻到对我们研究非常重要的半页纸，或者匿藏在某篇纸张中重要的论断，确实需要某种鬼使神差般的巧遇，如同恋人相见，偶然的一瞥，随即改变了事件的进程。文学书籍经常用惊鸿一瞥来形容，自然有它的道理。

不管怎样，坚持不懈和前后一致的工作以及不畏艰难险阻的勇气，还是发挥了基础作用。对于希望不断丰富自己内心世界的人来说，深入研究某些问题，精读某些经典，在个性中寻找共性，举一反三是唯一的选择。因为，时间总是宝贵和有限的。

人们的关系及其态度

经济独立与精神自由的当代社会，人们的关系及其态度：

——契约关系。从人性的角度出发，如果承认情感是人的灵魂，契约关系无疑是扼杀人性最无情的绳索。它忽视情感或者置情感于边缘，把人们固定在法律或义务的框架内，责任明确，条理清晰，冰冷而理性。幸好，人们并不完全遵从它，经常摇摆于情与理之间。组织和个人，男人和女人，是契约关系最主要的承载者，他们从中受益又受限，无法两全。

——不确定，亲密又疏离。无论有无期限，契约关系在固化某种关系的同时，也在动摇或瓦解着人们的依赖感。人身依赖是与生俱来的人性之一，犹如人对土地的情感，依赖、依存与拥有亘古不变。而人们之间的关系却远远达不到这种恒定。

人们在组织中为某个目标共同努力，离开这个组织就变得陌生，在某一点上接触，在其他点上则相距甚远。经常联系却不存在真正的结合，如同未曾白头偕老的陌路夫妻。

——为此，人们的态度千差万别，但有一点是共同的，当不确定成为人们内心普遍的忧虑时，极端的情绪也许就会常态化。

经济的发展为人们提供了充足的物质，而人们的精神却准备不足，被滋生的各种欲望冲击，犹如仓皇的花狸鼠，四处破坏，又四处寻求庇护。所谓的大师盛行，奢靡享乐以及各种招摇和展示，无非是既无自信又无信仰的折腾罢了。

身不由己却也坚持着

作家，既是时代的表述者，也是时代感受者。同时，他们也是时代的旁观者，穿越不同时空，记录或升华现实，不在现场却把现场留住，深刻地留住，让某个时期历史长河的浪花更加夺目，供后人借鉴，供后人参考，人们怎样生？又怎样离去？

莫言于某个场合说：人生处处有尴尬。作家的天性的确不支持太过喧嚣的现场。作家不是表演艺术家，写作很个体，必须在沉寂中完成，如同孕育孩子，两个人发起一个人孕育，而且需要比发起用去更长的时间和等待。作家一定要有非同寻常的个性，如作家帕慕克参加社科院的研讨会，讲了十分钟便抽身而去，并且表示"没有理由坐下听你们一群人讲我的是是非非"。

莫言不会，莫言的个性表现为无个性。莫言获奖后参加各种会议，参加各种会议成为莫言的责任。通常情况下，名望太大的人基本都要承担更多的责任。很多时候担个虚名的背后很可能养活一批人，是不是也是尽社会责任呢？这个问题不是作家考虑的问题，经济学家或许说得清，但目前的经济学家更喜欢喧嚣的现实，潜心研究是比较寂寞的事情，未必能及莫言前期持之以恒的创作。理解莫言所言人生处处有尴尬，也就顺便理解了莫言是个传统文化感很强的人，身不由己却也坚持着。这就是莫言，沉稳深邃亲和质朴的莫言，对西方了解但更东方，不是不知道而是莫言。

哪个作家不被争议？哪个人不被质疑？人们在分歧和妥协中感受着生。以笔为生的作家们也许有着更加自制的人生自觉：独立思考、独立创作，记录生的征程，记录时代的声音。

扔了一些书，又扔了一些书！

扔了一些书，又扔了一些书！

书籍对人的误导和侵害，甚至比人更严重。某些书不知不觉中侵蚀着人们的思想，把偏见和谬误输送到人们的头脑中。如果接触的是人，总会在行动中觉察不端的蛛丝马迹，而书却隐藏得更深，令人失察而误读偏信。等到觉察，人生也许过去很多年，只好将错就错，甚至比婚姻更误人。

师长总是劝学，领导们也是诲人不倦。但是，读书终究还是要选择的，就像这个世界上的任何事：选择，择其善者而从之。多看有所教益、积极向上的好书，防止生命虚度，或者枉度，或者成为他人思想的跑马场，都是值得深思和借鉴的。

扔掉一些书，又扔掉一些，心安理得！

观晋陆机《平复帖》

晋陆机（262—303）的《平复帖》，现藏于北京故宫博物院。理解距今一千七百多年的文字及其胸臆，需要的不仅仅是想象力。损伤及变得浓重沧桑的纸面，还有无法辨识的文字，简洁却令人遐思的文字，激动和启发了多少代多少人？见证了多少故事，多少传奇？仅就"平复"二字，蕴涵的世间苦难远远超越了一张纸和几行字。《平复帖》当然是国宝，传承了千年的"平复"帖，适合任何时代，还有任何人。

"自躯体之羑也，思识梦之迈甚，执所恒与君。"这样的文字和解释是其中之一。躯体之羑与心灵之疾，都是不适，小妨大碍之类的人间疾难，需要平复，需要时时刻刻平复，包括不能将某种眼泪归咎于魔鬼辣椒，更不能归咎于雾霭烟尘。一千七百年前的晋人已经懂得平复，据传晋是一个"乱"与超脱难解的时代，而从"平复"二字判断，也许这个词是针对那个时代最好的寄托和表达，对今人亦是吧？对周末亦是？

伤感和悲天悯人，一杯酒一支烟不能消解。"思识梦之迈甚，执所恒与君。"这样的诗文太多愁善感，而多愁善感是人的天性，都进化这么多年了，还没有多少进步。也许这样的情感根本就不需要进步，只需积蓄，直到浓重再浓重，等待平复。

某些感觉，与生俱来！

某些感觉，是与生俱来的认识。真正的诗人生来就对世界有认识，无须有很多经验和感性接触就可以进行描绘。如果在现实中得到验证，更加证明了感觉的确实无误。当然，也可能变得了无趣味！

一定是新奇和幻觉发挥了作用！

诗歌和文学作品不可能是一个精益求精的工匠所为，因为这里渗透了太多的个人情感和伟大情愫，单凭修炼也许只能让感觉变得敏锐，但强烈的感受力和充沛的激情却是与生俱来的。当我们满怀感情阅读这些作品时，仿佛置身其中，和作者一样感受着最纯真的快乐和幸福，时间如同被花香侵染的帷幕，瑰丽神奇。

过程和结果？过程和结果都不存在了，只有存在，美的真切的存在！

看看那些把艺术创作只当作工作的人，无论是文学作品还是画家，仅仅是工作，除了考虑工作中赚取多少钱之外，什么也不想。有了这种世俗的目标和倾向，就决不能产生什么伟大的作品。

仙女宝贝说得好：情感为作品注入了魂魄！

世俗生活及其艺术

艺术，这个世界上最令人琢磨不透的事物，尽管不像衣食住行，如影随形地被需要。虽然艺术摆脱不了世俗的羁绊，但艺术最终还是以超越世俗的命运让自己存在下去，并且和精神秘密结合，成为尘世中的永恒，让自身散发出神奇的异彩，供后人敬仰、膜拜，在时间的长河中长盛不衰！

当然，这不是艺术的本意，但却是艺术的命运，如诗歌，如画卷，如种种传世精华。我们称之为艺术，当之无愧！

看了一幅画，又看了一幅画。震撼与感动，爱与惜，惊与叹！

生活在世俗世界的人们，需要表达，诗意的表达或者悲怆的表达，或者其他。不管是出于本意还是意外，有意无意之间，成就着艺术，丰富着现实生活。这也是人们生生不息努力追求的境界，化蛹成蝶，塑造非凡。

世俗的生活？世俗成就着非凡，艺术仅仅是个结果。

故宫博物院《清明上河图》

《清明上河图》无疑是传世瑰宝。人间世俗繁华的生活，任何时代都是人们表达的内容，反反复复！那些人间常见和罕见的景色，山水人物，通过画卷不遗余力地美化着生活，其中既有市井百姓的生活之梦，也有统治者倡导发扬的乾坤之梦。乾隆皇帝主持御用宫廷画家创作的《清明上河图》，比原作人物更多，场面更大，更绚丽辉煌。

艺术，反映着特定时代的思想风貌，也无意中记录着历史。不管人们承认不承认，艺术犹如人们的思想衣裳，总是不自觉地泄露着人们的思想。过往时代的人们在各种宗教和文化的熏陶下，头脑和理智还保持着清醒和冷静，不像当代人被各种信息轰炸，昏头昏脑，由各种投机者引导，千奇百怪的概念登堂入室，产生了那么多匪夷所思的产品，并冠以艺术的名号。而这些离艺术，差远了。

知识的积累需要充足安静的时间，如同孕育，如同秘密的生殖。知识为艺术效力发生在某个神秘的瞬间，但是一定要积累到能力充足才行，接下来就是漫长的诞生过程，清静而安静，等待骤然的喧嚣。《清明上河图》表现的是市井繁华，带给人们的感受却是一片安逸祥和，世间真实的生活。这也许是千百年来传承的原因之一，也是帝王们追求的理想。

故宫"石别拉"

遍布紫禁城门内外石台阶上的栏杆整齐划一，无论从哪个方向看，都是那么整齐。也许一个稳定的基业或者一个安全的帝国至少在感觉上要让人感到靠得住，虽然靠得住仅仅是一种愿望和感觉。

把愿望变成现实一定要有靠得住的手段。武装武器或者禁卫军之类这些威慑力尽人皆知，紫禁城栏杆柱顶上的"石别拉"经常被忽略。栏杆个别处的花头形雕刻，底部石球托着顶端打穿的小孔，形态端庄优美，其实充当着警报器的功用。

据说每当遇到外敌入侵、战事警报或是火灾，守兵用口吹石球小孔，石球震荡会发出类似螺声的警报声，迅即传遍整个紫禁城。知道如何使用的人仅限于旗人或内廷侍卫，被忽略也属正常。就像这个世界上的很多要事，隐藏在诸多凡事琐事中，谋划者根本没想让人知道。

紫禁城的军机办公地点和皇宫厅殿比起来，低矮平淡，给人无限联想。至于怎样的联想，心情淡漠的时刻可以到紫禁城散步，凹凸不平的地面足以激发想象，至于放眼望去天高云阔激发的另一种想象，也只能在现场感受。

精美艺术是无法效仿的

"精美艺术是无法效仿的，因为它们本身无足够的规律和规则可遵循。迄今为止，系统阐述这些规律和规则的做法带有很大的局限性和片面性，不断遭到思想、情感和习俗的冲刷而消亡殆尽。"

一个教条主义者看到这样的概括可能会遭受打击，但真正的打击是教条主义者永远行走在亦步亦趋的条条框框内。他不知道什么是现实，什么是活的力量，甚至不知道情归何处，永远陷于既有的程式之内，甚至不知道什么是冒险，当然也就谈不到勇气。教条既无法承载大千世界的风云突变，也不能应对现实生活的飞短流长。

抽了两支烟，静谧的夜晚安详无际。

即使烟草对健康有千百种危害，但是喜欢烟草的人都知道烟草的迷人之处，凝神聚气汇聚精神，让思想在烟圈的迷幻中飞扬汇聚，激发着想象力和激情，焕发不一样的神采。同样的道理适用于读书。读书不等于知识，即使知识也有优劣之别，适时适用内化于心，犹如随身携带的智力武器，随时为他的拥有者效力，而不是变成教条主义者或者书呆子，给世界平添烦乱。

如此，理解精美艺术无法仿效这个重要结论也许就不那么难了。当然，困惑还是有的，现代技术也许正在打破艺术的地位，越来越多的模仿可以让千百种模样整齐划一，无数艺术珍品以及其他传奇被拷贝复制。好在，深匿于艺术珍品中的魂魄以及气质无法复制，就像我们无法复制战争中谋篇布局、指挥若定的将军。独一无二总是存在的，就像爱上一个人，那么特别不能取代。

和时代保持距离，或者投入其中

和时代保持距离，或者可以生活在任何时代，是生存自由的另一种形式。遗憾的是，某些人对当下生活的极度投入，仿佛世界只存在于今生今世。实际上，那些坚固的楼宇以及高大的树木，已经存在上百年了，即使某些锅碗瓢盆都比人的寿命长，在博物馆安静地接待一批又一批的参观者，一代又一代，静默安详。

幸亏，各个时代的艺术家全神贯注凝聚精神，把某代人的生存状态或者庸常生活记录下来，升华为艺术作品，长存于世，展现着曾经存在的生活，那么投入忘我或者淡然。

一个男孩把他的手串给我看，他讲到了幸运、寄托或者诸如此类的祝愿。他是那么热情投入，他的全部精神集中在他的眼睛上，质朴认真，流露着某种自然神圣的东西。瞬间，我希望这个手串不仅是精美艺术品，一定附带着某种魂魄，为他强健有力的臂膀增添力量。此时此刻，我相信，这个手串是最好的，无与伦比的好。

一件物品的存在，只有和人紧密联系起来才会形成自己的魂魄。如果艺术不全是表现深邃高远，日常拥有都是艺术的远亲近邻。从庙堂到民间，从博物馆到胡同街边，艺术或者艺术家，为生活注入不一样的神采。

远远近近，一幅画，一首歌，一段舞蹈，世代演绎，在怀旧与创新之间前行。当我们不必为庸常的琐碎所扰，可以感受任何时代的生生息息，曾经消失过，也曾经存在过。

过目难忘的画作

绘画，思想和情感的表达，犹如雨夜沉思，探寻着某种契合，画作与雨声的契合，冷静与狂想的契合以及热忱与淡漠的契合。大自然以其无法抗拒的出其不意，骤雨倾泻，连绵不绝。

如同任何艺术形式一样，绘画亦是情感的体现。希施金的《造船用材林》带来的深邃与静穆，过目难忘。少年时的第一眼成为恒久的记忆，仿佛那里生活了几辈子。生活过好像还不够，只要想想画面风景，都会被拽回少年时第一眼看到时的震撼，犹如见到阔别已久的家园。没有去过怎么会如此熟悉、如此亲切？《造船用材林》带来的无边安静与沉思，时时刻刻。

也许，一幅画的真正震撼在于触动与契合，触动和契合了我们身体某个敏感多思的神经。谁知道我们的祖先从哪里经过，又去过哪里？经过千百年进化，我们的基因又怎样传承与突变？绘画，馨尽画家心力的作品感动着野蛮奔涌的血液，唤醒着睡去的记忆，如此之好也如此之忧伤，超越了画作本身。

浓重的风景与喧哗的市井，带来同样的触动与安慰。

在过目难忘的画作中，《清明上河图》表现的世间繁华景象，犹如深入其中，可以放在任何抽象化了的时代，可以表现任何时代的市井繁华，这样的繁华存在于国泰民安的日常生活中。生存百态均有，生活百物均有，满足着人们看不见的七情六欲，呈现着生的生机与活力，传递着浓重的现实气息。如果忘记了生活的本意，可以看看《清明上河图》。

夜雨连绵，沉思久远。

绘画是思想的凝结，心灵的舞蹈

在所有的时代风尚中，绘画恒久占据着统御的地位，或者御用或者民用。虽然绘画多数时候描绘的不是生活，而是精神汇聚之后升华了生活，或者揭露生活的欠缺和遗憾，以及人世间种种需要的展示和表达，无穷无尽。

时间改变着风尚，时间也了无痕迹地消泯风尚。那些存在于世的各种绘画，或繁复或简约，在时间的长河中此起彼伏，完全取决于每一代人的偏见。我尊重每一种好，还是无法克服自己的偏见，或者偏爱，犹如"人世间百媚千红我独爱你那一种"，某一时刻终于明白了什么是情有独钟！读了又读，看了又看，某种悲悯之情混杂着怜与惜，一幅倾注画家情感的作品从诞生的那一刻起，如同独立行走江湖的豪杰，开辟着属于自己的领地，撰写着属于自己的华章，或苦难或辉煌，一切交给了时间，或者独立于时间。

观看绘画需要安静，了无声息的安静，内心的想法随时间静默出现，某种虚妄在远处蒸腾，画面成为现实的一部分。能够激发无限联想的画作，即使创作者是个魔鬼，也是可以原谅的。况且，这个世界的魔鬼和天才都不多见，平庸遍地都是。

绘画，在喧嚣中进步着

在社会生活的演进中，一切不知不觉，悄然无息。犹如生命一旦结束那种伟大而神秘的颤动，一切将恢复平静，然后几乎是漫长却充满生机的孕育过程。

社会繁荣带来的普遍发展，绘画也在喧嚣中进步着，虽然其存在方式有着这个时代独有的特点，投资收藏或者交易，标注着犹如金融泡沫般的价格，令人羞耻的价格，但并不妨碍人们对美的追求和表达。这个时代的人们已经日益感到：除了解决现实事务的种种能力，理想世界和精神世界同样不可或缺；或者，在某些时刻变得更重要，需要在理想的世界中有所作为。

在社会实践的课堂中，人们已经学会和成就很多事，学校中那些陈词滥调以及不着边际的臆想已经满足不了现实的丰富多彩。实践中逐步确立的自信足以开辟新的天地，不必再俯就外来的思想，完全依靠自己的觉悟，自身的感觉和内心的力量开始变得强大，世代传承的本能在实践的历练中得到锻炼和加强，并且在后面的体验中继续锤炼，开辟属于自己的天地。

雨天观画作，宏大的山河岁月庄重肃穆，惊叹人的本性潜伏着如此磅礴的力量和气势，敬仰之情骤然而生；而那些简素庸常的花鸟鱼虫，传达着生活的温暖与气息，仿佛昭示着群体的强大以及个体的单薄。心灵既可以博大无边气势恢宏，也可以单薄柔弱，范围之广，美丽异常。还有，还有很多，我写不下去了。

范曾画作印象：很凛冽

凛冽，不太经常的感觉，每时每刻存在着，或者静默沉睡，或者肃穆威严。看范曾先生的画作，凛冽的感觉油然而生。

生之千百种姿态，凛冽之感蕴含着壮烈，属于诸般感觉中比较崇高的层次，虽不常有，被触发了一定很难忘。盛世无饱腹之近忧，却有未来之远虑。各种艺术形式，不仅表达着生的千百种姿态，更传递着时代的风骨精神，激起人们心中的崇高，升华着思想和境界。

范曾的画，既现实又超脱，随着岁月积淀越发完美，其中蕴含的凛冽气质，展现着一个民族绵延向上的魂魄，精神蕴涵其中又超脱具体之外，变成每个人的一部分，变成中华文化的一部分。

不要对范曾先生过去的生活指指点点了，这个时代诞生这样的艺术家，是时代的幸运，也是时代的光荣。

书法，不紧不慢书写着生的种种态度

如同生物的体貌反映着生存状态，中华文化的书法体现着世代的生命气息以及对这个世界的认识和表现，背后的力量足以承担起文化血脉传承的重任，也丰富着曾经存在于世或富贵或贫瘠的精神诉求。这个诉求在某一点上趋向一致。

博大的中华大地滋养着无数的各类大家，严寅亮以书法传世。就像我们不知道谁发明了如此之多的文明器物，我们也不知道厚重雄浑的"颐和园"是严氏所题，直到在某一个不经意的时刻，看到"借问行路人四面云山谁作主，坐观垂钓者五湖烟水独忘机"的超脱一问，直到我们看到"白水如棉不用弓弹花自散，红霞似锦何须梭织天生成"的潇洒自然，直到我们看到"春晖寸草夜郎道，明月梅花慈母园"的浓情厚谊，我们对中华博大土地上存在的人生情怀有了那么一种了解。再深入地了解下去，从厅堂庙宇到寻常村舍，各类楹联、匾屏、幢旗、文契、招牌，都充满了那样厚重的表达，不紧不慢地书写着对生的种种态度。

书法，是生存在这片土地上的人的魂魄，世代传承延续，尽管生机蜿蜒，却绵延无限。

无可无不可

某种形式的虚妄，不仅是生活的一部分，而且成就着艺术以及生活，丰富着时间带来的一切。天地万物声色之美，关乎生，此时彼刻。

春天之美在于万物萌生，无论怎样的老生常态，总是生机无限。"无可无不可"的境界只有少数人能及，尝试理解它的深意，某些时刻理解了，更多时刻遗忘了。深陷各种非此即彼的追逐，投入或者虚妄，积极或者懈怠，却极认真，这就是现实。人是环境的产物，真正理解了这句话，即使一刻钟，也算是进步。

"有融乃大"画展中，那个谦恭淡泊、修养一流的画家，却是那么平和。他把绘画当作生活的一部分，融得那么好，至今难忘！

强悍与柔情

男人的沧桑与温柔，女人的怅惘与向往，李玉刚表达得最好！

李玉刚的歌，任何一首歌，都可以放在任何时代，传达着恒久不变男人和女人的情感，至美的深情，为生命装点忘不掉的记忆，给那些有情有义的男人和女人以慰藉。他独特的声音，犹如他独特的个人，谦恭文雅，在强悍与柔情之间，自然跳跃，撞击着我们身体内尚未醒来的感觉，被触动、被激发，直至泪流满面。

风华绝代的男人和女人，举杯对月情似天，爱恨两茫茫，问君何时恋，菊花台倒影明月，谁知吾爱心中寒，爱恨就在一瞬间——多思多虑善感的年纪，任何时代任何人都会经历，宛如初春季节最柔美的花朵，在每一颗心灵绽放，苦涩与忧伤，任凭岁月变得苍凉，或骤然而止，或绵延不绝。

李玉刚的歌声在陈述着什么？是对仅此一次生命的叹息？还是倾诉岁月更迭？抑或对过往的无法释怀？这样的追问毫无意义，他在表达情，一曲绕梁成天籁，只道痴心不改转眼花已成海。依然眷恋，从未改变，绵延不绝的柔情如水存在着，存在着，仿佛生命不息。那年梨花依旧相思不及采摘，可释怀经年旧梦今仍在，总有千般风情，却万般无奈。是的，万般无奈却也坚持着，寻梦千载，这也许是李玉刚牵动无数人魂魄的地方吧，不仅仅是声音。

良辰美景，柔情似水，光鲜背后，无奈存在过，落寞存在过，非同寻常的坚持与非同寻常的技艺，颠覆却也继承着传统，创造着美。李玉刚用他的美与探索，创造出艺术的华彩，生命的华章！浮华舞台上最忘情的演绎，却也是喧嚣人群中最落寞的魂灵。繁华散尽，只有最寂寞的魂灵，才能留住那精湛而永恒的艺术瞬间，为凡俗的生活注入恒久的深情。他的歌声，是这个时代最具特色的标志之一。

声音的魅力

听过唐宋配音作品的人，都会为他独特、充满魅力的声音留下深刻的印象。无论是以文学之名，叩问生命的《朗读者》，还是《艺术人生》《歌声中的中国》栏目，唐宋以沉稳、厚重、充满感情的声音，伴随着光影变幻，把人们带入超出寻常的场景，或大气磅礴，或内敛深沉，或激昂或平静——激发着人们内心深处非同寻常的感受。唐宋用他的声音，表达着思想，传递着情感，展现着强健的时代精神。

声音艺术在我们这个时代空前发展，各种媒体为所有人提供了表达空间，也让人们在比较和借鉴中提升着声音品质。人们的听觉感受力从来没有像这个时代被空前满足，丰富而多样。在众多的声音表达者中，唐宋的声音以其多变的风格和气度，以及天赋才情，表现力更独特，更具感染力。

在唐宋代表配音作品《我的艺术清单》中，他的配音与朗读者本人的身份和展现内容完美结合。在介绍著名相声表演艺术家姜昆时，唐宋以轻快亲和的声音，和姜昆倡导的笑面人生、积极乐观的生活态度高度契合；在介绍劳动模范郭明义时，唐宋以一个旁白者沉稳的节奏和态度，与郭明义的出场相得益彰，融为一体，一个热爱艺术的劳动者在声音的伴随下，更加质朴亲切。从幕后走向台前，唐宋的舞台表现庄重大方，声音里饱含着超脱于庸常的阳刚之气，字字句句涌动着真情实感，激发着观众的想象力。

社会在发展，人的精神也日益丰富。面对各种迅疾的变化，恒定稳重的声音犹如情感的栖息地，唐宋抒发个人情感的作品无疑很好地承载了心灵慰藉和平复功能。倾听唐宋朗诵散文，或家信，或情书，瞬间激发的情感，让任何心怀善意情义浓重的听者，留恋不舍。唐宋朗读作家冰心作品《写给母亲的诗》，让一个游子的思念和牵挂成为无数个游子的思念和牵挂，令远离母亲的儿女们不知不觉泪流动容。而沉浸在朗读情景中的唐宋，像孩子般投入专注，朗读与生活融为一体，情景交融。当然，他的一句充满深情的"我的祖国"，也会瞬间激发听者强烈的爱国情怀，让听者久久不能平静。

在唐宋声音艺术的一系列表达清单中，这个清单太长了，从耳边的愉悦到心灵的震撼，声音的魅力被生动诠释。唐宋在《朗读者》栏目中声音带来的温暖，唐宋在央视以及诸多知名品牌广告中不断变化的表达风格，令人难忘。唐宋是国际 500 强品牌中意的好声音，作为他的长期听众之一，听得越久，越喜欢他的作品，触发的思考也越多。唐宋的声音将文字表达的思想动起来，为语言注入魂魄，抒发着属于这个时代的情怀和感受，独一无二。

大自然赋予人类说话、歌唱、叹息等表达方式，声音是情感的纽带，声音是思想的传令兵。声音将相距甚远的人们联系在一起，为那些需要鼓励的心灵带来无限的慰藉。对这个世界充满信心和期望的人们，需要声音的力量，声音与其他艺术形式一道，共同塑造着文化和文化带来的力量。在唐宋的一系列配音和朗读作品中，苏轼的《定风波》独具特色，唐宋声音里的苏东坡，既有旷达脱俗，也有人间烟火，这是唐宋对苏轼这个伟大诗人的当代解读吧。在唐宋的声音里，苏轼的精神风貌需要秉承，需要世世代代秉承，声音久久回味，理解逐渐加深。

生活中的唐宋大度深沉，和这个时代出色的"80后"一样，工作专注认真，却也喜欢开几句令人愉悦的玩笑，像个阳光大男孩。

论演讲

大多数演讲词都是书斋里写就的，在拿出来说之前可以反复润色，无论是东拼西凑还是灵感突发，如果时间充裕，写一篇漂亮的演讲词不是难事，难的是有新思想新见解，令人耳目一新。而这样的要求无论放在哪个时代都是比较困难的事，虽然科技日新月异，人的思想进步缓慢，凡是涉及精神思想以及价值观之类的事，很难突破。从古人那里寻找新感觉，也可以算作一种见识、一种创新。

可是古人也和我们一样，并非时刻灵感有加。傍晚翻书看到一个记述很有趣。在文艺复兴时期的意大利，很多流传下来的演讲词不都是打算真正发表的，正像书信可以作为练习，作为范文，乃至作为争论的工具，可以写给世界上一切假想的人和地方一样，同样也有为假想的场合写出来的演讲词，放在开幕式或者招待会上使用。

演讲或者说话，在某些时代代表着身份或者威权，听众的水平也决定着演讲者的形式和内容，这应该是一个互相促进的过程。特别是听到既有陈词滥调也不乏激昂热情的演说时，瞬间对精神的刺激相当于上半年的理论课，毕竟活的思想不是教出来的。看看演讲词，或者起草宴会致辞，也许会为晚餐增添几分精神上的愉悦。

朗读者

表达，人们无时无刻不在表达着生的感受：欢愉、忧伤、无奈、愤懑，喜与忧，欢爱与落寞。人们如此热爱着生，不仅承载着日日夜夜的口腹之需，还要为不尽的欲望披荆斩棘，日复一日，不断创新，却又改变不了重复的命运，或者叫轮回。

路边的花朵鲜艳得几乎失真，太美好的事情总是令人晕眩，就像任何美到极致的物品，那么不可思议，甚至超过了创作它们的人。物贵人贱，人们却甘心情愿接受这样的事实，因为拜物，如久远存在的建筑，如华美的珠宝，如任何比人的生命更长久的尤物。这是那个神秘主宰最宽宏的恩赐，让人的魂魄附着于物，赋予物品人的性情，让不同年代存在的人感受曾经存在的气息，既残酷又温馨，成为世间不能言说的秘密和新奇。

轮回，生命的轮回已被无数的智者从不同的角度论述，说了又说，永远不知疲倦。庸常的生活与高远的理想，在某些时刻是一样的，重要之处在于人们的心境，看不见的心境左右着人们的感觉，在空气中弥漫。

艺术家的表现力

艺术，艺术的表达赋予庸常生活以高尚的意义，让人感到，让人深切地感到：除了琐碎的日常生活，这个世界存在着另一种美好的图画，未来可期待，生命存在着另一种力量，向善、向好，无限接近幸福的感觉。

艺术是一种能力，是一种力量，是无可比拟的创造活动，彰显着精神力量的伟大。但是，艺术是如此特立独行，甚至那些具有艺术气质的人本身具有的莫名其妙的个性，真纯易变，这种特殊的才能赋予艺术家独特的精神风貌，把内心深处的感受表达出来，真诚坦白。这些似乎不可多得的才能对于艺术家仅仅是自然的流露，如此强烈，如此震撼！

艺术家的精神世界一定掌握着世界的奥妙。那些转瞬即逝的感觉在日常生活中一闪而过，是艺术家抓住了魂魄，通过各种形式表达出来，包括绘画、音乐以及触及心灵深处的诗歌。

我们怎么瞬间动情了？我们怎么要放弃所有奔向远方？在平静安详的房间为什么要悬挂《山河岁月》？艺术家引领着人们生活的方向，从高远的精神追求到日常的家居日用，在平凡的庸常中创造着更美好的人间世界，忘掉了种种艰辛种种痛，记住了远方和欢愉。

艺术的生活化

　　文化和艺术密不可分。生活在现实中的人，从漫无章法到条理清晰，需要走很长的路，看得清与看不清都是状态，随时间前行，有时快，有时慢。

　　艺术的生活化，不仅仅是从高于现实的生活思考，多数时候是具体生活的标价。理论家总是批判或者带着批判的思维对世俗艺术指指点点，但这并不妨碍世俗生活的喧嚣，文化和艺术总是如空气般存在着，深入到生活的各个领域。完美的表现形式彰显着文化艺术的最高形式，或者达到了阶段性的最高，存在于市井的粗陋模仿也值得关注，也许更能代表普罗大众对生活的美化和向往。

　　各类艺术品收藏喜欢为各种原创标个高价，一张纸一个瓶子高到匪夷所思的地步时，艺术就已经进入世俗的交易之中，既是脱离普罗大众的过程，也是让自身深入大众的手段。这几乎充满魔幻的经历只有文化和艺术才能达到如此的崇高地位，只要人们需要，文化和艺术总能为自己找到栖息地，看起来不俗，其实已经俗到无可企及，把自己推到如此之高，也许只有文化和艺术有此能力。

　　仔细端详着几幅高科技模仿的书画赝品，很美，令人心悸。在科技普及的时代，如果我们对原创不那么耿耿于怀，同时又心怀对文化和艺术的敬重，模仿及各类仿造品，不仅美化着普通人的生活，也成就着普通人对美好事物的倾心。艺术不仅为权力和富人服务，也为普罗大众服务，甚至在乡村，我们也可能看到《骏马图》和各类貌似价值不菲的瓶子、盘子等。

那些致力于表演和表现的艺术家

那些合乎大自然美德法则的人类成就，都是近乎神圣的东西，包括建筑，包括艺术品，也包括经典书籍，成为人们认识这个世界最直观的感受，散发着世世代代一脉相承的精神气质。

尽管如此，我们还是要感谢那些致力于表演和表现的艺术家，如舞蹈，如演艺。虽然技术的发展可以通过影像储存反复观看，但是艺术家们的劳动是"随生随灭"的，这种储存客观是好事，对个人来说就不见得是绝对的好了，甚至有那么一种好景不再的冷漠滋味，就像落叶遍地的钓鱼台，或者秋雨淅沥的梧桐道。

亚当·斯密漫不经心地写道："一位将军可以在今年保卫国家的安全，但是今年的安全买不到明年的安全。"这个观点被后来无数的经济学家发挥，被现实中的贸易商利用，更成为经济社会普通民众离不开的忧虑，特别是在经济普遍发展之后。

经济发展以及社会福利的普遍提高，并没有消弭人们的不安全感，斯密是怎样解释的？当代人又是怎样认识的？

经济学解释不了的问题，政治也同样无能为力。虽然政治和经济是一体的，经济和政治合谋解决更重要的问题，至于生活的远忧近虑，怎么诞生的就怎么消弭吧。或者找信仰帮忙，或者向道德致敬，或者索性学习舞蹈艺术家舞台上下自我旋转，自得其乐，自得其所。只要合乎自然，只要自然浑成。

语言随时代风尚而变

文化交融在于交流。发达的当代交通以及通信技术，为人们创造了充分的交流空间，而爱说话喜欢表达又是人的天性，这让传统文化的矜持和谨慎遇到了困惑，遇到了需要斟酌却也没有明确答案的困惑。

孔子曰："君子食无求饱，居无求安，敏于事而慎于言，就有道而正焉，可谓好学也已。"孔子强调"敏于事而慎于言"，是历代士大夫必须的遵循，是官僚阶层必备的素质，并且，"天何言哉？四时行焉，百物生焉，天何言哉？"天地不言要靠悟，明白也好，觉悟也罢，反正"子欲无言"，不想说话了，天地自有其秩序，无言而创生，静默中孕育成长，神秘却也现实。

《圣经》开篇，上帝就说"要有光，就有了光"。语言在前，创造因语言而生，不说话怎么可以。在西方文化中撰写演讲词以及语言优美的表达不仅在十四世纪的各类书籍记载中成为时尚，即使到了当代也非常重视语言的训练。语言甚至代表着阶层和出身，通过语言表达和展现是个人最重要的能力，特别是各类行政部门，正如我们看到的，像喝粥一样流利的语言充斥在各种场合，说了又说。孔子诞生之国度的后裔们仍然遵循着千古遗训，在重要行政场合，不仅遵循着《论语》，也遵循着言行谨慎的遗风，千篇一律，模棱两可。

语言随时代风尚而变，人们对语言的态度也因时因地而变。不变的是考虑到语言作为思想的使者，时常被听者引申发挥生出许多意想不到的意思来。从这个意义上讲，孔子高明，论语深刻，还是慎言或者不言吧。

想象力与声音艺术

他的声音阐释着画面，也表达着画面带来的意境；他的声音冷静中散发着深情，也带来不尽的沉思遐想。声音及声音艺术是大自然神秘的赐予，提升着生的种种感受，发出好声音不简单。

我是谁，我在哪里，我在干吗？生的千百种姿态发出各自的声音，哪一个更准确？哪一个更是我自己？我们这些由不同材料组成的人，通过声音表达着自己，也证明着自己。优秀的声音艺术首先要回归生活，生活是声音最好的导师，那些让我们深刻记住、抵达内心深处的声音一定是来源于生活，外在是装点，内涵是灵魂。

语言艺术需要想象力，表达更需要想象力。武士骑在马上，将军指挥千军万马，城市白领约会，等等——不同的声音表达需要声音创作者做很多的功课，也需要技术与艺术的完美结合。这个结合的前提是理解，综合各种因素，理解，再理解！直到接近要表达的内容。

声音艺术激发着人们的想象力，每个人从声音表达中感受着属于自己的那部分情感。懂得才接受，声音带来的启迪、醒悟神秘又自然！声音艺术的高点，不仅仅是声音的存在，而是超出声音之外的情感，是情感带动声音，让声音走向高点。这类似于钢筋混凝土团结在一起，形成坚不可摧的房屋楼宇，如果这个比喻正确的话，声音是表达的综合艺术。

音乐清理着精神的尘埃

《人们的梦》悠然想起，清理着精神的尘埃，回归安宁！

人们的梦，舒缓的梦、张扬的梦、失落的梦，个人幸福之梦和国家复兴之梦，梦想无限！人们畅游在既风光无限又暗淡神伤的梦想世界。

音乐从哪里传来？浪漫而忧伤，反反复复。停留在梧桐树下，强悍而伤感的梧桐树，有多少思考在树荫下徜徉，有多少情怀在枝叶间飘散，即使没有酒精助力，也可以感触到那一时，那一刻的豪情与狂放，以及舒缓与落寞，仿佛不尽的人生，那么多，太多了！多到几乎没有人理解它的真意。

音乐，换了节奏；季节，换了妆颜！

音乐从何而来？淡然而平静，仿佛一个浪漫路人对一个行人的关注，谁能看到心情的驿动？不，我们不需要知道得很多！如果我们需要空旷，就不要承载太多；如果我们需要沉重，就要把空间填满。越多越好？越少越好？在多与少之间，我们拥有什么？我们应该拥有什么？

人们的梦，梦向何方？梦向心仪，情之所依！

文化，无意中泄露着人的精神风貌

文化，无意中泄露着人的精神风貌，不管接受和不接受，仿佛一块表随时披露着时间。因为文化没有什么可掩饰的，也无法掩饰，对个体和国家都一样，只不过国家的文化体现形式更复杂一些。

文化自我实现的过程如同生物意义上的吸收与释放，需要时间，从繁盛到衰落，最后深入骨髓，成为传统。这种无意识的文化积累不仅发生在民族中，也反映在每个人身上，这是那个神秘主宰不经意的安排，只需欣然接受，务须深思。

语言承载着文化传承和表达的重任。在简单生活下，人们想说的东西也许没有现在这么多，不需要太过复杂的表达。尽管如此，历史传承下来的语言也足够丰富了，几乎可以让生活在任何时代的人取之不尽。而当人们的创造力在某个阶段特别活跃时，伴随的精神活动也异常突出，超越了庸常的范围，仿佛即将迸发的火山，带来意想不到的变化。这种现象实在让人捉摸不透。这也许是那个神秘主宰的安排，务须思考，只需欣然接受。

也许，也许，我应该克制自己的好奇，放弃深思默想，融入傍晚的天色。

基因及其突变

基因，决定一个人身份的最核心因素，怎样影响着人们的命运？匿藏在身体内的二十三对染色体，对人的行为发挥着怎样的作用？种地之余，如此的思考不仅可以令人放松休息，在疑问与好奇中，空气仿佛也变得新鲜生动了。

基因突变，如同这个世界上每天发生的组合及其创新，如同人们的接触及其影响，拥有和渗透。基因突变不仅自然而且在所必然。虽然人们要接受正负两种状态对比，或者只能择其一。

为一件理所当然的事找个充足的理由，是科学家和学者们的事业，一个伟大的实践者根本不在乎那些连篇累牍的报告，他的时间献给了现实生活，即使基因都会为他改变助力。

基因及其突变，充满了迷人的趣味，又是那么深不可测。

日常生活的各种肖像

记录时代特色的困难在于：如何体现庸常与平凡日子，每天都是盛典，每次都是盛宴的生活不是常态。在平凡中感受快乐，也许是更艰难的追求，没有目标却很淡然，没有约束却也节制。

究竟谁是快乐的呢？用什么方法可以得到快乐呢？

也许我们在经典中找不到适当的例子，不妨翻翻三流小说或者不合常理的虚妄假设。那些生生不息对生活充满幻想甚至妄想的作家杜撰的小说，体现着普遍的人性，有时是善良的，有时是丑恶的，时而是清晰的，多数时候斑驳杂乱，和现实比拼着生的真实与虚妄。

直播美化着无聊的生活，高利俘获着渴望获取更多利息的人们，沉溺于投资炒房炒股者研究着曲线图以及捕捉各种消息，无论来自正道还是小道，价值不菲的滋补品畅销于市，豆类亦成为养生新宠。七月流火，天坛祈年殿前的丹陛桥躺满了不畏炎热的人，据说汉白玉可以治疗疾病堪比针灸。官员们忙着社会治理，却也无奈躺在阳光下的病人们。

阅读三流小说的意义在于：穿行于胡同小巷或者步入殿堂，如果精神不随往，都不过是庸常的生活场景。如果追求宁静，可以远离任何场景，贫乏自有其乐，富足亦有其忧，一切的寻找追随都在时间的烟尘中静默安然，无他。

时代精神离不开创新

社会在新旧对比中前行，这个过程体现着时代精神。

很难找到一个恰如其分的词汇描述时代，因为每个时代都有一批狂热分子。他们身上积聚着更多激情，荷尔蒙和多巴胺融合外溢，开创着属于特定时代的故事，迎合着时代需求，形成了时代特色。

高耸入云的楼宇以及楼宇下幽暗诡秘的舞步；手机屏幕中可有可无的新闻八卦，城市中川流不息的车辆以及各种欲望，在所有的感官得到满足或者歇息之后，对形而上超感官的需求总是占据着上风，就像一个离优雅十万八千里的女人对优雅的向往，或者各类标记着学识的证书，证明着人性的需求总是向着高尚前行，至于到底做得如何，另当别论！

时代精神离不开创新，创新就其本质而言是对现实的背叛。忽略道德意义上对背叛的理解吧。某些时候，背叛意味着创新或者重生，暂且不要用是非衡量，是非总是存在的，对是非的忽视也总是存在的。时代的狂热分子绝少反思，只有行动，狂飙突进或者潜移默化。激情四射的时代却也伴随着消极倦怠，哪个时代不如此呢？消极倦怠催生着变革，激情活力推动着时代前进，势不可当。精神，时代精神始终雄踞世俗之上，虽然存在于尘世，但却是永恒的。

艺术如同一个告密者

穿好行头，细绘容妆，准备上场，满脸放光。戏台上的男人和女人专注地表达着生存和生活，超越真实生活之上的理想化生活，尽管幕后台下的日子庸常乏味，却在灯光汇聚的时刻找到了好感觉，是否部分地解释了人们对戏剧的喜爱以及对生活的期待呢？

艺术如同一个告密者，泄露着时代的秘密，通过各种形式，包括无处不在的胡言乱语。也许正是这些胡言乱语反衬着人类一直行进在进化的道路上，需要艺术、需要彰显人性进步的艺术，为时代带来新气象。但是，何其难矣，我们不得不面对各种陈词滥调、老生常谈，并且报以适当的尊重，或者故作谦卑敬仰，把真正的感觉压制到仿佛不曾存在，直到自己都信以为真。

但是，真正的时代感觉是无法阻挡的，那是一代人的心愿和呼声，犹如寒冷冬天的阳光，耀眼辉煌。

冬天里的各种演唱会表达着时代情绪，唱了又唱，排浪蹈海的欢愉是人们的共同画像。画家亦繁忙，一些画家愿意屈尊俯就，筹办各种展览，至于收费没什么好指责的，其实艺术家填饱肚子和农民种地打粮道理一样，无所谓高下，首先是生计，其次是怎么看怎么理解了。

戏剧后台的排练感人忧伤，犹如生活的现场，追求着改变和风光，过程毫无迷人之处，就像正在孕育的很多事，至于把过程描述得很美一定是个一知半解的旁观者，靠猜测和联想度日。当然，尽量把过程描述得很美也是一种责任，重结果亦重过程是现代管理学广泛应用的胜利，虽然用在艺术上很牵强。

人们渴望通过各种方式表达自己，
写作是其中之一

记录每天的点点滴滴，是一个凡人记住自己的方式。我们曾经如此地存在过：虚妄也现实，热情也无奈，繁忙也懈怠，原来我们自己的变化如此之多，有时与时俱进，有时裹足不前。

平凡生活的不平凡之处在于发现新意，而这个新意何其难矣！有多少新意经过时间的洗礼之后了无新意，等待下一个新意来临。人性求新求变的天性和墨守成规的天性都是天性，我们不是被天性打败，就是被时间击溃。万物萌生的春天最感伤，春去春又来启发着万物，也启发着多思多虑的灵魂。忧郁的灵魂采取切实的行动就是积极的，这种转变为世界带来生机和笑意，关于生存长长的台阶等待着所有的人，要看到更多的风景必须向上攀登。

这其中需要多少坚持？又需要多少耐力？那个看不见的风景必须是至高无上的大梦，是心中永不磨灭的丰碑，这需要多少异乎寻常的想象啊！一个平凡的人怎样克服人性中的种种脆弱和懈怠，突破认识的藩篱和庸常的羁绊，不为世俗所累，达到某个境界？我们的意志是否可以承受一个又一个考验？

随笔记下的沉思断想不时被电话所扰，接连不断的各种事务是现实，是充满活力也令人烦恼不堪的现实，为生存和生活所做的所有努力都在这些看似恼人的琐事之间，关键是态度，不耐其烦专心致志的态度。好吧，把每项具体的事务办好，在春天到来之际，全身心投入种地播种，至于写作记录，一切如常。

情感的仆人

人是具有多种潜能的感情动物，从庸常生活中提炼思想的精华，本是一件非常困难的事。思想的碎片、情感的碎片构成人的精神和情感世界。

　　而这个世界是变动不居的，谁若想看清精神的本质，无异于为难自我。我们的感觉和判断力随着年龄的增长而变化，随着环境的不同而调整，也许唯有情感一直高居恒定的首位，永远被追寻，时刻被记起。情感是人的灵魂。

　　人是具有多种潜能的感情动物。人有温良谦恭的天性，也有野蛮无羁的天性，沉思至此，随笔记下。我亲爱的妹妹以质询的口气问我：为什么用仆人这个词呢？我也不清楚，让我们慢慢理解吧。

真挚的情感任何时候都感人

生活简单并不意味着枯燥，也不意味着苦行无味。我们珍惜着我们珍惜的，犹如我们摒弃着需要摒弃的。我能力之外的一切事物当中，直言无忌的交流和友谊让我珍惜无比，真挚的情感任何时候都感人，"爱我吧，因为我全心全意地爱着你。"记得友谊就是记得生命的分量，就是发现和审视另一个尚待理解的自己。

我努力理解着世俗生活赋予人们的通常认识，名望、虚荣，财富、地位，等等，人们为此倾注的精力也许太多了。一种生活高估另一种生活，其实都不过是七情六欲，被无限地放大直至面目全非。互联网推波助澜，既为人们的认识筑起高耸的藩篱，也插上妄想的翅膀。各种乱象丛生，虚拟和现实两个世界互相矛盾却是一体，犹如思想和身体合谋却也反目，互相不配合的事情太多了。存在纷繁世间的友谊也经受着考量和考验，属于情感领域的友谊可以撼动吗？我要的是始终如一。

始终如一意味着宁静以及对简单的理解和接受，好像还有那么一种淡然无味的平静。生活中的一切琐事基本都是徒劳无益的，争论还是改变都无法逃脱枯燥的命运，虚荣和名望亦如此，没有见过谁总是沉浸在名望的愉悦中，被名声所累或者利用名声牟利倒是大有人在。感官的快乐每个人都离不开，为了一顿美餐一首歌赞不绝口仅限一时，总是挂在嘴边似乎不是物质丰裕时代人们的所为。

社会的普遍进步对人们的感受提出了更高的要求，是怎样的要求呢？争论无益，回忆过往亦无益，即使时间倒流也不及不经意的触动，"爱我吧，因为我全心全意地爱着你。"书信是友谊的翅膀，灵动而鲜活，连接着过去和未来。

善意，为飞扬的精神提供力量

我亲密的朋友，在我能力之外的问题，我看得并不清楚，我的知识和阅历也不足以弥补这种缺憾。为了不让你失望，提供一点认识仅供参考。

最真诚的谦虚和最崇高的骄傲结合在一起，成就了现实中最完美的人性。每个人的内心都驻扎着完美的基因，只是生长时遇到了阻碍。心怀善意的人们一定会看到完美，尽管你眼中的完美和我眼中的略有不同，但完美是存在的。

越是简单，越是具备无法抗拒的风采，散淡和专注都是魅力，还有不经意的举手投足，这些属于静心欣赏的人。欣赏的瞬间是多么快乐，世间的所有幸运都比不上善意的沉默或者微笑。冬天最清冷的时刻，善意为飞扬的精神提供力量。这一刻，澄澈无比，温暖异常。

沟通的魅力在于自我发现，理解的过程在于相同的性情。

他们不理解我们，我们也不理解他们。人们总是在疑惑和抱怨中消耗着时间，遗忘了趣味、包容和欣赏。对于心有灵犀的人们来说，一切是如此简单，对相同事物的倾心，对质朴生活的深刻理解，等等。世间的千百种生活形态，了解它就要爱它，不爱它的人也就不了解它。当我理解了这句话的深意的时候，相信有更多的人心照不宣：如果爱，就为爱做点什么。

还有更多吗？更多的理解一定在某个地方沉睡，被各种数字包围的头脑遇到感情可能会过度亲昵，这是两个不同的领域，因需要相吸。数据是为感情服务的，所有的一切围绕人而存在，理解能否再深入，尚需时间宽待。

大爱是悲悯，小爱是宗教

我要你健康，我要你快乐，在所有季节变换的日子里，我的牵挂永远不变。岁月缓慢流淌，时光如影随形，当我们理解了时间并且和时间和睦相处，才有了资格谈论爱，谈论友谊，谈论属于我们的时时刻刻，或者分离。

我当然喜欢你的风华正茂，喜欢你的激情与勇敢，喜欢岁月赋予你的种种品质，甚至把缺点当作优点，温柔相待。但是请记得，我更接受你的华发流年，在通往爱的道路上，没有辩证法只有懂得，没有相对只有绝对。所有世俗的偏见都无法和爱的偏见抗衡，在爱的偏见日志上，每一页都写满了欣赏，除了欣赏还是欣赏，那是我们在这个世界上全部的私心，对于一切的诋毁或者批判，听而不闻，视而不见。

我要你健康，要你快乐，要你永远为自己驻留真挚的情感。大爱是悲悯，小爱是宗教，一个人的宗教，散发着狂热的宗教。我愿你的信仰日益坚定。在通往至爱的道路上，需要披荆斩棘的勇气以及生命不老的英雄梦想，接近再接近，以赤子之心。记得我们懂得太少，记得爱有很多，记得远大理想与针头线脑都是生活。记得不要纠缠于文雅与粗俗，也不必拘泥于繁文缛节，爱会助力所有的举手投足，无论怎样都是好！

一定是醉了！我要学会更谦虚地接近你

一支烟不能消解人生的悲悯，一杯酒亦不能。

丁香花如期绽放，如期散发醉人的芬芳，还有苍兰。我知道，那个神秘的主宰一直宠爱着他的孩子们，以他的乍暖还寒，以他的春风化雨，以他包容万物的胸襟，任他的孩子们肆意挥洒生的欢愉和苦难！

谁让我喝了这杯酒？谁指引我踏入陌生却新奇的宅院？英俊和美丽的人们，他们的笑颜有多少眷恋与遗憾？有多少痛？多少惜？即使在夜晚也留恋不尽。

一定是醉了，单纯的期待以及忘我的瞬间，身不由己跻身于高尚而精美的世界。"我要学会更谦虚地接近你，因为我的心为你何等沸腾！"一个伟大的德国人如是说。无数个高尚而精美的心灵在期待人间的自由与欢畅，而那个神秘的主宰安详地分配着他的爱，不多也不少，同时也赐予痛，平衡着人间的冷暖。

不要误解爱，爱是存在的。有一种神圣的爱，它既蔑视又钟爱其所爱，既改造了，也提高了其所爱。

不要误解痛，痛是爱的另一种形式。痛彻心扉爱至深，至无痕。唯心灵畅享爱之欢愉，仿佛一个人的舞蹈。

一定是醉了，孤标傲岸的深夜，如此静美！

友谊，最美好的生活交往

友情，以其独有的柔情蜜意，环绕在它的拥有者身边，无拘无束，温厚可亲！友谊是人们现实存在的最好见证，也是人们保持纯真最好的明证。褪去世俗的尘埃，人们为自己保存了多少纯粹的情谊、爱与惜、珍重与关怀？

友谊需要时间。在时间的洪流面前，人们很难保证自己始终如一。我们还是昨天的自己吗？我们还是那个纯真的少年吗？我们还是那个悲天悯人，情怀深厚的自己吗？我们是否还洒脱无羁地面对这个世界？我们是否还随心所欲伸展我们的四肢，周身散发质朴的凛然气息？

在我们悠闲的时候，我们是否态度依然，平静自若？是否摒弃了花费时间炫耀和展示的陋习？尽管这个时代，人们渴望出人头地的愿望日益迫切，人们深陷其中，难以自拔。

友谊，最美好的生活交往，最值得拥有的信任，和真诚的理解。

"让我们两人今生今世永远真诚相待。"英雄们的友谊一开始就相互理解，肝胆相照，彼此寄予深厚的依赖。这是乌托邦的幻想吗？不是，当然一定不是，这是现实世界虽然稀缺，却必定存在的现实。如此，生之征途可期待、可向往、可留恋。

友谊为精神带来归宿

"爱就是对于你所爱的人的那种依恋之情。它既不受贫乏的驱使，也不是为了得到某些好处。"友谊为精神带来归宿，这不是最大的好处吗？友谊无须回避好处，寄居在人生驿站的人们、在斗争中生存的人们，对友谊的渴望甚于对财富的追逐，只是意识到这一刻的时间有早有晚。只要意识到，任何时刻都不晚。

傍晚的二环路溢彩流光，绵延不断的车流缓慢前行，向南也向北。当我们最自信的时候，友谊提升着庸常的生活，为同样的感时花溅泪，也为孩子般的信以为真。在友谊面前，老谋深算、城府很深派不上用场，幸福和快乐喜欢光顾简单的心灵，友谊亦如此。太过精明适用于钩心斗角，品赏角逐的胜算得失，友谊悄然离场。

友谊自然会产生好处，顺便为之而非目的。生活在物质普遍繁荣的社会当中，互赠物品表达友谊亦属正常，欣赏赞美也是常态。互相欣赏的两个人总是温柔相待，互相批评指责不是友谊的态度。友谊的美好在于把缺点变成优点，除了欣赏还是欣赏，情由心生，情不自禁，无论怎样都是好！我们互相喜欢，坚定不移、一无所求，看到了另一个自己。

友谊是荣誉也是生的福祉

友谊是荣誉也是生的福祉。友谊把似曾相识的感觉转换成具体的感受，充实着友谊相聚的每时每刻。时间仿佛变慢，一切由于友谊的温暖和默契，彼此欣赏，心照不宣。

所有的事情都是相对的，关乎感情的事情更是如此。情人眼里出西施，友谊为彼此的感觉涂染绚丽的色彩，男人更加严肃阳刚，女人更加矜持完美。

友谊总是降临于性情相似的人，他们互相寻觅或者偶遇，在傍晚在清晨或者任何不经意的时刻。友谊提升着精神素养，也提升着彼此的信任。大千世界人来人往，相似的人们相遇相知，批判精神总是把人引入亢奋，而友谊平复着挑剔和批判，一切如风过之后的傍晚，弥漫着一种温馨迷人的味道，安抚着匆忙喧嚣的生活。

具有相同感觉的人们如此地接近，必须亲自接近。才能是在实践中获得的，友谊的秘密在于接触拜访交流，或者那个神秘主宰不经意的安排。诗人在接触中发现灵感，音乐家谱写华章，而友谊在实践的嘀嗒声中会意地微笑。所求即所得，心满意足。

讲究实际的人，不会对和谐有更高的要求，所有的情绪在日常的琐碎中消耗殆尽，即生即灭的感受充斥着庸常的生活。精神上的和谐是非同寻常的事，正直、坦诚、真诚以及必要的付出等等，必不可少。一无所求的友谊是不存在的，只不过高尚的友谊所求极其稀缺，是超然物外的精神和谐，始终如一。

友谊，冬天最美丽的馈赠

友谊，冬天最美丽的馈赠，也是思想繁忙最好的镇静剂。

看清自己是一件比较困难的事。借助科技手段，人们有足够的方式美化和塑造自己，各种塑造术以假乱真，影视图片以及有模有样的书籍混乱而弥散，虚拟世界色彩纷呈。北方的冬天则是一幅永远不变的样子，迷茫或清澈的天空，清冷淡漠，任何美化都抵不过突如其来的风雪，人在其中最真实的样子是需要温暖。意志向友谊致意，平复虚妄和喧嚣。

友谊弥补着缺憾，充实着近于荒芜的情感。真实的语言简单深刻，他对我的文字赞赏有加，舍得赞美是友谊的见证，无限的慰藉情真意切。他说青春时代的烦乱不值得留恋，三十岁以后平静美好，我深以为然。人们学习着生活，人生之初的激进与鲁莽完全服从于生殖天性，当下对芳华的记忆有多少掺进了想象？被美化的过往即使温馨迷人，却也一去不返。谁见过昔日重来？即使重来也不值得驻足，我们都有了新欢！

对于不怎么出书的业余作家，由于题材广泛而时间有限，随即而来即兴而为的记录多于深思熟虑的研究。用为数不多的几句话表达观点，类似于绘画中的素描，只是素描的功力亦须提升。斟酌着过往与未来，对于友谊要回复的内容太多，而思考妨碍了回答，或者不知道怎样更配得上诚挚的问候和关切。

亲密的朋友，生命中一切的所作所为是打开的一本书，时时刻刻创造着自我，这本书需要读者。

友谊自酒桌始，无可指责

赞美友谊，是因为需要，就像我们需要这个世界上的任何事。

"酒逢知己千杯少"，友谊自酒桌始，倒也没有什么可指责的。喝酒的确不是值得提倡的行为，但是酒桌上结识的朋友不一定都是酒囊饭袋。喝酒是当代人或者任何时代人的风尚，有时兴盛有时寡淡，酒精助力，把人的精神和感觉充分激发，原来我们如此相像，酒精把友谊的丝线拉长。除了酒精之外，友谊还可以有千百种形态和机缘。

今生今世，让我们坦诚相待，是友谊的誓言，也是对自己的肯定。相信另一个自我，倾心相助，不仅是人生了不起的感觉，也是在风云变幻的世界送给自己的一份恒定和安慰。当然，在酒桌上充分表达的，离开酒桌很可能烟消云散，就像某些不可靠的爱情，海誓山盟之后情消意断。世界上有始无终的事多了，不独友谊，不独爱情，酒桌上发生的友谊必须当真，真诚即使存在一分钟，也存在过。只要我们不强加友谊任何条件，友谊可能随时出现。友谊并不是这个世界的什么稀罕之物。某些时刻，也许是我们对友谊的要求太高了，庸常生活的大多数时刻用不着肝胆相照，彼此的一点牵挂或者记得，都是好，都可以划入友谊的浅水区。

在变动不居的生之旅程，友谊可以脱离任何义务和责任，完全可以脱离义务和责任。现实社会赋予个体的责任和义务太多了，到处是清规戒律，随处是教条，在保持稳定的同时，诞生于体内飞扬的精神以及可能的粗陋不堪，某些时刻需要倾泻。友谊，特别是酒桌上的友谊有一种惺惺相惜的味道，相惜与怜爱是最柔弱难得的情感，那么一刻懂了，既是有福。

至于友谊随着时间诞生、生长、发展和升华，这是人生的最高境界，可遇而不可求。但是没有这杯酒，没有这样一种开始，其他的如何出现呢？喝了这杯再说吧。（和汤飞第一次喝酒记）

淡然的态度更久远

从各方面讲，他都不是善变之人。

他的好在他的态度中，谦卑自足，专注坦诚，自律无求，还有那么一种难以言表的羞涩，像那个著名裁缝描述的心怀圣念，给人的感觉是踏实和信任。

接受还是不接受呢？那样一种淡然诚恳的态度，难寻却充满迷人的魅力，不知不觉还是顺从的好。友谊的力量在于心怀默契。喋喋不休的现实世界，人们说了又说，沉默无言的交流省力安心，把懂得和理解交给沉默，悄无声息消解着语言带来的分歧，让心灵更接近，简单单纯对生活的理解更深刻。

沉默提升着情感，沉默也在理顺和抚平思绪的沟壑，摆脱虚妄和种种离乱。每天发生的寻常事寻常不过，留下笑意即是美好。我问：这是友谊吗？一个声音低语亲切：这是我们的友谊。与生俱来摆脱不掉的棱角是友谊的栅栏，他懂得棱角分明是单纯的一种形式，否则不会满是笑意地提示：你是要坚持这种状态吗？

元旦在即，各种纷繁远去又重来，过往与未来都离不开友谊，适时降临的友谊是那个神秘主宰对他宠爱孩子的奖赏，只言片语，触动心灵，一切发生在不经意中。这个冬天不需要貌似赤诚的表白，况且赤诚不需要表白；亦不需要舞台剧般的信誓旦旦，信誓旦旦用在爱情上都嫌夸张，表达友谊更是多余。

喧嚣的城市，谁更懂得生活？谁更理解爱与关怀？谁在拒绝？谁在等待？是友谊，淡然的态度更久远。

喜悦从何而来

喜悦从何而来？

大自然给人类安排的无数感觉，精微的、粗略的，以及一生很难出现的各种稀缺感觉，君临天下不可一世的风范是帝王的专属，庸常百姓在各种悲欢离合中度过时日。感觉在身体内畅行无阻，也塑造着我们的模样和状态。是什么让我们充满喜悦？颜色、声音，还是亲切的问候，抑或某种世俗世界暂时的拥有和得到？喜不自禁让原本淡然的面庞洋溢着光芒，感染着周边也润泽着自己。喜悦是个好感觉，越多越好。

喜悦是不请自到的朋友，谁知道什么时候受到什么触动变得喜悦呢？医学专家没有感情色彩的研究为我们提供了一些指引，带着感情理解是一件很美妙的事，顺便激发了喜悦。人体内肾上腺素阻断剂、去甲肾上腺素和皮质醇的永恒冲动，迷人的冲动激发和撞击着人们的感觉，热情拥抱他们诞生的就是喜悦以及任何和喜悦沾亲带故的感觉；冷漠厌烦的反应诞生的就是痛苦以及各种和痛苦为伴的邻居。

喜悦也可能会带兵打仗吧，把一切不快从身体驱逐，维护身体的健康，从而维护生命的长度。对喜悦的理解超出喜悦本身，是进步，是神秘的脑垂体健康活跃的标志。它一直勤奋工作，发布健康快乐的指令，生而有幸，遇到喜欢的人，吃到美味的食品，以及各种渴望得到实现的时刻。

喜悦感不那么严肃却也庄重神圣，把喜悦和郑重的爱联系起来，是感觉的升华。每一个心怀善意的人都可以感觉到：喜悦源自心灵。

对美好事物倾心，是爱的一部分

对美好事物倾心，是爱的一部分，而装饰可以部分实现美好，同时也就接近了爱。各种装饰满足着人们的愿望，像任何事物一样，不要立即满足，就像儿童等待一个童话剧，有点耐心才好。

一见倾心是了不起的天赐机缘，我们未必每件事都如此幸运，所以耐心等待或者追寻成为必不可少的修炼。之所以选择修炼这个词，也许在表达等待或者追寻的不易。

时间可以把期待揉进感情，可以把喜欢变成珍惜，这些都是爱的重要组成部分。比如摆放在房间某个部位的家具或者饰物，形成氛围，留住情感，凝固岁月。时间和人共谋成就着亲切熟悉，也成就着人们对这个世界不尽的留恋，世世代代，很亲很近！

只能理解这么多

大千世界的各种关系，朋友关系是一种。时断时续的友谊把人们连接在一起，抵御着时间带来的孤寂。但是多数时候，人们追求友谊并不是在追求友谊的美妙感受，美妙的感受尚未诞生，就被各种各样的分歧销蚀掉了。友谊和爱情均不恒定，源自我们是有着各种缺点的人。

从朋友沦落到情人，也许能抹去一些不必要的分歧吧。凡事让感情出面总会化解疑难，把事情厘清或者搞乱，一定是情感登场。控制情感是明智的男男女女必须考虑的问题，但是这样的要求显然失当，至于怎样的适当，每个人自觉自悟，总能明白一些，在这件事上明白一些够用即可，太多无当。

从朋友沦落到情人前途未卜。不要以为相识太久感情浓郁就可以上升到爱情。或许这完全是个误会，复杂的感情不会把友谊将就着成为爱情。看看大千世界物种清晰，少有不清不楚的存在。不要以为感情看不见摸不着就可以混沌不清地存在下去，误会误解误导之后的结果就是情感的沼泽地，进不去出不来不深不浅地泥泞遍地，自寻烦恼也为他人平添烦乱。如果是戏剧可以消磨时间，如果是生活就是磨难，而且是根本不出成绩的磨难。

七夕临近，俗世的各种宣传日疾风劲草充斥着电子设备，商家不惜浓墨重彩，丰富着语言也丰富着情感，当然，也可能麻木着情感。城市的匆忙以及没完没了的事项也许无法消解复杂的情感，退而求其次（这个世界的很多事都不得不退而求其次），只剩下不得不保留的需求。

也许是吧，进一步或者退一步，熟悉就好，我也只能理解到此了。

人是具有多种潜能的感情动物

从庸常生活中提炼思想的精华，或者情感的精华，本是一件非常困难的事。生活被具体的琐琐碎碎占据着，工作亦如生活，大多数时刻悄然无息，犹如春天万物萌生，一切静悄悄。

思想的碎片、情感的碎片构成人的精神世界，而这个世界是变动不居的，谁若想看清精神的本质，无异于为难自我。我们的感觉和判断力随着年龄的增长而变化，随着环境的不同而调整，也许唯有情感一直高居恒定的首位，永远被追寻，时刻被记起，情感是人的灵魂。

世界发展到今天，各种信息扑面而来。从发展的角度看，生活存在无限的可能；从生活的角度看，再怎么千变万化，也突不破生老病死，吃喝玩乐生活的常态。还是那些蔬菜大卖场的店主们胸襟更豁达，他们不关注货币政策，也不关注汇率变动，也不用每天阅读和撰写各种报告，等等。他们在力所能及的范围内把精力投入到蔬菜价格的涨涨跌跌上，抱怨却也心安理得地与市场共沉浮，生孩子以及过生活一样都不能少。对于生活在时间中的人，现代社会发明的各种工作方式，对提高生活品质没有太多意义，仅仅是消耗着宝贵的时间和精力，麻木着原本就不甚敏感的神经。

从中午到傍晚，各种繁复的报告和分析连篇累牍；各种观点层出不穷却了无新意。世事难料，生活可期，过得起平凡日子是应对烦乱的唯一办法。人是具有多种潜能的感情动物，人有温良谦恭的天性，也有野蛮无羁的天性。沉思至此，随笔记下。

在空谈闲扯中明辨是非

劳作之后是休闲。在休闲的千百种形态中，空谈闲扯充斥其中，也许只有人才如此这般热衷于空谈闲扯，为一件简单的事涂抹色彩强化记忆，也分散着原本涣散的精力。如果仅仅如此认识空谈闲扯，有些偏颇。

历史是过去人的经历总和，也是每个时代人们看法的总和，更是各种思想汇聚后服务当代人精神的工具。看看前人曾经如此活着，如此认识，苟且偷生与舍生取义并存，大智若愚与精明透彻同在，谁更好呢？各有各的好，只要接受或者用对了地方。时代精神风貌不知不觉改变着容颜，谁也奈何不了，顺势而为是态度，视而不见也是态度，彻底批判也是态度，只是不要伤神伤心，只是做到难。

空谈闲扯化解着某些人的忧虑不安，释放着不知何时积聚的疑虑。

激情岁月成长起来的人为激情而生，当激情不再也就意味着生存土壤的丧失。理解不了静谧是大自然常态的人，也理解不了时代精神。人们希望无须出发就能达到目的地本身倒也没什么可指责的，既然有轻松易得的捷径，何必弯腰弓背苦苦追寻呢？但实际情况应该不止如此。即使最平凡的人也懂得干活不弯腰并不值得称道，生活在社会中的人有着对公正的朴素理解，人们在空谈闲扯中明辨是非，袒露思想，如果空谈闲扯能够提供灵感，升华感觉，也许比重复劳作生产多余无用的东西好。

悲天悯人的情怀？

悲天悯人的最后边界是：没有边界地理解任何人。这样的心灵既孤独又喧嚣，既善意又漠视，既珍惜又熟视无睹。"抛弃怜悯之心也可算作高贵的美德？"由于敬畏让理解停留在探寻之路，仿佛没有终点的路程，永远无法看到全部的风景。

这就是事实，也是最大的现实。

视而不见，充耳不闻，某些时刻，正是这些近乎伟大的自制，高尚才变得如此令人崇敬，甚至追求。唯一可以刻意以求的也许正是这种自制，虽然人们对释怀放纵也给予理解，是悲天悯人吗？

"忘我"是一种情怀；"博爱"也是一种情怀；悲天悯人是情怀中的情怀！

"助人为乐"是为一己私我的付出，仅仅是一种态度，既不值得推广也不必弘扬。人性的任何一个部分仅仅客观地对待即可。

但是悲天悯人，某些时刻要受到抨击，自视过高，居高临下的态度，即使恩泽遍野，也无法消弭其带来的不适之感。

请转告我的思念

傍晚，我把时间奉献给忧伤，这是属于我的特殊时刻！

我感到了快乐带来的空虚，也感到了空虚带来的期望。我在追求快乐吗？也许我的快乐属于痛，属于无法释怀的思念或者渴望。我把虚妄当作现实，深信不疑。城市夜晚诡秘的灯光，闪闪烁烁，嘲笑多情人的心思，我是那个最虚妄多情的人。

你是我生命中最明亮的光线！空气中弥漫着快乐，带着甜味的思念不断变换着容颜，你让时间停留在最好的时刻，每一次行走都是迷人的小步舞曲，驻足或者留恋，我在想你，时时刻刻！

没有诺言的世界宽阔无边，没有未来的世界想象无限！那么当下呢？我听到了时钟的嘀嗒声，也感到了心跳，犹如神秘的应和，它们默契地同频共振。此时，唯有深情以待，答谢那个神秘的主宰，让我感受着思念带来和痛与欢愉，我还要想更多吗？是的，越来越多！

我拿什么奉献给你？唯有深情以待！生的千百种形态，属于我的已经到来！

在疲惫与亢奋之间

我需要的是平静，却每每走到平静的反面。喧嚣，太喧嚣了！

被热情驱使的生命，需要冷静以待。真正的现实却是，理智需要保持清醒的时刻，情感却义无反顾地勇往直前！生命有多少虚妄？梦想的滋生地是否荆棘遍布？痛过才懂得舒适的珍贵，或者舒适本身就是痛过之后的欢愉？

生活有多少虚妄？虚妄，提升或者降低着关乎生的种种关切，抽象的或者具体的，从一杯酒到一盘饺子，从几多思念到梦想现实，在宏大与低微之间，寻求着突破！

我想我一定是醉了，一定是醉了！迷醉在虚妄的沼泽地，那些异于寻常的感觉牵引着并不强健的神经，我看到了人来人往，看到了日出日落，看到了胸怀澎湃及落寞无常——看到了抵御欲望藩篱过程中的不舍与放不下！

我们什么时候潇洒过？什么时候平静过？花开花落时的心动才是生命的常态！是仅此一次生命最顽强的期待，如果这是幼稚或者不成熟，那就永远如此好了！所有的道理都不及一次神秘的遇见，所有的设想都不及命运的安排，无序却充满魅力！

这是无序吗？这是命运慷慨的安排，看了又看，想了又想，我要无限地接近你，无限地接近！（酒精助力，忘掉必须遗忘的喧嚣，让我专注地想我所想！）

高贵的服从

"说得对就接受，说得不对，也许是我不懂，需要加强理解。"接下去就不必再说什么了，温和的心情容易理解温和的解释，尽管某些事情离温和差远了！

权利及权利观念普遍存在于民主社会。一个伟大的法国人曾说：权利观念明确的人，独立而不显得傲慢，服从而不显得卑微。如果一个人服从暴力，他就会自我压制，自我贬低；相反，当他授权同意别人对他指挥并且服从时，从某种意义上说，他就高于指挥他的那个人。

高贵的服从，类似于人类情感的最高境界：愿意！这样的境界可以从人类社会著名的搭档中寻找，也可以从情人关系中发现，或者动物世界中偶尔发生一个生命为另一个生命的献身，等等。

但是，事情也许并不如此简单，甚至和人们通常的理解相悖，至少在等级社会或者民主渐进的社会，这样的观念还需要假以时日。好在一些常理早已深入人心，如爱人如爱己、利人即利己的思想，以及团队理念等等。

对于某些事的理解永远存在分歧，千差万别，包括权利这个充满争议的词汇。夜渐深，烟殆尽，晚安休息！

激情化解着所有的困难险阻

激情，当我们谈论激情时，更像是谈感受。

在狂飙突进的时代，仿佛积聚了几代人的激情，让社会的各个方面发生剧变。被激情驱使的一代人，被理想激发，被梦想引领，或者是那个神秘的主宰令基因突变，让一个时代发生异彩，而生活在那个时代的人却浑然不觉，留下一堆后人无法企及的成就，包括思想、艺术以及各种建筑和物品，令后人追思效法，却无论怎样也无法超越。就像一个天赋不及老子的儿子，任怎样的努力都无法改变当儿子的命运。

一个充满激情的人更是充满迷惑的魅力。激情会让盲从变得克制，克制变成热烈；激情也同样会让一个人视周边而不见。被激情驱使的人永远向前，踏平一切阻碍，或者在阻碍中汲取力量；激情化解着所有的困难险阻。一个被激情驱使的人忽略他人的感受，是个彻底的自我中心主义者，时而谦谦君子，时而狂狮怒吼，一切为着心中的激情。充满激情的人仿佛被烈性酒精浸染，有着酒鬼一般难以解释的豪情，时刻感染着周边，既令人愤怒又令人向往，而他却可以心安理得平静地睡去，像个孩子。

激情，当我们心怀虔诚认真考虑这种令人困惑又令人百般迷恋的情感时，一定要感谢那个神秘的主宰，春天涌动的激情，正是他慷慨无边的赐予。悄然萌发的激情，催生万物，开辟新的未来。

激情，人类情感世界中最美的花朵

激情，人类情感世界中最美的花朵，令人沉醉，同时也充满了无穷的力量。

一个充满激情的人是不惧寒冷的，酷暑也奈何不得。被激情驱使的灵魂犹如斗士，在世俗生活的海洋中掀起巨澜，而他可以在任意时刻平静地睡去。激情可以冲破一切阻碍，更无惧风雨。一个充满激情的人可以在刀山火海中徜徉，仿佛盘旋在自己的根据地。

激情犹如并不存在的绝对真理，永远正确。真理是毋庸置疑的，充满激情的人也会忽视外部的所有存在。他不知疲倦，依靠奇迹生活。他的无尽耐力以及坚韧为激情浇水施肥，浇灌着世间这朵奇异之花。世间存在过的所有奇迹，都是激情的杰作。

激情是如何被激发的？又如何持续？无以追溯。

我们只看到被庸常生活销蚀殆尽的激情残余，偶尔依稀出现，鲜见有伟大和超群脱俗。也许激情进步了，将自己隐藏在众声喧哗的尘世，图谋某个时刻的爆发。面对神秘莫测的情感世界，还是让人自便吧，不必过多追问。

激情和勇气无可比拟

如果一切皆可预期，生活会失去多少趣味？如果生命长存不老，各种努力又有什么意义？一切都可等待，不是在今天就是在明天，时间绵延不尽，想象力也会布满青苔直至倦怠。

但是，大自然并没有给予人类足够的时间，虽然时间绵延不绝，给予个体生命的时间总有限度。个体生命的长度甚至不及人创造出来的物品，很多建筑为数代人遮风避雨，很多树木为数代人纳凉蔽荫，甚至那些不起眼的锅碗瓢盆也一直存在着，成为后人趋之若鹜的文物瑰宝，被一代又一代的人虔诚地供奉着，世代传承，被货币符号标注着自身永远不解的价值。

虽然人类的思想杂乱无章，对待财富金钱的态度却高度一致。如果说岁月轮回朝代更迭带来的变化不计其数，财富和金钱的地位却是恒久如一的，一直给世界一个清晰的度量。几斤几两的价值及地位在任何社会形态下都清晰可辨，是人区别于其他生物最重要的特点。当然还有其他很多特点，至于是什么，以后慢慢考虑。

在和时间悲壮的抗争过程中，人的激情和勇气无可比拟，这可能是最悲壮也最值得抒写的篇章。历史长河留下那么多文字，甚至低级庸俗的市井文字也布满了生的渴求与坚韧，触发着我们内心最纤弱的不忍，看了又看，想了又想，不尽的悲悯！

我必须见到这个人

自由和自主，这两个给人带来无限困惑和困难的词汇，也可以带来无尽的迷人思辨，特别是在傍晚降临的时刻，在端起酒杯的时刻，在任何不必端坐、幽居一隅的时刻。思考，可以让一个人的沉寂变成无数人的喧嚣，由于自由和自主这两个令人着迷的词汇。

我必须见到这个人！

与世隔绝意味着享受自由和孤独，意味着把热情献给自己，汇聚再汇聚，等待某时某刻奇迹的降临。这是世间的常态吗？这是世间对那些特立独行、雄心未眠的孩子们的奖励。我一定要见到这个人，既是愿望也是行动，如此的期待，超脱于任何庸常的时刻，甚至天空都变了颜色！

这个意念的根本缺陷也是它的成就，热情盲从带来了自由和神奇，如此的自由和自主根本就是一体的。它不是哲学家的自由，它是一个普通人热爱生活的自由。它的自主就是它的自由。

如果幸福来临，任何词汇都是幸福的同义语，包括不自由、奴役，甚至身不由己。如果没有如此的认识，只是不够幸运而已，只是还需要接受命运的考验以及历练。

我必须见到这个人。保留自己做主的感情，需要承载多少世俗的责难甚至猜忌？即使每个人自身也要承载荣誉或者偏见，激情或者自制，现实或者未来，在自己心中哪一个占上风？幸好，我必须见到这个人，感情裁夺着行动，而不是其他，这将给那些心怀善意的人带来多少鼓励呢？要多少有多少！

我想，我还是不必把某些结果归结于神奇吧，某些神奇也许普遍存在着，是时代的必然，社会进步的必然，人们创造着也谋求着属于自身的福祉，为"我必须见到这个人"创造了各种条件，只需我们的情感配得上这个时代。我要是再温情一些就好了！我的自责也改变不了某些时刻的性情，都是酒精和雪茄的错！

障碍强化着欲望

障碍强化着欲望，挫败激发着欲望。仿佛山那边的风景更美，所谓的屡败屡战。在这场自我解放的征程中，那种失败的痛也许是快乐的另一种形式。伟大领袖曾说：消灭了敌人等于消灭了自己。主张敌人成长也许是自我培育的另一种形式。所以，没有了痛，快乐也会减轻，甚至消失。

这个世界的生命力在混沌中诞生，也必将在混沌中生存，深匿于人性之中晦涩不清的东西，正是人性的迷人之处。我们力图明白，却永远搞不懂，所以那些世俗生活的智者总是睁一只眼闭一只眼。难得糊涂！

一个对现实毫无知觉的理想主义者，会由于分不清理想与现实的距离而精神错乱，尽管倡导主持公正完美，结果只会把事情弄得更糟。

快乐缓解着严肃带来的压力

生活离不开快乐，离不开快乐精神。

快乐缓解着严肃带来的压力，严肃庄重的态度在日常生活中基本派不上用场，几乎没有人面带严肃进餐或者严肃地行走在人流中。某种严肃的神情在教堂、寺庙或者需要表决的大型会议中非此莫属，其余的时刻还是轻松淡然好，日常生活的可取态度是诙谐有趣，也只有诙谐有趣才应付得了频繁出现的微小事端，无碍大局却也容易使人心烦意乱的鸡毛蒜皮。

消耗心力的思考无助于健康，对现实生活也没有什么指导意义。与关注宇宙的诞生或者物种起源这类问题相比，人们更关注咸水大虾或者宫保鸡丁这类迅速引起感官娱悦的话题。我就对此领略某些过度抽象严肃无趣的场合，若是有人提起好吃好喝满足口腹之欲的话题，几乎所有人精神为之一振，舒爽有加，看看几乎放光的眼神就知道多么受欢迎。

所以对于以文字为生的人，高深或者故作高深都不会有好下场，倒是那些缺乏抽象思考，凭感觉行云流水的作家受到更广泛的欢迎。一流作家高高在上，曲高和寡；二三流甚至末流大行其道，他们在说着谁都能听懂的实话真话，表达着离完美相差十万八千里的现实生活。也许，现实世界根本不存在认为的流派，都是主观上的自我标榜而已，时代的风向标并非恒久不变，阶段性使然。

而快乐是共同的必需。即使带着某种糊涂气的傻也透露着可爱。每个人都是自己的后裔，是否真的快乐以及拥有快乐精神，看看他真正的喜欢即可。我理解了一些，不知道的更多。

他们的爱一定没有达到可执行的程度

实用的业务让他成熟，而现实的事物让他远离书籍，主要是远离那些不着边际的虚妄之辞。他注重现实和真实的感受，率真而坦诚，带着清淡的幽默，谦逊质朴的外表下隐藏着某种刚毅，男人的刚毅与冷静。

他把自己紧闭起来，简单的生活以及简单的举止，看起来很舒适，轻松无碍的舒适。他谈到困难就像谈到一件趣事，行或者不行没什么特别的要求，一切顺其自然。喜欢一个人不是那么经意却也没有忘记，情感关照得很好却不多言。太多的追问是没有意义的，他忽略了时间记住了人。

他们的爱一定没有达到可执行的程度，否则一切的仪式、礼节都将终止。一部文学作品某种程度上是自我表白，在探寻和想象中揭露着人性的秘密，犹如深不可测的矿藏，深入无限宝藏多多，总是超乎想象。当我们倾心专注地感受某件事某个人，也许我们是在和另一个自己交流，发现另一个不同的自己，生及生活也可以有另一种状态。

人的存在可以呈现千百种状态，说到底，我们不过是学着生及生活，在选择中发现或者遗忘自己。自我创造和自我塑造的过程不知不觉，直到某一天幡然醒悟。他的沉静是一种提醒，至少是一种提醒，面对世间的痛与快乐，要有足够的耐心，无论何时何地，都可能散发与众不同的魅力。

爱可以变成三个字：我愿意

夜晚斑驳的树影，以及稀疏的车辆和行人，一个声音低语：爱可以变成三个字：我愿意！

是的，我愿意，不管多么繁杂，都要记住：爱是三个字：我愿意。

我愿意，源自内心深处最诚挚的表达！触动了，接受了，融为一体之后的情愿，还有什么比"我愿意"这三个字更自我、更坚定、更纯粹的呢？诸多的繁杂，唯有一颗优美的心灵才会有如此深厚的拥有。

因为愿意，一切都是甜的，一切劳顿、困难都变成自我肯定，甚至欣赏。因为在心中，一切心甘情愿，如同一个虔诚的朝拜者，心怀圣念。

把缺点看成优点

把缺点看成优点，显然是怀着浓烈的情感去看，无论怎样都是好！

人世间百媚千红，我独爱你那一种！情人眼里出西施，其实情人的眼里看到了另一个自己，紧追不放，更像自爱以及自我追逐。

爱的重要能力是把缺点看成优点。

如果我们还能够强烈地爱人，我们一定是情感的富足者。把缺点看成优点，不管这个缺点多么难堪，我们还是认为很好，或者视而不见，或者熟视无睹，或者以为天然地好，无须再好了。情感中的偏爱，把缺点看成优点，人世间难得的执着！

把缺点看成优点，从感情的角度看，我们还拥有少不更事的冲动与好奇，就是这个世界的快乐孩子。很好呀！一切都好。

把缺点看成优点，在世俗生活中也是难得的能力。尺有所短，寸有所长。把缺点当作优点对待，一定会发生奇迹，至于发生了哪些奇迹，人们在闲暇时可以找几个典型事例验证。如我在繁忙时看到所有人的优点，感到很高兴，看到行动派就更高兴。

千百个神经聚力传播好情绪，为什么不把缺点看成优点？

谁在嘲笑那一抹羞涩的浪漫心思

七夕之夜，云朵与繁星相映，少有的清澈见底，而世间喧嚣和烦扰不断，快乐与痛苦结伴相随，几乎令传说中的牛郎织女了无兴致遥遥相望。还不如忘了吧，到世间另谋他求。

世间无数的立交桥、大桥小桥、独木桥、斜拉桥，甚至断桥遍布，唯独不见充满浓情蜜意的鹊桥。也许喜鹊们忙于工作盈利，忘记了为情人牵线搭桥；也许情人们无暇言情说爱，沉浸在工作获利的营生中难以自拔；再或者，从相望到相守已经不是什么难事，交通有汽车，通信有手机，心心念念已经过时，或者太昂贵！

是的，太昂贵！

首先，依恋太昂贵。在市场主义深入人心的社会，坚定坚强竞争等刚烈的词语占尽风头，如魔鬼附体，无论是隐匿还是张扬，都保持着拒人十米以外的距离。依依不舍之恋总是有几分脆弱，脆弱才需相依，相依不需要坚强，坚强唯一不适用的地方就是相恋相依。

其次，摆脱独立。自由独立是相恋相依的大敌，更证明着符合圣道生活的缺失。那个神秘的主宰将人分为两性，既是鼓励人类世代延续要靠两性共谋，彼此深刻地理解、再理解，直至无憾而去，也是否定所谓的独立。人们也许被美式的竞争文化侵略太久，什么都讲究独立，七夕为两个人搭起的鹊桥一定不是为着彼此的独立，相见之后一定是再也不想独立。如果相依很好，谁还会想着形单影只的独立？无论是思想上还是情感上，抑或身心。

再次，浪漫的心思很昂贵。凡事纷扰连绵不断，分散着时间和精力，也消磨着情趣，还有那些愉悦身心的好兴致。情退场，功和利便登堂入室，耗散着身心中那些看不见的柔弱与珍重，在风吹日晒雨淋之后，变得粗糙，直到找不回来，直到嘲笑那一抹羞涩的浪漫心思。

还有吗？

把思念变成一种力量

迅疾的变化改变着人们的生活，改变着生活的态度，也改变着敏感多思的情感世界，包括你的和我的。

我开始写信，为你写信。

信的首要内容是思念，思念让此时的天空充满迷幻和期待，视野所及及以外的地方仿佛都有你的身影，想象和现实交织在一起，陶醉在有你的世界里，清晨或者傍晚，心醉神迷。

信的次要内容当然还是思念，没有什么比思念更牵动我的神经。神秘的自然暗中助力，终于让心灵相近的人如期相见。时间储藏的盛情让我理解你，见到你，一起晚餐、喝酒和散步，感受俗世生活的乐趣。听着你、看着你，所有远了又近的感觉，充实着每一个深夜和白天，也让我更深刻地想着你。思念，思念是情感的根据地，这个根据地栖息着一个多思善感的灵魂。

喧嚣的世界庞杂烦乱，心有所系的人总会遇见。无与伦比的机缘，不期而至的会面，这是所有心怀梦想的人的共同期待。我们更幸运！生的千百种姿态，情感是灵魂，充满欣赏和爱意的情感，像辽远无羁的天空，亦像奔腾不息的河流，或者雨夜昏沉，情感的高点和低地都要有，我的理解还会更多。

想念，是这个夏天最迷人的词汇，在所有不问流年不计得失的日子里，想念带来的纯粹和真挚即是重生，即是岁月轮回最好的馈赠，充实着即将到来的每一天。作为这个世界的游子和过客，想念，我所拥有的想念，给予我不同以往的认识：这个世界的所爱与所求，可以不必拥有，却理所当然地拥有着。这是幸福吗？当然是，毋庸置疑！

在写给你的信笺上，每一个字都被想念包围，悄无声息地存在着，凝聚着被分散的精力，超脱于时间和环境。即使被束缚，也开辟着属于自己的空间。

时间无始无终，空间无边无际。想念，属于我的想念有着更丰厚的内容，我被这迷人的感觉魅惑至深，你这个独一无二的人，把想念变成了一种力量，属于我的力量。我想，我们一定要创造属于我们的强悍与柔情，请记得我的情谊，时时刻刻。

我要去工作了，中午匆匆！

不能让生命虚度！

恰如其分的固执就是意志。没有意志的生命就会枯萎，事业也会一事无成。爱情亦如是。

当代人已经很少演绎动人心魄的爱情了。人们的注意力已经被各种信息分散。当然，日常生活中，最分散人们注意力的是房子，以及和房子相关的一系列事情。和房子关系最密切的当数金钱，金钱的背后是交易或者贸易等等，而不是爱人或者情人，尽管爱人是存在的，情人也是存在的。

一个疑问如魅影般闪现，又旋即离开。

在没有想清楚之前，飘忽不定的疑问如同冬天寒冷的空气，考验着人们的耐受力。世界是简单的，也是复杂的，在简单与复杂之间，人们的需求与需要决定着发展的走向，既不是约定的，也不是创造的，仅仅是需要。就像冬天需要温暖，夏天需要清凉。

无论怎样，一定要有所作为，不能让生命虚度！

男人的铮铮硬骨和女人的似水柔情，都是这个世界存在的意志。他们能够彼此激发，互相理解，懂得生命的意义以及欣欣向荣的生活、持之以恒的工作和坚持不懈的态度，超越存在于自身机体内的懈怠、消极，还有种种人性的弱点。能够达到这样的高度，也许就向积极的人生跨越了一步，跨越了一大步！

掩卷而思，意志是存在的，爱情是存在的，生命总是在不经意的时刻焕发奇异的光彩。但愿生活在变革时代中的人们，珍惜安定的幸福时光，认真工作和生活，不辜负这个和平繁荣的时代！

360° 情感，是怎样的情感？

360° 情感，是怎样的情感？

像诸多难以解释的疑问一样，无数个答案等待人们去了解，也许穷尽心力也无法完全了解清楚，或者根本没有了解清楚的必要。如果不是身处其中，情感撞击心灵，也许这样的情感就如鬼魂一般，仅仅是个幻想或者传说。

但是，人们不会放弃挑战自我的本能。即使理智的缰绳被现代制度系了一层又一层，那些豪放不羁、浑身流淌冒险血液的时代精英，还是奔赴梦想的高点，挑战情感的极限。看看那些历史上伟人留下的痕迹，通过建筑、诗歌、文学作品以及如烟尘般散尽的事件，情感，360° 情感，一定发挥了不可泯灭的中坚作用。

从语言这个角度看，情感被赋予了太多的意义。从博大到精微，从积极到消极，或者简单，或者复杂。我更愿意相信，由于生命的限度，那些向人生情感高点攀登的人，在他们回首凝望的时候，心中涌起的是怜与惜，以博爱的胸襟看待这个世界，看待周边。如此，即使没有宗教，即使没有信仰，心中也会矗立一座爱的丰碑。

单相思是永恒的

希望拥有美丽的晚年，必须度过一个美丽的青年时代。也许我们并不理解其中的深意，谁让我们是边走边看，无法提前试验，只能按顺序在时间中生活的物种呢!

这个世界由男人和女人组成，他们互相塑造着彼此，却也充满分歧和指责，就像每个人看不见自己的后背，他们无法充分了解自身，就投入到纷繁的社会生活中，纠缠撕扯，难以相安，尚未学会相爱，就已开始互相伤害。当代社会竞争之类的外来语太过深入人心，一争高下的雄心渗透到社会的方方面面，甚至生活中最不应该有高下之争的男女关系，竞争的雄心层林尽染，而谁更强谁更盛，基本是个无解的问题。

单相思作为情感存在的最迷人的一种形式，悲观的作家们认为是一场悲剧，深陷现实泥沼的人们也许认为既可笑又可悲，一场无望的感情是时间的浪费亦是悲剧。某位理智有余的中医则认为不幸和悲剧发生在爱情的疲劳阶段，如同大梦初醒倦怠已极，单相思是情感生活不错的选择。对单相思的肯定，揭示着生活中存在尚未执行的情感和行动，幻想存在的空间都渗透着爱。

爱另一个自己，在现实中的映射就是爱人的模样。单相思是永恒的，为那些羞怯敏感的人带来慰藉。温柔地讲出这个事实，也许会消解某些疑虑不安。现实中依然存在善良的男男女女，他们并不强悍，羞怯地想着某个人，被爱的人意识不到。一切小心谨慎地存在着，产生不了丑闻也不会被媒体渲染，为生命植入艺术、诗歌、哲学的神圣细胞。时间赐予的爱意，只要一直存在着，无论怎样的形式都美丽。被一段故事感动，随笔记下。

爱情、单相思及其精神的高度

爱情，如果从现实生活的繁杂中抽离出来，是那个神秘的主宰对众生最宽宏的恩赐。甜蜜的忧伤与圣洁的幸福不仅发生在爱人相聚的时刻，远离时的忧郁与甜蜜也同样令人期待。

爱情，激发了想象和自我迷恋，也激发了人们的创造力。爱情的存在甚至可以改变空气的味道，因为那种心醉神迷的感觉具有强烈的穿透力。但是，太过清醒的人是无法体验爱情的，让爱情终止于思考是太过清醒的必然结果，尽管爱情终止的原因还包括疲劳以及幻想的毁灭等等。

但是，爱情不是用来思考的，而是用来感受的！

单相思，普遍存在的爱情形式，也许代表了一种永恒的情愫。人们自我迷恋，在幻想的空间徜徉，不受时间和地点限制。被爱的人意识不到，如同一个星星意识不到发现它的天文学家一样，但却温柔地存在着，为生命植入艺术、诗歌和哲学的神圣细胞，如同优美的植物，装点着这个生机勃勃的世界，为那些善良的男人和女人，带来慰藉！

人们在自我的创造中生活，而爱情存在于自我感受的过程之中，困难、考验、艰苦和努力锤炼着人们的性情，也推动着心灵的进化。如果高尚的追求未曾泯灭，这样的进化将生生不息。

也许，人们对爱情的前景不必太过悲观，当一个男人和一个女人达到一定高度的时候，就能够产生精神上的爱情。他们不必担心这样的爱情会随时间褪色，而是时间的一部分。

对忧郁的了解似乎永无止境

荒谬与美丽的故事之间，横亘着怎样的藩篱？他们的距离究竟有多远，或者近到什么程度？

对忧郁的了解似乎永无止境，就像这个世界的任何事。那些为世界贡献经典非凡的艺术家，本身的生活并不值得提倡，至少在金融家眼里缺乏理智，甚至表现出匪夷所思的怪异。但是，那些所谓的理智和按部就班就是正常的吗？生生不息的大千世界，总会有一些特别的灵魂，他们不计名利，忘却得失，在世间游走，为这个世界奉献他们的才智以及持续的自我牺牲精神，为时代留下鲜明的特色，为人类精神的顽强树立丰碑。

但是一些研究工作很少带有情感，而我更愿意以浓重的情感理解，再理解。

首先，创造力与精神不稳定存在着联系，特别是艺术领域。这并不意味着艺术创作都是疯子，但是非凡的艺术创作的确需要某种癫狂状态。从各种可供查阅的书中得知，历史上杰出的创造性人物都曾患过忧郁的毛病，其患病率比普通大众中所发现的发病率高出十到三十倍。在大数据广泛应用的时代，选中的样本越多，这个比率也许还会提高，这个问题留给对大数据以及忧郁与创造感兴趣的人去研究为好。

其次，灵感与疯狂之间存在着联系。全神贯注以及日思夜想倾注的精力为灵感突发奠定基础，而触动这个基础的必然是某个突如其来的癫狂时刻。人类本身就是伟大神秘震动的结果，而那个神秘的震动时刻和理智绝缘。理解了这些还不够，艺术是超越一般的创造，在脱离庸常生活的那一刻，仿佛到处散发着神采，像清晨树影斑驳中太阳射下的光线，耀眼迷人。艺术要表达的就是这一刻，或者极度黑暗世界的无助，再无救赎。艺术家在不平凡的感觉中富有智慧地创造，既脆弱又坚强，区隔着平淡无奇的现实世界。

再次，忧郁可能促进着基因突变。所有的变化都始于某种触发，轻微的或者猛烈的。人的漫长进化过程经历过无数的颠簸侵袭，类似于个体的成长，是进化还是退化呢？是存在还是消失呢？忧郁及忧郁气质让人在某些时刻像个病人，更孤独、更安静，也更温柔。医学上的下丘脑腺垂体系统，即身体状态的主要调节器活跃或者落寞时，反复地刺激催生着情感，情感催生着行动，创新与整合在身体内冲撞变异，会产生突变吗？看看现实世界中人们的虚妄与梦想，一定存在着某些联系。各种医学研究室正在做的，现实世界每天都在发生，只是还没有变成复杂的报告。报告能发现和解决所有的现实问题吗？报告养活了很多人，却无法成就艺术家。

"所有在哲学、诗歌或者艺术上有所贡献的人，他们为什么都是忧郁的呢？"亚里士多德的疑问存在了千年，并且一直存在下去。

对自身的了解总是太少

幻想、忧郁、不切实际的状态对于某类人就像良药，医疗着人性的偏执和虚妄。就像北方四季中的八月，蝉鸣声声，植物在静默生长，草木葱茏安然，一切不需要打扰。

不确定充满了迷人的色彩，也令人心生畏惧。对生命一知半解的人类多数时候采取谨慎的态度，是天性也是安全的自我生存之道。充满幻想的心灵可能为生活披上华丽的外衣，也可能被思虑的长袍束缚迈不开步伐，特别是从事投资冒险这个行当，太多的投资规则和故事既激发想象力，也扼杀着想象力，两者大抵平衡。

而忧郁呢？一个饱经世故的金融投资者可能无法远离忧郁，或者一直走在克服忧郁的路上。人类究竟在追求什么？肯定认可或者释放早晚如烟般逝去的力量？在满足一己私利和谋求大众福祉之间，投资者做着自己的分内之事，就像农民种地或者修理一堵城墙等等，在工作的时刻没有考虑那么多，所有正在投入工作的人都没有想那么多。只有安静下来才会被忧郁侵袭，或者自觉自愿跌入忧郁的沼泽地，挣扎于放纵，快乐不起来。

不切实际的状态非常可疑，却是最真实不过的状态。人最大的实际有很多，都是具体而实在的，如活着必需的食物、水、空气，以及必要的物品等等。在物质繁荣的时代，这些基本如空气般被忽略掉了。人们在各种观念中游走，对未来做各种各样的预判，并且借助网络媒体进行各种演绎。看似言之凿凿逻辑清晰的理论，一遇到现实就四分五裂，看似确信无疑的事实一遇到阻碍就分崩离析。在不切实际的各种幻想面前，人对自身的了解总是太少。这应该不是一个误判吧？

人们最幸福的时刻

在庸常而重复的岁月中，所谓的恒久也许是个妄想，尽管人们怀着无尽的期待，世世代代希望永恒。

人们生活在春夏秋冬、日月轮回的时间洪流中，有时激昂、有时懈怠；在坚信与怀疑之间，虚度着岁月。人们应该怎样生？怎样生活？抑郁的雨天不能回答，金融街也不能回答，不远处的故宫也无法给出确切的答案。

一个广泛的问题也许并不需要思考，只要感受就行了。

时间只是一种幻想，人类有着类似的品位、激情、渴望和志向，唯一的区别也许只是度过时间的方式。个人生活的自由、幸福和自然，这些简单的需求和期望，在现实中并非简单易得，而需要历经风雨磨砺。人们最幸福的时刻是在做出有益的努力中忘掉自我，聚精会神，专一专注，这样的时刻不知不觉。不断的探询与发现，幸福也如每年的雨季，如期而至。窗外，金融街的行人与灰蒙蒙的街道还有落寞的车辆，那么平静，仿佛休假一般。

但是，人们不会放弃他们的快乐，无论是官能的还是精神的。

人们无时无刻不在满足着官能的快感，表达着种种感受，时而装腔作势，时而真诚动容。是的，每一个人都自由体验自我感受的快乐，表达出来，说了又说，为每时每日的生活增添光彩。这是生命的享受之一。

现实，是把人们从虚妄中拯救出来的唯一良药，唯有现实可以创造新的记忆，梦的记忆！

人们是如此热衷于创造甚至创新，愉悦自己和他人，在构想的世界中进进出出，时而浓妆上阵，时而颓废下场。

这些热爱生命的孩子，用不尽的繁复礼仪，表现着这个世界的尊崇和落寞，陈述着关于生的一切故事，了无尽头！

幸福，匿藏在每天的不经意中

百世即须臾只是一场春梦；万端观结局不怪千古人情。

在一部悲观主义作品中，过眼烟云使用得太过频繁，也许正表达了作家的率真。他没有掩饰什么，仅仅是做他自己，想到什么就写什么，没有任何矫饰。当然，他也没有打算把作品当作商品出售，也不想与人共享。拿给我看，也仅仅是个机缘巧合，他认为我能懂。

但是在这些文字面前，我感到了从未有过的荒芜，甚至那些精美的家具和饰物都变得恍惚，窗外雾霭阻挡着黄昏，那些文字犹如幽灵般在雾霭沉沉的城市上空飘浮。沉思默想究竟还是打动人心的，也许每一个寂寞而多思的心灵，整天和各种数字报表规则打交道应该算是幸福的。是的，也许是吧。最通常的情况是：忘记了幸福，记住了数据！

曾经存在的某个时间，忙里偷闲对幸福粗略研究，结果多多犹如未果，也就放弃了，就像放弃的任何事。在这个问题上谈论太多没有什么意义，还不如关注生活的点点滴滴，如火锅调料中辣椒的味道，或者彻底清理一下房间。

从一个严肃的话题瞬间过渡到具体的生活，能够过渡到具体的生活，就是幸福本身，如果幸福并不那么高不可攀的话。幸福匿藏在每天的不经意中，包括吃火锅谈论辣椒，或者打扫干净的某个角落。仍然对火锅充满兴趣，他并不虚无，也拥有自己的幸福。

出轨与出墙

马未都先生谈到了《出轨》，缓慢而有根有据：秦始皇统一六国后发诏：车同轨，书同文。此乃国策，功利千秋。秦时的"轨"是指两轮之间的距离，秦制六尺（一说八尺），直至火车出现之前，全国各地老城门内留下的车辙，都因为车同"轨"。

轨代表并行不悖的标准，行进中的标准，也代表着行进中的安全距离，不远也不近，遵循着同样的尺度，大家都安全。这似乎是现存所有古老规则中最容易理解的一种，不偏不倚，遵循恒久不变的轨迹。

现实中，受多种因素的影响，墨守成规一成不变总有受到冲击的时候，出轨亦属正常，尽管后果很可怕。出轨可以表达一切超出规范，自从被用在男女婚姻关系上，就有了一种具有时代特点的贬抑，出轨这个词也被赋予了时代特色。

马未都先生接着有根有据地介绍：在男女关系这件事上，古人不说出轨而说"出墙"。春色满园关不住，一枝红杏出墙来。宋代林绍翁的诗满是诗情画意。元曲大家白朴有杂剧《墙头马上》，让男女主人公跳墙幽会，逐渐坐实"出墙"一词。在一些诗词和有传统文化熏染的思想中，即使外域文化中对于类似情感的描写，充满诗情画意也是多数，至少不会如此地无趣而直接。

最后，极具马未都特色的语言表达，把人引入深思，而不是某种简单娱乐判断：今人说的出轨，一副看人家要翻车的幸灾乐祸；古人说红杏出墙，包含了许多美意，起码在元杂剧中还有追求爱情的超时代精神。把如此美的意象入诗，唐宋以来至少有七八位诗人写过，但谁也没曾想"出墙"一词后来变成未守住妇道的代名词，令人唏嘘不已。

人们关注马未都的收藏，更应该关注马未都的言论，一个历史文化传承者的宽容理解和悲悯，对人性的悲悯！

情感，穿梭于较量中

芸芸众生，人间的苦难与欢爱，淹没在无边的雾霭中。

那些不能阻止向上的力量，以及那些一意孤行向下的力量，在较量中寻求平衡，构成了我们可以感知的和谐！

而情感，穿梭于较量中，无时无刻！激发着、创造着，同时也懈怠着、颓废着，为重生和复兴积蓄能量。人们不会辜负那个神秘主宰慷慨的赐予：循环往复，生生息息！我们能够做什么？我们还能做得更多，是不是更好呢？一定会的！

是的，一定会的。

当我们不遗余力满怀理想前行时，雾霭烟尘也是存在的。尽管避而不谈，尽管无法克服依赖与依恋；尽管喧嚣和雾霭合谋，模

情感的仆人

当世界被划分为各种类别无限清晰时，一定是书斋里的看法。尽管这个世界确实被那个神秘的主宰安排着，但他更希望看到他的孩子们率性而为，寻找属于自己的道路。

亚当·斯密认为：我们生活在一种现实之中，这种现实不是自然界，而是我们的心灵和想象对自然界的反映。与所谓的理性相比，感情是行为更为合理的源泉，也是更为可靠的经验。

斯密的见解到今天也具有指导意义。

更进一步讲，受感情支配的行为以及结果，让我们不得不接受各种宿命，我们是情感的仆人，现实可以部分印证判断。

比如对当下资本市场的各种判断，延伸至对各种投资品市场的判断。在所有关乎投资、风险及收益的问题上，人们被强烈的感情驱使着，所有的客观分析研判在情感的洪流面前，都变得相当脆弱，时而如惊弓之鸟，时而牛气冲天地波动。经济学解释不了的问题，心理学甚至玄学登场，并且解释也很过得去。情感甚至偏见篡位，统御判断左右行为，竟也成为现实，另类现实常态化是存在，并且是客观存在。

在各种充满矛盾、不甚和谐的表象之中，谁来调和？谁能让这些现象看起来协调，完成近乎伟大的妥协呢？也许是快乐吧，也许是适者生存。

法律裁夺情感

静心研究一项制度或者政策，是一件幸福的事。如果这个判断正确的话，一定是感情登场了。反思一下，什么时候感情退过场呢？

即使法律倡导的公平正义，也无不渗透着浓重的情感色彩，不过是哪种情感主导而已。孟德斯鸠言：适中宽和的精神应当是立法者的精神；政治的"善"就好像道德的"善"一样，是经常处于两个极端之间的。

是什么左右着两个极端？

法律总是要遇到立法者的感情和成见的。有时候法律走过了关，而只染上了感情和成见的色彩；有时候停留下来，和感情、成见混合在一起。

情感穿梭于各种场合，幸运也无情。情感很难均衡分配，人们总是希望情感的天平朝自己倾斜，甚至据为己有。遗憾的是：情感不像空气，均匀散布在空间无影无形，情感是有分量有限度的，犹如财产所有权，被人们瓜分着、争夺着。理智都为情感效力，法律裁夺情感，力不从心亦属正常，亦属正常吧？

精神和物质一样处于变化之中

精神和物质一样处于变化之中，情感发挥了怎样的作用？

在人们对世界的认识过程中，往往忽略自身的变化，也包括忽视自身的局限。人们渴望成长，渴望进步，渴望世俗生活的功成名就，上天入地，不断突破对这个世界认识的极限。但是一回到自身，悲凉之情不免油然而生。

人们的回避是有道理的，回避情感更是一种超脱的表现。对于不能确定的问题，没有答案，只有过程。人们，为什么要探究那些无法掌控的事情？但是，人们的好奇心还是战胜了理智，也战胜了挥之不去的悲凉。尽管这个世界处于变化之中，并且一直处于变化之中，人们深处其中，还是发现和感受到了巨大的乐趣，以及物质和精神相互促进过程中恒定的力量，如忍受、进取和行动。

情感发挥了怎样的作用？作为一种受到制约和局限的存在，情感既不同于物质也区别于精神。情感的独特性在于作为人整体的一部分，既有浓重的个人色彩，也保持着时代的特征，即某个特定时代人们普遍接受的观念和行为方式。因此，在一些时代，即使某些正当的情感也以某种隐秘的方式存在，给后人留下巨大的谜团。

如何保持持续的热情？

休假第一天，被邀谈谈如何保持持续的热情。坦率地讲，即使工作日也尽量避免谈这样的大题目。真正的热情往往水浅流深，不易察寻，看到的往往短暂易逝。关于这个题目的几点见解，谨供参考。

首先，保持持续的热情，要先休个短假。在持续的热情中侵染太久，需要整理一下情绪，调整一下态度，舒缓一下肉身之躯的疲劳，积蓄新能量。当然，休假也不是无所作为无所事事，而是换个环境思考，保持持续热情，图谋新发展。

其次，要有保持持续热情的内在动力。无论是理想信念还是利益诉求，一定经过深思熟虑，持续的热情不过是外在的显现。邓小平"三起三落"，经得起磨难，坚强的意志是不是持续的热情呢？前途是光明的，道路是曲折的，这句烂熟于心的名言，几人经得起？几人担得住？保持持续的热情，也许是少数人的事，多数人需要教诲，持续的教诲与宣导，要保持热情，生活的热情、工作的热情以及对生命的热情。

再次，坚定不移，坚持不懈。这个要求无论对组织还是对个人都比较难，正因为难才可贵。世事难料，不确定性以及复杂性一直干扰着人们的判断。因此无论个人还是组织，都要有个努力的方向，不为任何艰难所惑，不为任何困难所扰，聚精会神搞建设，一心一意谋发展。对于普通人而言，过好每天的生活，做好每天的工作，都是持续热情的一部分。尽管如此，持之以恒还是比较难的，坚持下来就了不起！如同爱一个人，热情关乎一生一世，不是偶尔兴致所至。

还有其他吗？一定有的，比如做包子炒菜这样的厨事，也需要持之以恒坚持不懈操练技艺，甚至裁缝或者这个世界上任何关乎生存的大事小事，融入热情一定会焕发异样的神采，要么催人奋进，要么感人至深。

保持持续的热情，犹如生命不老的英雄梦想，激励着人们生生不息！

生活的便笺

这是一些不完备的便笺，但就生活的提示来说，还是太多了。

无限斑驳的生活，需要不断的改进。生活琐碎也有趣，充满着遗漏，顾此失彼是常有的事，或者忽略彼此，沉溺于臆想的世界。芸芸众生，离不开吃喝拉撒睡，最早的贸易活动也就是围绕这些展开的，如那些在当代社会司空见惯的香料等等。当然，人们也没有忘记精神追求，对精神的高尚追求。

时间顺序前行，生活艰辛也快乐，这个无限斑驳的世界为生活提供了无限可能，如何将无限回归到有限，考验着人们的定力和耐力，当然也考验着生活态度。

《生活的便笺》主要摘选随笔记下的一些感受，一个金融工作者的所思所感。岁月匆匆，请记住我的勤勉，谅解我的疏忽。

用精神促进身体健康

靠一套十分烦琐的规则保持健康，本身就是一种病，而且无药可医。

精神之于健康，如空气和水之于身体，如影随形，随时随地。心神恬然的精神状态引领身体的各个部分，一起为精神效力。身体和精神合力共谋，通过体态和面貌释放着身体的秘密。简单质朴得到普遍喜爱，是身体和精神和睦相处的结果。

人与自己、人与自然、人与人，基本是这样一种简单的关系。

健康是精神富足的副产品，被人们经常忽略，又倾力所求。仿佛那首经典老歌所唱：失去时才知最珍贵。经常被忘记，偶尔被想起。身心分离，精神和身体经常发生矛盾，是各个时代人们都会发生的通病。

治疗这样的病，知错即改，或者逐步地改，也算是进步吧。虽然，在此类问题上，人们的进步非常缓慢。

健康既珍贵又平常

健康既珍贵又平常，往往被忽视，就像人们忽视日常生活中的空气和水,直到某一天发现其珍贵,直到发现珍贵难得!

幸福的前提是健康,而健康是无法用勤奋、财富或者祈祷实现的。健康是大自然慷慨的赐予,然后就是我们自身的珍重和维护了,不挥霍不践踏,顺乎自然的珍重以及合理度支,总会得到大自然的庇佑。

但是,节制是美德,忘乎所以是天性,美德在多数时候无法与天性抗衡。没有几个健康人以健康为荣,到处可以看到没有节制地运动吃喝,没有边际地娱乐……直到健康受到威胁才发现健康的重要,那些平素的爱好以及痴迷全部退居二线,健康跃升第一。世间的事只有健康变成头等大事时,才懂得大事究竟有多大。

但是,懂得了距离行动还有尚远的距离,究竟有多远?犹如思想和实践,勤于思考疏于行动,这样的情况现实中比比皆是,比如尽人皆知的许多事。

好在乐观主义者遍布世界,适应以及习惯又是如此深入人心,健康及对健康的态度也没有超脱适应和习惯的法则。

刮 痧

外邪侵体,一刮了之。

既朴素又复杂的中医神秘而实用,对人体经脉的归纳整理清晰分明,就像这个世界所有客观存在的事物,不必附加浓厚的情感色彩。中医从诞生时刻起,就应该是满怀悲悯的,一切从实践中来,日积月累医伤治痛,大爱无言,一切均在行动中。

刮痧在中医世传中有多种手法,通过强制刺激经络,达到解毒祛邪、清热解表的作用。"急则治其标。"莫名其妙的不适不妨刮刮痧,简单易行,见效迅速,很符合追求效率对身体不怎么关注的人群。活跃感官的娱乐越来越多，披上节日的外衣更加顺理成章，喧嚣无度倒也是常情，谁会放弃当下的快乐思考看不见的未来呢？直到身体反抗的那一刻，刮痧等中医疗法才显得重要，甚至不可或缺，肉身之躯既需要娱乐也需要调理，防止外邪侵表，妨碍欢乐，当然更妨碍工作以及继续扩大再生产等生存之必须。

据说健康人常做刮痧可增强体表护理能力。发热鼻塞流涕等轻微表征是外邪侵表所致，及时刮痧就是及时祛除表邪，防止外邪蔓延进入五脏六腑生大病。

小中医手拿简单工具认真祛邪，犹如制造某种物品用力而专注。疼痛与好奇混杂着联想，那些奇怪的外邪在不知不觉中被刮掉了，留下不忍目睹的瘀红斑痕，仿佛经受了严重的酷刑。和经受酷刑不同的是，不是一蹶不振而是精神焕发，活力再现，如此之好！

如果外邪入侵，可以感受一次刮痧。

中医推拿术

风邪湿热，内外有别，外邪易治，内邪难调。这些语汇既具体又神秘。中医推拿术疗风邪亦疗情智，只是需要时间，在等待和期盼中历练着耐心，缓慢祛除着了无形迹的各种邪。具体包括六种：风、寒、暑、湿、燥、火组成大自然的六气。

人体亦有六气，若六气过盛，则侵害人体即为六邪。状态之间的转变犹如阴阳两面，利害双方，对立着却也和谐相处。精神恍惚之中，过往都有嫌疑，寒冷中的热情以及穿衣戴帽的潦草，执着与倦怠等等，怎么可以责难六气？"风为百病之长"？不对，人的不适当思想和行为才是百病之长，风无过，寒暑亦无过错，一切都是人的错，冒犯六气以致六邪。

中医推拿术缓慢有序推动着身体肌肤，给身体以力量亦如安抚，轻重有度；如果变成文字似乎太复杂了，如果直接感受疗伤祛痛似乎过于简单，只要记得所有简单的背后都是不那么简单的经验积累就是了。身体怎么可以有如此多的痛点和穴位，感觉为什么变得如此多愁善感？被一双手触摸推拿的刹那，各种感觉被动员惊醒，敏感而无助，躯体承载着怎样的重负，如果没有中医推拿术，还有什么可以疗伤医痛？

端详着墙壁上悬挂的人体解剖图，被各种思想牵引的人竟是这样一副模样，恐怖至极毫无美感，由各种血淋淋的器官肌肉和骨骼组成，无论从哪个角度看都充满了秘密的恐怖。看来缺乏自知或者自知甚少成就了人类的胆大妄为。人们总是先入为主以为自己会怎样，世界会怎样，其实终不过是简单亦复杂的血肉之躯，离开六气什么都不是。

如果希望自己平静下来，就做一次中医推拿。

对营养学的普通认识

如果按照营养学家的建议进食，一日三餐很可能变得索然无味，传承千年的菜系以及火锅的上百种吃法也许会颓然绝迹。需要了解一些营养学知识，也需要变通，循序渐进。

按照大自然的安排，一切章法有序。为什么我们吃着同样的食物，身体和思想却千差万别？一块面包提供的能量大致相当，为什么在不同的人身上却散发着截然不同的活力？有的人可以奔跑几公里，而有的人上楼梯都气喘吁吁？人体对食物的反应复杂难缠，即使最现代的科学研究也仅仅处于初始阶段，倒不如古老的中医，遵循自然，辨证变通，以百草疗伤，医养同源，充满迷人的魅力却无法言尽。

在复杂和简单之间，要理解食物供给吸收的能量困难异常，不去思考倒也简单无比。喜欢你喜欢的就是遵从自然，也可以理解为神秘莫测的道法。当下生活在楼宇之中的人，可能是和土地离得太远，或者忘记了生养的土地和根基，喜欢用绝对的语言传播观点，遍布各业的养生保健受到挣钱趋利的影响，如江湖骗术般夸张虚浮，让人们陷入各种痴迷而不醒。

有足够的能量才能抵御寒冷，保持旺盛的精力和活力需要充足的食物，限制能量对于某些疾病具有控制功能，没有人反对这些道理。关键是平衡，古老而神奇的平衡。没有足够的能量如何繁殖抵抗？没有足够的休养生息，如何积蓄能量？在这些问题之外，大自然还有其他的安排，精神的、感情的等等，精神和物质共谋，成就了人。对于某些人要了解：腿部脂肪是力量的源泉；腹部脂肪过多会导致高血压和糖尿病以及对心脏不利，而脸部脂肪是最好的美容剂等等。关于分布和平衡问题由季节决定，处于生发阶段的万物自我调节，方式多样，至于是怎样的方式，这个问题最好放一放。

相信身体自卫的本能

对医学一知半解的研究以及收集散落于不同专著里只言片语的描述，是非常迷人的消遣，值得花费时间，也值得反复沉思考量。人类健康进步的每一个台阶都充满荆棘，甚至伴随着虚妄。

十七世纪临床医学代表人物托马斯·西德纳姆依据大量的临床经验为疾病定义如下：自然用除去有害物质的想法，尽全力奋斗，以恢复病人健康的努力，发烧不是一种病，只是组织的自卫方法，时间行进到当代当下，发烧不仅是一种病，而且是需要花费不菲资财治疗的病症，身体的自我调整只能默默躲在角落修复，和各种医药作抗争，结果未定。

人类进化到今天，发烧发热之类的大痛小疾靠身体自我防卫仍然是最好的方法，远离煞有介事处方开药的医生是明智之举。就像日常生活中的很多事，不必听信言之凿凿的推介和宣传，托马斯·西德纳姆关于疾病的定义，人们要相信身体自卫的本能，我们所有的谨慎珍重甚至胆怯都是天赐的屏障，无论精神还是肉体，都有一套自我循环护卫之策。

类似的观点可以应用于养生和美容。从古至今养生方法不计其数，最后还是消失在时间的长河中。顺其自然安之若素，随时接受和岁月同步的自己，比吃补品涂脸霜更重要，精神态度始终影响着身体，用精神促进健康这个比较老套的说法，总是新意浓浓，只要认真看认真想了，落实在行动上。

水是文明的第一要件，火也是文明的第一要件，虽然它们不相容，却都是文明的基础。在进步的道路上，水让想使身体干净的身体干净，并且通过大量饮水清洁着身体内部，循环掉各种冗余杂物，还身体清洁轻盈。伟大的临床医生对人类健康的贡献，需要铭记，世世代代。

淋巴细胞，人体的御林军

古代皇帝为防御外来之敌，对抗内部之乱以及保卫自身安全，训练一支听命于自己的军队，锦衣护卫，忠诚精良，骁勇善战。淋巴细胞，某种程度上就是人体的御林军。

人类在和自然相处的过程中，并不总是和谐圆满，身体需要应对外界环境之变，为自己营造一个安全畅通的环境。那些尽职守则的淋巴细胞，每日排斥异体、杀伤病毒，征战于无声的战场，执行免疫职责。而人类并不自知，只是听凭感觉肆意妄为，挥霍无度，直到御林军溃败，才肯省悟。

也许任何征战之士，都是忘我的。人类的意志从来没有歇息，御林军也无能为力。朝代更迭，物换星移，人们生生息息，淋巴细胞忠诚护卫，还是受到牵制，而那些莫名的牵制，除了那个神秘的主宰，谁能说清？

需要说清楚吗？我看不必。如果哪一天人类真的清楚了，更大的困惑也将同时诞生。

生活得当，随遇而安

生活得当，也许是最难的难题。人们在诸多大事上可以著书立说，但是在解决家长里短上却无可奈何。据说古希腊哲学家苏格拉底在家庭问题上也是睁一只眼闭一只眼，我看这正是智者的明智。

家政、民政和国政，是世间三大难政，而尤以家政难理。最细小的妨碍最伤人，就像当下的雾霾。生活是脆弱的，容易受到干扰，最适宜的态度也许就是大而化之，漫不经心，懒散为之。认真生活仅仅是个态度，具体行为上尽可以随遇而安，譬如把房间收拾整齐是生活，凌乱也是生活，或者生活的气息更浓。杂物分门别类规整有序当然好，杂乱无章也无妨，用时找起来方便，找不到不用也就算了。

至于理财之类颇费心力的事，安全过得去即可。至于莫须有的理财收益，更需要一个秉持过得去的态度。世间的欲求无止无休，如果被假如之类的设想绑架，犹如背上沉重的债务，自我负重自我加压自我苛求，就是枷锁了。自满自足的生活凡事只求过得去，对自己宽容大度，自然对他人心怀包容。

至于洞察力呢？看看动物世界里常年眯起眼睛的狮子、老虎以及任何庞然大物，基本都是一副态度安然，无动于衷的样子。生活，不妨学学动物世界中的王者，安然处之。

昂贵的树叶子以及布头

原本长在树上的叶子，即使是茶树，即使可以提神醒脑、延年益寿，还是太昂贵了。还有布头，还有点燃烟草的打火机。

自从人类发明了货币，把交换变成交易，再发展成贸易这些连续升级的行为，茶树叶子的身价一直处于上升势头，未来也许还会持续上升。昂贵的树叶子见证着人们的想象力，也见证着由想象力带来的效益，虽然这些树叶子年复一年，反复从树上冒出来，也不知道人们早已为它们定了价，而且越来越高。

自从人们发明了头巾，是谁发明的？一定是北方寒冷的民族，把弃之不用的布条子裹在脖子上挡风保暖。发展到今天，人们已经把布头变成奢侈品，通过千百种样式，吸附着货币，远远超过一块布头的价值。千姿百态的大小布头五彩缤纷，价格不菲，甚至远远超过一条鱼、一只羊或者一头牛。布头在市场经济的海洋中脱颖而出，缠绕着男男女女的脖子，出尽了风头，那些专心织布的师傅们始料未及。

自从有了烟草，为点燃烟草的点火器具如春笋般成长，种类繁多，通过那一束火苗子助青烟缭绕，让人进入暂时的迷幻陶醉，与现实隔离，或者思考着隔离或者更接近。谢天谢地，打火机，这个手持点火器具，在秋风渐起的季节里，不仅可以点燃烟草，还有那么一种拥有感以及或多或少的布头，点燃的烟草完全可以宽慰秋夜的萧瑟落寞，随着烟草的明暗起伏，感受着暖意、快意以及不在意。

酒香疯狂带来的感受，当然胜过树叶子

除了昂贵的树叶子，消除倦怠提振精神的饮品还有各种酒类，著名的和无名的，身份各异效果相同，至少在激发人的情绪方面，功效高度一致。和各种由树叶子构成的茶类不同，这个主要由乙醇构成的饮品不仅催生豪情、激情，也激发不太体面的情感，如各种不可名状的醉态以及非常之举。喝酒过量的人酒醒之后的疑问是：都做了些什么？

都做过什么并不重要，和过去过意不去是人独有的特点，没有见过猪对昨天耿耿于怀，也不知道老虎狮子这些比较凶猛的动物是怎么对待过去的，只有人喜欢抓住过去不放，特别是酒过三巡之后，逝去的陈谷子和烂芝麻开始向上翻涌。特别是作家或者和过去纠缠不休的某类人，不仅追忆还把追忆变成文字，让更多的人一起回顾过去，甚至发明了忘记过去意味着背叛之类义正词严的警告。警示是重要的，同时要记住的警示还有：团结一致向前看。酒精催生的醉意既是缅怀过去，更是期望未来，尽管未来很快会变成过去。

酒香疯狂带来的感受，当然胜过树叶子，也许是不应该比较的。当然，生活在时间中的人习惯比较。小到家长里短，大到理想信念，谁的豪情更疯狂？谁的酒力更持久？或者谁更热爱这个喧嚣的世界？看看对待酒精的态度。没有推三阻四、没有委婉规劝，任何超出常情的振奋提升，理性放假，温情退场，甚至放肆的张扬，没有边际的时刻，让我们看到了人的真正样子，文雅适度、中庸平和作为追求的目标，是一生的修炼。

喜欢喝茶的人，对树叶子充满好感；喜欢酒精的人，对酒瓶子充满迷恋，其实他们真正喜欢的是那种提振精神，救浑噩于瞬间的感觉。如果热爱生活，就不要离开茶，更要做酒精的朋友！

在所有文化传承的书页上，几乎都飘着酒香

"美酒飘香歌声飞，朋友啊请你干一杯！"美酒相伴，成就了诗歌，成就了文化。在所有文化传承的书页上，几乎都飘着酒香，激扬着一代又一代人，感受这个世界，记录这个世界，发扬这个世界！

因果实发酵而富含能量的酒精味道，吸引着我们的神经，也历练着我们的豪情。酒精为情感助力，让爱变得浓烈而深沉，犹如人间大爱，承载着误解与艰辛，不改初衷；人世间的悲喜交加、爱恨情仇，化解于对酒长歌！

酒逢知己千杯少，遇到了知音；

对酒当歌，人生几何，几近天问！

喝了这杯再说吧！

酒是对生的留恋，当柔情被唤醒的那一刻，哪一颗心灵不被感动？我们这些时间中的孩子，端起酒杯的瞬间，是如此相同！美酒让我们变得暂时一样，彼此相惜相怜。

在所有悲喜交加的地方，都有酒的味道，那是人类进化化解分歧的武器，也是取得共识达成一致的见证。酒的味道有多好呢，

要看我们还能品味多少，无论是豪饮还是对酌。

北京，稻香村

不断外扩和延展的新北京，楼房林立，车流如织。

这个包容厚德既传统又开放的城市，成为人们各种情感交织的聚集地。人们抱怨他，热爱他，来到这里，不断地来到这里，五湖四海！

人们根据自己的足迹和感受发表着不同的评判，生活和工作，思考和流连。漂泊、踏实、融合、疏离，看不见的种种感觉，时常萦绕于那些南北征战、开疆拓土的创造者。首都的魅力和气息也许就在这里，既稳定又充满不确定性。他见的太多，故事也太多，多到没有一个人能够看懂全貌，也没有一个人能识破大局，尽管人们倾尽心力探寻追逐。

人们在每天的变化和历史的变迁中，感受着城市的风景以及自我的天地。北京，人们心中的首都，而非庸常的城市，那些历史传承非同寻常的故事以及非凡的个人，让人们背负复杂的感受，历久不变。

中秋来临之际，放假的城市依然喧嚣。他像孩子一样感叹：怎么到处是车呢？从来没有来过稻香村！不管时代赋予人们多么宏大的任务，每天的衣食住行、点点滴滴支撑着梦想。假期，让人们回归庸常的生活，也是充满诗意的生活。稻香村，这个散发着清澈宁静气息的名字，完全可以承载人们的心绪，安抚人们的生活，给人们带来温暖如故的亲切感。

稻香村，在城市的楼宇中安然存在，老字号的点心依然形状优美，味道考究。当人们有充裕的时间品味和感受时，也许会想到：那些古老的传承，表达着人们对生活的精心和热爱，合乎圣道，合乎自然，合乎北京风貌，成为北京魂魄的一部分。

极致美味：胡萝卜汁

胡萝卜的颜色美观艳丽，在绿色蔬菜中保持着特殊的颜色和风姿。

去过菜市场的人都知道：喧嚣热闹的菜市场，各种新鲜的蔬菜味道以及质朴的生活气息，几乎可以扫荡任何消极思想。当然，积极思想也不知道跑到哪儿去了，只剩下对各种蔬菜的挑拣，太多了，都想要！

蔬菜让人们专注，蔬菜让人们回归到简单的生活。

而胡萝卜汁给予人们的不仅仅是生活，几乎是超越生活的至美享受。散发着浓郁香味的胡萝卜汁，味美之极，入口的瞬间仿佛临近天堂，如果人们工作太匆忙，还未来得及思考天堂的感觉，那就榨一杯胡萝卜汁自饮，味道带来的感觉离天堂最近。

没有比胡萝卜汁更好的饮品了。何必满世界乱跑呢？美味就在身边。一杯胡萝卜汁，愉悦无限！

色香味攻势

主张太多的人们，终于围坐在桌前，在色香味俱佳的美味面前达成短暂的共识，把酒言欢忘掉分歧，前所未有地一致。这些美味也许正在为分歧提供能量，信息技术前所未有的发展，却无法消弭千古长存的观念以及利益这类问题，更没有提出一套让各方均接受的统一解决方案，即使暂时的共识也是依靠古老的饭桌。也许分歧和争议正是缘起于饭桌，在此类问题上多思无益，倒也无碍。

香料让饭桌变得生动，味觉被无限触发。菜品的调味很重要，盐是灵魂，胡椒是生命，岂止是胡椒，所有唤醒味觉的味道都附带着魂魄，激发着神秘的脑垂体，让各种思想观念在头脑中奔驰游荡，汇聚成精神，汇聚成各种精神。

当然，胡椒在饭桌上还被赋予特殊的意义，和胡椒本身发挥的作用以及出身有关。据说尚未完全进化的古代欧洲肉食存储较难，是胡椒粉末让肉食得以比较长时间储存。这种发源于印度，后来移民世界各地的香料，是古代丝绸之路的重要货物和贸易品，据传从原产地到目的地，价格可以翻四五十倍。时代久远，无从查考，胡椒是欧洲人生活中不可缺少的调味品却是千真万确的事实。时至今日，西餐桌总是配上形状美观的胡椒瓶，那些黑色或者白色的粉末准备随时奉献独特的辛辣味道。

贸易带来活力，也带来利益分歧，甚至引发战争，绝对不是一桌饭这么简单。但就人的本身存在而言，任何事也许都可以量化为一口饭，或者有味道的饭。至于调料发挥的作用，可以翻阅书也可以沉思断想。希望进入新时代的人们，即使身怀利器，也要慎而用之，多在饭桌上争论，即使推倒也不过是教养问题，让道德家们絮絮叨叨论述，好事者喋喋不休地发表陈词滥调好了。

暑热难耐多饮茶

由于无知，充满了好奇；由于好奇，无知变换着容颜穿行于世间，千奇百态，推演着世间繁梦，循环往复。生活在时间中的人，无时无刻不演绎着各种故事，充实着人生大梦，也充实着琐碎平凡的生活。

炎热的夏天容易精神涣散，其实冬天也并非完全可以让人汇聚精神。凝神静气需要锤炼，需要修为，更需要某种信仰。有信仰的人意志坚定，但是平凡百姓的愿望不过是过上相对舒适的日子，对于意志这类比较特别的品性不会强求，只要不那么三心二意精神萎靡即可。尽管如此，还是需要提振精神。在此方面，传承千年的茶可以担当重任。

在十七世纪，欧洲曾经把茶水称作神奇之水，或者万能药，可能是当时医学不发达，医药也不如当代泛滥成灾，身体不适用茶缓解甚至祛除完全是可能的。即使在当代，茶水的功效完全可以充当某些药剂，舒缓平复疗伤，看我们对待茶的态度！

在祛暑降温方面，茉莉花茶不仅以其芬芳无比的清香带来精神愉悦，也在遍布周身流转之后给身体带来舒爽。谁知道这个神奇的茶叶把身体的什么沉疴杂物顺带出来，我们只管看着杯中美丽的叶芽翻转，就知道千百种变化也不过是这一瞬的蒸腾与沉寂。我们对自己怎么消化的都不知道，何必晓得茶的奥秘与神奇呢？

关于茶及茶的故事可以变成文化，也可以变成故事，当然也可以是传说，成为人类大梦的一部分。但是茶在这方面最重要的职能不是助梦而是梦醒。关于茶的提神醒脑无助于撰写情感方面的题材，只适于写作比较严肃的内容，而严肃的内容是如此消耗心智，也不太符合娱乐至上的某种时代特点。对茶的好奇与无知，汇聚了精神，医疗了散漫，暑热难耐多饮茶。

神奇之水及万能药

南方肆虐的洪水，以及空中飞舞的纸币，成为这个夏天的标志。2016 年夏天的标志不止这些，暑热难耐以及摸不准的连续雾霭沉沉也是这个夏天的标志。在事项繁多的大千世界，能够成为标志的不计其数，无须深究，就此打住。

人类是离不开水的，水不仅是我们自身的原料之一，非常重要的原料，而且水也让我们更洁净，更健康，更加生机勃勃。但是水这个自然界的神圣之物，犹如中国古代政治家描述的君民关系：水能载舟，亦能覆舟。这个既简单却也复杂的道理，暂时淡出某些人的视野，人们的目光和偏见集中到排列密布的房子或者位居幽闭的房子，等到发现水不仅可以冲击田地沟壑，还可以冲击钢筋混凝土的时候，对水的关切和敬畏才有了那么一点回归，代价沉重！

空中飞舞的纸币为股权大战插上随时转变方向的翅膀，搅动着本不平静的金融江湖，用钱打仗为权而来，无论背景多么复杂科技多么强大，还是没有超脱于人类的本性：野心与贪婪，强权与残暴。其间掺杂着不合时宜的自以为是或者花边新闻，看着热闹实则无趣。何必那么委婉呢？成王败寇是成语也是对现实的概括，更可以看作客观规律。凡事都套用某个理论未免太教条了，要记住历史的发展是那些伟大的实践者披荆斩棘开疆拓土塑造的，实践是理论的先导，尽管这个先导不那么体面，尽管我对这种用钱方式很不以为然，尽管我的认识可有可无。

暑热蝉鸣，昭示着季节轮回，鼓噪声中更显静谧。亚当·斯密仅仅使用三次的"看不见的手"也许在指天意，那个神秘的主宰平衡着世间万物，给予人类同样的喜怒哀乐，也给予人类同样的爱恨情仇，在时间的长河中行进。

简单生活是昂贵的

被聪明和智慧灌溉的头脑，不停地催生着各种思想，彰显着时代特色。

简单生活是昂贵的，不仅要有处变不惊的定力，也需要恒久如一的耐力，以及听而不闻视而不见的超脱。遗憾的是，这样的品质如同对高尚的追求，总是被现实的琐碎羁绊，变成理想和渴求，永远行走在追求的道路上，反衬着简单生活的不简单。

但是，耐下心来做一道清汤羊排，即使复杂也是值得的。类似的厨事不仅使心情愉悦，也远离了各种政策制度以及发生在这个世界可有可无的信息。一个浪漫主义者也要填饱肚子，而且不能太随便，否则影响想象力。所有的浪漫主义者都始于现实，各种各样的现实，包括如何把新鲜的羊排做出独特的味道，没齿不忘，心心念念，仿佛吃东西是头等大事。当然，混口饭吃本来就是大事。民以食为天，吃饭是天大的事，不过分。

清水、盐、花椒、姜、丁香作为底料，水沸放入羊排至一刻钟后蘸生抽。如此的补给有足够的能量做任何事，需要补充的作品头绪太多，和简单生活的追求相悖。

对糖的热爱是人的本能

甜味，是人出生后首先接受和追寻的味道。对甜味的敏感和偏爱既然是人的天性，喜爱甜食理所当然，喜欢糖更是本能，没有什么可与本能抗衡的。放弃对抗，余下的就是赤裸裸的喜欢了。

超市中的各类点心都是甜的，糖果也是甜的，分门别类的甜，种类繁多的甜，让临近春节的卖场弥漫着甜蜜的喜庆。人间的繁华因为有了糖的味道，才有了无尽的甜蜜及甜蜜的感觉，仿佛置身于幻觉之中，或者幻觉就是现实的一部分。

堂堂正正对糖的热爱是人的本性，超市和糖果店是最坦荡的，证明着人类的身体根本离不开糖。糖是人体必需的重要营养素，构成细胞及组织，调节生理机能，供给热能。据说人体活动的能量约有 70% 是依靠糖供应的，并且是脑神经系统热能的唯一来源。人的呼吸、血液循环、肢体运动及体温保持都少不了糖。

糖是构成神经、软骨、骨骼、眼球角膜、玻璃体的重要成分，核糖核酸和脱氧核酸是细胞的重要成分，血液中含有葡萄糖，体内脂肪氧化依靠糖供给热能，糖还助肝脏解毒。肝脏中贮存的肝糖原促进肝脏代谢，增强肝脏再生能力，提高肝脏解毒能力。我们喜欢糖并且将其作为传统的节日礼物，是和我们身体生存之需紧密关联的。

喜欢糖的甜蜜味道，甚至对糖充满偏爱，也是对痛的逃离，对苦的回避！谁不喜欢糖呢，瞬间把人带入温馨甜蜜。

魔鬼辣椒：迷人的过程始于接触

"魔鬼辣椒"又称"断魂椒"。吃过之后断魂，辣到了极致。为了不让极致发生，又可以感受辣的极致感觉，需要想点办法，犹如为平淡的生活加料，有味又不能太猛烈。

像任何披上魔鬼外衣的事物，外表美艳是必须的，也可以认为是内外兼修。魔鬼辣椒有着不一样的身段，不胖也不瘦，形状刚刚好，属于大自然眷顾的体态，在绿叶的衬托下，娇美鲜亮，散发着诱惑的味道，对于爱它的人，尤其非同寻常。诱惑与接近诱惑，迷人的过程始于接触，如何变成口福美味，是诱惑必须接受的结果。

不能单独存在。魔鬼辣椒与柴鸡同煮，在煎熬中逐渐散发辛辣的香气。花椒、丁香、大蒜以及葱姜等日常调味品逐一加入，厮混越久，味道越不一般。当然也不能太久，在适当的时候和口舌亲近，味感才了得！这个适当只有自己掌握，没有确切的时间，这是中式炖煮的精髓，全靠直觉。记得我们的古训：事不过三。魔鬼辣椒最多放三个，否则真要断魂。

家常琥珀辣椒的味道

辣椒，蔬菜中的佼佼者，如果这个世界没有辣椒，世界会少了多少味道？那些关乎激烈、激情、火辣以及婉转的热情等等，没有了辣椒，人的性情和健康也许都会受到影响，至于多大的影响我不知道。对于本人的影响一定是非常大的，要么变成胖子要么骨瘦如柴，肯定不是现在这个样子。

家常琥珀辣椒的制作独具特色。不同的厨师自然口味各异，绝非标准化产品。所有关乎衣食住行都要强调特色，遗憾的是：房子不能自己盖，衣服自己没时间做，交通工具太复杂不会造，只好在吃上做文章，哪怕是小文章也可以发挥大特色。在可以自由发挥自作主张的餐饮问题上，每个人都有发言权，并且是绝对的权威和特色。

辣椒要选择中等规格长相漂亮的，关乎感官的体验漂亮绝对重要，清洗晾干，选择麻油烧热放入辣椒三分钟足矣，同时放入四川的大红袍花椒。辣椒皮泛起类似琥珀样的斑点捞出，放入生抽姜丝以及少许陈醋五分钟之后即食。啤酒辣椒米饭，豪情逐渐聚集。某个哲学家说依靠酒精激发的灵感是苍白的，即使苍白的灵感也是灵感，对于大多数资质平庸的平凡之辈，酒助豪情有总比没有强。唐代大诗人李白也是经常饮酒的，是否吃辣椒就不清楚了，琥珀辣椒一定没吃过是不需要考证的。

家常琥珀辣椒的味道妙不可言，更妙不可言的是辣椒加啤酒激发的顿悟。如果兴致尚好一定要奖励自己琥珀辣椒，好感觉甚于读书。老妈来电：不许吃辣椒以免刺激喉痛。

简单的生活

在物质超级丰富的时代，依然过简单的生活，需要的也许是超级强大的精神。这样的精神是淡漠，也是超脱，或者是不以为意漫不经心的态度。这样的态度面对灯红酒绿依然故我，面对华美决然依然淡定，除了那个神秘的主宰，也许无人能及。

其实很简单，而简单却是最不容易的事。蹒跚学步的宝宝都知道心仪别人的玩具。克制，克制某些时候也许仅仅是安慰。人们从来没有克制放弃追求，相反，人们为了追求而克制，至于克制什么需要权衡而定。

放下令人心惊胆寒的历史描述，仿佛走出阴暗的老宅，大有豁然开朗舒爽之感。少看一些书，多走一些路，总是好的。故人的所思所想确实传承着精神的魂魄，却也覆盖着阴郁的烟尘。去粗取精，需要相当的功力，是否不知不觉中被阴霾污染，也很难说。也许真的该出去走走了，看看满园春色，看看夜晚的灯光。

宝贝发来她的读后感：

信仰让人的灵魂变得高尚，信仰也会带给人无尽的力量。信仰是超脱生命之外的！书中的爱情、兄妹情、师生情、父女情，以及两代玉器传承者对毕生所爱之物割舍不断的眷恋，这一切的感情，都是对人内心力量的加强，都是对信仰的寄托！它构成了人的理想、人的渴望、人对生活的"盼头"——而这些人类共有的普遍的情感，不也正是我们的信仰吗？让我们不断在历史长河中坚定前进的正是这人世间无尽的情感，在绝望中守望着光明，在战乱中守护着希望。

——《穆斯林的葬礼》读后感

关于服装及时尚

时尚之风刮向何方，没有人说得清。虽然时尚大师遍布世界各个角落，如咒语般散布着时尚新篇，但时尚还是如乍起的秋风，来去无踪，让追踪时尚的步伐总是在蹒跚中前行。

时尚反映着人们的情绪，或者反映着设计师的情绪。

一件漂亮的服装是裁缝及制衣匠共同努力的结果，至于经过了多少工序来到主人面前，是个非常复杂的问题。尽管如此，还需要着衣人的提升再造。从这个意义上讲，昂贵和廉价也许看谁在穿，提升服装的品质，需要不同凡响，怎样的不同凡响？可以随便翻翻领袖传记，远离时尚却创造着时尚，是另外一个层面的问题了。

普通人需要时尚。虽然时尚消耗着人们的金钱，扼杀着人们的特性，当然也彰显着人们的特性。一件淑女连衣裙并不能代表着衣人就是淑女，就像西服领带不能代表绅士，但是人们还是乐于相信衣服背后的那个人就是淑女绅士，即使他们与淑女绅士有着十万八千里的距离。

市场机会主义者需要时尚，时尚是他们生存和存在的价值。对于寄生于时尚的设计师及其跟帮，制造时尚就是制造就业机会和生存土壤，如果再冠以文化的名义，简直可以和高尚沾亲带故了。时尚代表文化，显然是高估了时尚的价值。但时尚显然促进着一代又一代人对美的追求，虽然有的时代前进，有的时代倒退。对美的追求生生不息，不能否认。

读《本草纲目》，如此之好！

言简意美，意味悠长！《本草纲目》诞生以及传承的过程中，不仅满是对自然的倾慕与热爱，还充满着说不出的诗情画意，缓解着疗伤之痛，也缓释着生之虚无，字字浸染着优美和耐心。

《本草纲目》颂曰：处处有之。正月生苗，作丛生，状似白薇而柔细稍长。白头翁又称奈何草，这种植物很平凡到处都有，遗憾的是当代人都圈在楼丛之中，只能在书中寻觅观看图片。

"叶生茎头，如杏叶，上有细白毛而不滑泽。"描述形状简洁形象，而纤细的白色毛毛不滑泽，也许意味着不是特别顺从的感觉，如此激发联想，不滑泽绝对是完美的形容！

"近根有白茸。根紫色，深如蔓菁。"看到这样的语言，或者有了这样的语言，过去的若干时代没有图片也没有什么遗憾的，感觉和记忆共同筑起的形状，根植于内心，图片反而束缚了感觉吧？

"其苗有风则静，无风而摇，与赤箭、独活同也。"有风则静，无风而摇，是否应该纠正还是保留如此执着的想象力？这样的无风而摇撩拨着多少充满活力与渴望的身心？匿藏旺盛生机的大自然，给予无数生命以神秘的暗示，白头翁以其深如蔓菁的根基，柔细不滑泽的白色毛羽，潜伏在民间疗伤医痛。

白头翁的药用及其理解

李时珍是个趣味非常的人，对医药的趣味，对人的趣味以及对各种植物变成具有疗效药物的趣味，等等。大千世界非常之物实在数不清，所以李时珍把能够认识到的本草列个"纲目"，供后人参考！

网络的发达为后人提供了比较参考的工具。当然，这个后人主要是指习惯在网络上流窜，身居高楼心神不安的当代人，被层出不穷的发明创新及其观点搞得晕头转向，越来越自负，却越来越担不起大自然的风吹草动，直至各种毛病接踵而至，说大不大说小不小，成就着烦琐而昂贵的医院，病人川流不息，医生应接不暇，演绎着这个时代的医患故事。

小病大治属于政治家的伎俩，换成老百姓有可能是怕死或者防患于未然。无论哪个原因都在抬升着医生的重要性，甚至各种改革也改变不了现实。这个现实不仅仅是当代的现实。法国路易十四时代的福笛就说过：花在庸医上的钱可以偿付全部债务。但这并不妨碍这个判断时代延续，如果看看《本草纲目》可能解决一些问题，例如白头翁治疗牛皮癣。

从李时珍的记载看，这个还算漂亮的植物被冠以白头翁主要是形似丈人——田野之间的白头老人。如此取名甚是有趣，具有明显的农耕时代特点，当然也是男权时代的心理反应。或者更有时代特色以及对生命的顺从等等。接着读更是有趣了，非常有趣！

栀子花及金银花

因为喉痛，栀子花、金银花以及黄芩，这些美丽馨香的植物名字映入眼帘，而它们本身也正在悄然医治着病痛。每个八月份的月末，都是身体不胜末期暑热，开始发病的时节，不管忽略还是关注，总是不免一劫。

喉痛，需要静养，任何一种病都需要静养。喉痛静养还多了一层原因，避免说话。但是，一件看起来容易的事做起来却很难。人生的大部分时间都在说话中度过，无论是箴言还是废话，谁都不肯闭嘴，即使惹是生非，即使废话连篇，或者絮絮叨叨令人厌烦。人们甚至为说话发明了话语权，人类所有权利中最值得怀疑的权利。人们说了又说，不惜为说话付费，创造了无处不在的电信公司以及眼花缭乱的各种手机电话。我又有什么不一样？喉痛，无非是身体发出的严重警告，需要休息了。

这些由花朵组成的药及药名，传递着制药者温馨的诗意。就像世间所有的温馨与诗意，唤起清新的期待，那么好！

神秘莫测昙花香

让瞬间的华美芬芳持久，唯有时间最宽宏大量。昙花，浪漫莫测的神秘花朵，仅仅在傍晚来临时绽放，既缓慢又短暂，考验着欣赏者的态度——我的态度以及所有欣赏者的态度。

太完美了！所有完美的花朵都是时间酝酿的结果，她们各有自己出现的季节、地点以及时机。依佛教经典传说，转轮王出世，昙花才生，所以每当昙花盛开时，花蕊和花瓣都会微微颤动，这神秘的颤动犹如创生之感动，抑或期待，抑或预示着美好易逝却也永存？看昙花亦像看任何美好的事物，保持一米以外的距离，被美触动心悸的那一刻，最难忘！

昙花香美具备亦难得。大自然慷慨有度，很少将所有优点集聚一体。美丽的花不一定带有香味，香花不一定美丽异常，昙花香美具备也属大自然独特的偏爱吧。原产中南美洲热带森林中的昙花，为仙人掌科多年生多肉质植物，植株灌木状分布，叶状如羽，边缘如波浪，崛起于如齿的边缘处的花朵，硕大而美丽，花冠洁白，娇艳精美，芬芳异常，在傍晚时分开始缓慢舒展绽放，放到四季变换中，确实短暂，放在几个小时的静默以待中，却也很长。时间历练着人们的耐心，包括耐心等待，相守相对时间延长。

少数时刻精心，多数时间漫不经心栽培的昙花，曾赠予一年绽放两次的馈赠，如此的情谊唯恒久珍重，繁衍无限。

恒定的腊八粥

特定的季节及特定的日子，祭祀祖先和神灵。敬天地畏鬼神，信仰以世俗喝粥的形式存在，腊八节里腊八粥，全民同庆长盛不衰，无论在外面宏大叙事还是家长里短，回到家里一碗腊八粥，窗外尚未消融的白雪以及冬天的冷，一碗粥的味道温暖周身，让信仰变得具体。

空空荡荡的灵魂需要信仰，需要依托，需要证明和被证明。热情也需要一个发泄或者承载的地方，从远古到当代，挑战想象的人类发展史，起初是为了吃饱肚子，再以后是为了衣食无忧，再后来是为了舒适或者离舒适越来越远。目标越来越可圈可点，梦想也越来越丰富，犹如腊八粥果实和谷物融合，赋予了太多的意义。

也许，在周而复始的遗弃与恢复、摧毁与重建的时代变迁中，一碗粥的味道是最恒定的。于淡漠中散发着温暖的味道，理所当然地存在着，既供奉神灵，也给养众生。

黑啤的味道

这个世界需要解答的问题太多，生活又太具体，在回答问题之前，还是喝杯啤酒吧！

啤酒带来的快意如此之多！最大的快意是和谁端起这杯酒。诗人郭小川说：舒心的酒千杯不醉，知心的话万言不赘。和谁在一起喝酒很重要，甚至酒的味道都会随心情而变，谁让我们是被情感裹挟的人呢？

酒桌无论大小都承载着饮者的情感，落座酒桌的那一刻，理智为情感让路，金融家忘掉了资本，统计学家不谈数据，官员表情开始舒缓。我端详着酒杯，闻了又闻，啤酒做证：让我见到了喜欢的面孔，以及喜欢的一切。

少年时代慕尼黑之行，让我深刻记住了黑啤，布满高大树木的街道和酒馆，浓重深邃。那些饮者在谈论什么？深奥的哲学听不懂，人生难题不需懂，酒的味道亲切怡然。黑啤是朋友，我开始喜欢一切深色的饮品，喜爱黑啤尤甚。

一个悲观主义者视快乐如泡沫；一个乐观主义者珍视泡沫之美，泡沫即珍馐。我喜欢在反反复复斟酌中，记住所有的好，微甜麦芽香，好味道毋庸置疑，启发着生活带来的快意，在面对我喜欢的人时，更是美不胜收，好上加好！

我被彻底迷住了，不愿醒来！黑啤的纯正味道消解着无益的思考，快乐轻飘简单。这是生活的一部分，这必须是生活的一部分，没有铠甲只有欢娱。

记忆，拽拉着向后；展望，推动着向前。一个神秘的侍者悄无声息地塞给我一张小字条，上面写着：如果今晚饮酒，一定要黑啤！

酒及人类的自爱

凭我的直觉，喝了好酒，自然会说出宜人悦己的话语。这怎么是酒精的功劳呢？这是情感为现实效力，酒精不过是助力，让我们说出了心里话。

人是最自爱的动物，在为生存和生活积累的一系列经验中，酒的发明现实而伟大，也是人类自爱最真实的表现。现实的土壤丰裕也贫瘠，在人类所有生生息息伟大却也卑微的生存过程中，总有歇下来的时候，那些大自然的花朵果实不知何时变成美酒，让人的精神更丰盈，更振奋。

我不是品酒大师，甚至缤纷的酒瓶酒具都会让我心情迷乱，这也成就着我对酒精的离不开。一个热爱生活的人怎能离开酒呢？

繁荣时把酒言欢，落寞时借酒纾困，人性中自珍自爱的本性是最彻底的本性。酒精表达最丰富，接纳着所有的离合悲欢，热烈恒久。

斟上这杯再说吧！自爱让酒的历史成为人的生活史，人的生活史从来离不开酒。在缺情少爱的世界里，酒精温暖着无数的多情者；在多思多虑的时间中，酒的浓度代表着生活的浓度，积蓄着不尽的期望。

人类生存的历史书页上，酒的发展史至少要放在前三位，第一位是粮食和水，第二是空气。酒精成就着一切理想和虚妄，没有精神的突进，物质怎么能存在呢？恒久的精神几乎可以重建一切，包括重塑自我，重塑着这个世界的千百种形态。

当然，我们是矛盾的。

人类的自相矛盾无处不在。畅饮还是禁绝？拿起还是放下？对于酒，人们时常游离于爱恨交加、多寡均衡之间，就像对待这个世界的任何事。

谁能说得清？一定要说清吗？对于欣然接受命运安排的人，这应该不是个问题，或者根本不用考虑这个问题，只需记得酒的所有好，其余视而不见。

在畅饮有度与酣畅淋漓之间，普通的认识最适宜。

是谁在争论？

雾霾沉沉，这是一个需要酒精和烟草的傍晚，为理想催眠，让匿藏在身体某处的不羁登场，品读生活的烟火味道。

递给我一杯威士忌，酒杯要稳固，香气要内敛。不知道你的窖藏何月何年，颜色或浓或淡，浓烈即好！悠长复杂回味无尽，让时间变长，让时间变慢，味道情有独钟，感觉忧思难忘！

我被潜藏的香气魅惑，愉悦在傍晚升腾！是谁在争论？从一个话题到另一个话题！是谁在追问？从一个分歧到另一个分歧！

威士忌不提供答案，傍晚亦不能回答，问题太多会影响口感，也会影响香气，生活的味道首要，其余其次。

夏天的傍晚太热，威士忌酒精太浓，我需要降温，威士忌也需要。任何酒精都为迎接傍晚的人们打开大门，威士忌最友好，热烈了无尽头，为平淡披上热情的外衣。寂寞开始绽放欢颜，犹如雾霾沉沉的街道华灯初上，诡秘的灯光绵长悠远，看不清却也很分明。

威士忌的好难以描述，说不出却感觉得到，被味觉牵动的神经快乐异常，我想我一定是醉了！

欢乐之泉

"欢乐之泉啊，我以为你流得过于湍急了，你经常一次又一次把酒杯一饮而尽，一次又一次把它重新斟满"！

我被这动人的诗句彻底征服，变得更谦逊、更顺从，也更迷惘。我必须学习更谦逊地接近你，克服所有的不耐烦和匆忙，以及消极软弱等等。我要斟满、一次又一次地斟满这杯酒，心怀期望。这是我的期望，也是任何心怀善意者的期望！重新斟满的这一刻，即使欢乐之泉过于湍急，也是想象和期待的样子，初识即重逢！

夏天短暂的忧伤，还有迟疑不决的春天，生机勃勃的春天，转瞬变成夏夜之梦。生命之酒在芸芸众生手中传来递去，珍重也谨慎。他们都不说话，我也谨言慎行。忧伤很快过去，六月的沉静与喧嚣也很快过去，暑热将带来快乐，快乐之泉随时准备款待热爱它的孩子们：一次又一次把酒杯一饮而尽，一次又一次把它重新斟满！

夏天和夏季的正午，季节的最高处，为热爱生活的人们打开幻想之门。那些纯洁的目光深远无羁，凝视未来，凝视快乐之泉，心之所向，目之所及！请递给我斟满的酒杯，我要献给所有欢乐的人们，包括做土豆片的店主、销售生姜的小贩以及叫卖辣椒的摊主，他们汇聚着人间烟火，没有抱怨和不满，仿佛心怀善念的圣者，工作着，忙碌着，创造着俗世的不平凡，也创造着属于此时此刻的欢乐之泉。

热爱生活的人每周都要去超市

当那些热心的阐述者满怀热情发表各类见解时，那些繁忙的行动派正忙于践行。零售是最好的表达，特别是关乎衣食日用方面的零售，反映着新时代观念的转变，方方面面，诠释着新时代生活的变迁以及人们的追求。

热爱生活的人每周都要去超市。

各种蔬菜水果的气息以及花费了心思的包装，赏心悦目。那个从事包装的人在装点蔬菜的刹那，一定把当时的好感觉寄托于蔬菜，否则怎么会激起喜欢和不舍呢？人们总是习惯认为到商店购买东西，其实更是一种关乎生活愉悦的自我满足，如此地满足消解着传统意义上的买卖行为，从而上升为精神享受。我们在超市很少见到会议上的一脸严肃，专注浏览以及那种放不下的喜欢神情，在超市弥漫。如果在会议室待久了或者为贸易战以及各种当代难题，任何时代都存在的难题难以释怀，还是到超市转转，特别是那些在写字间杜撰创新远离现实生活的人。

零售业在进步，背后是一系列真正的创新发展在驱动。当那些宏大的主题变成各个微观层面的现实生产力，人们的生活品质发生了巨大的变化，生活在旧观念中的人需要一个适应的过程，或者停留在旧观念中长睡不醒，不去触动也无伤大碍。各种新变化无可阻挡，不是因为新，而是因为好，在实践中不断提升的好，好得实实在在，无法忘怀。

新零售及其有秩序的表达，确实有了质的提升。2018 年 4 月初的某天来到超市，浏览了蔬菜，浏览了生鲜，浏览了调料，浏览了各种茶及茶杯，仔细观看了诱惑无比的面包坊，一切如此之好、如此之多的食物令人流连忘返，购买了两瓶阿联酋产的英国红茶和来自安徽滁州包装的蔓越莓干。零售丰富了生活的味道，也丰富着对世界的好感觉。

不能卸任的旧大衣

一件大衣承载着主人的气息，岁岁年年，把质朴变成高贵，把陈旧变成情感，还有不尽的舒适与亲切，仿佛爱上一个人，亲切得只想靠近，再靠近。

一件旧衣服，经年的历练厮磨，情浓爱意生，不能舍弃！即使衣袖磨损，颜色褪去。旧大衣，承载着我们曾经存在的岁月。

一切都是熟悉的样子，平复着雾霭中的周末沉思。

服装，精神的外在体现

楚楚衣冠，既是对自己的要求也是对他人的尊重，当然，服装也彰显着身份。尽管民主社会一直在强调着平等，但是人们认识上的差异以及对待自己的态度，服装发挥着阶层分辨器的作用，区隔着人们的认识和地位、阶层和状态。

看起来花哨缤纷的潦草服装反映着心态。互联网以及模仿技术的盛行，让人们在穿戴上潦草而多变。原本不需要那么多，却总觉得少，直至迷失在千变万化的服装海洋中，成就着多样化，损失着风格。

一以贯之的传承需要坚守也需要耐心，世间诸事莫不如是，服装亦不例外。服装关乎政治也关乎文化，中山装传承百年，记录着时代也记录着领袖们的梦想与襟怀。红都制衣张培总经理的语气舒缓有度，亲切温暖：

> 中山装的衣领为翻领封闭式，寓意"严谨治国"；四个口袋分别代表礼义廉耻，也就是国之四维；五粒纽扣代表行政、立法、司法、考试、监察，后襟连为一体代表国家不分裂。

前些年看《走向共和》电视剧时，曾经对此有些了解，听张总介绍对中山装的理解更深了一层，几代领导人的尊重与传承，彰显着思想的定力与庄重。

"给领导人做衣服"，也给普通人做衣服。穿衣服的人想必也要调整好思想和情绪。每个人都想针对自身特点"Only for you"，却不见得具备与之匹配的精神风貌。对于在批量化制衣成长起来的一代人，回归独具个性的"Only for you"，思想上可能还没做好准备，首先不能太随意，其次不要追求高效率，第三还要节制修为，举手投足皆有度。衣服的品质反映着人的品质，特别是着装者的品质，需要提高。

这是一个过程，漫长的过程。

爱，传承的基础

爱，传承的基础，有爱才坚持。传统服装中的旗袍承载着爱，承载着人间的繁复与精微，也承载着对美的追求。而制作旗袍的人，一定是极具才华对人的理解达到一定高度的人。

而她是那么谦和温柔，京式旗袍传承人李侃的语调温和亲切，专注的神情令人着迷。精美的旗袍来源于专注，也来源于见识广泛后的波澜不惊。她用她的理解和技艺装点着这个时代的女士，时代在变化，而凝练庄重、矜持大方的东方风韵长盛不衰，这就是服装中的文化吧，毫无疑问。

一件旗袍是一件衣服吗？在旗袍着身的时刻，身体情不自禁开始挺拔，仿佛身体的各个部位都得到暗示，汇聚精神变得庄重，甚至声音也开始变轻变慢。环境塑造人，服装也同样在塑造着人。服装的样子就是身体的样子，裹挟着思想四处游走，传递着感情和精神。我们年轻的时候需要服装，不再年轻的时候需要旗袍，精力散漫无忌的时刻更需要旗袍来调试，李侃和她的技艺带来的气质和美丽，彰显着时代精神，质朴厚重令人着迷。

李侃，北京市非物质文化遗产"双顺京式旗袍制作技艺"第四代传承人，技艺精湛，质朴谦和，让我领略了爱与专注。

爱唠叨以及强身健体

爱唠叨确实不是一个褒义词，它是一种重复表达。人类表达的天性促进着生命的延长，也许是顺乎自然。所以，对唠叨的诸多好处加以认识，或者强化认识，就不仅仅是科学问题，亦关乎个人的强身健体。

人到了一定年龄，具体到了哪个年龄尚不清楚，说话就变成了享受。著名作家刘震云曾经讲过这样一句话，爱就是找一个可以说话的人。可见，说话或者唠叨，需要耐心的倾听者，并且可以上升到爱的高度。当然从另一面说明，表达或者唠叨，即使爱，并不是一件容易接受的事。

从已知医学的角度看，唠叨的好处多多。中国中医科学院研究员杨金生认为：爱唠叨是长寿秘诀，本人也深以为然。唠叨可以调动记忆功能和语言表达功能，对过去经历的重复回忆，不仅锻炼着脑细胞，同时也强化着情感。爱唠叨的人基本上都重情重义。过去的忘不了，无论是爱恨情仇还是家长里短都挂记在心。无论怎样还拥有着，像拥有财富般拥有，没有放下就是得，唠叨发挥着强化的作用。

另外，据说经常说话的人，能使口腔肌肉和咽喉得到锻炼，非常有利于保持耳咽管的通畅，使耳朵内外的压力保持平衡。现代人的耳鼻喉承载着人体繁重的劳作，唠叨对于耳鸣、耳聋有保健作用。说出来总是好的，人在说话时带动眼肌和三叉神经运动，还可防止老花眼、老年性白内障和视力减退。既然唠叨有如此优点，那些唠叨带来的烦恼完全可以忽略不计。

如果爱唠叨加上爱喝茶，或者爱喝茶加上爱唠叨，强身健体基本可以成为可以忽略的事。

让理智放假身体放松

据说在月圆之夜，人的情绪容易激动，激动的情绪与潮汐涨落有关，而潮汐涨落的原因在于月圆，真是奇异的循环！人的血压此时也跟着升高。当然，人的血压在此时升高不完全是月圆潮汐涨落之故，亲人团聚快乐，以及夏季退去秋季到来，几种因素综合在一起，血压暂时不能承受之重，升高了。

至于情绪激动到什么程度？因人而异，反正都要激动一番的。有个少数民族还发明过一个久传不衰的舞蹈：阿细跳月。异常欢快而单纯，鲜艳而明快，让人感觉世界美好，即是虚幻也值得留恋，质朴得令人忘记了所谓的科学和种种道理，与月圆美景共存。

为防止情绪激动，有很多方法，总体上都是违背自然的。既然潮汐都跟着月亮涨落，激动的情绪又何须抑制？让理智放假身体放松，有什么不好呢？我看很好。

体重渐长，这是好事

"体重渐长，这是好事。"

再也没有如此的问候更温暖人心了。这几乎是这个时代最通情达理的问候，也渗透着爱与宽容以及纵容，最深切的爱莫不如此！

瘦是时尚。不知道从何时起，节食成为时尚，瘦成为追求。也许这个时尚反映着时代特色，在物质极度繁盛的时代，保持苗条适度的身材可能代表健康、节制以及不过分为难缺乏创意的制衣业等等。当然，也可能包括吸引异性此类不太容易说清的原因。从感官的角度看，消瘦苗条可能带来的轻盈飘逸确实值得追求，至于感官带来的其他好处不一而足，瘦成为时尚一定有它的理由。但是，另外一个认识不太愉悦，瘦很残酷。是的，瘦非常残酷。一个伟大时代的显著标志是物质丰裕，食品的极大丰富。人们可以从超级市场的物品种类感受贸易繁荣带来的变化，从德国的巧克力到波多黎各的果汁，从印度的魔鬼辣椒到澳大利亚的牛肉或者韩国邻居的泡菜，再加上本国从南到北不尽的美食，面对如此丰富的食品，很难保持哲学家的淡漠。况且，据本人观察，哲学家不仅有很好的头脑，更重要的是都有强健的胃口，几乎从来不和自己的胃口作对。在人生这门学问尚未参透之前，先对自己节食，太过残酷，还是不要自我折磨好。

就像这个世界上很多似是而非的问题，对待时尚或者瘦与胖此类关乎感觉和感情的问题，最好还是先征求你爱的那个人，或者爱你的那个人，看看他的态度。如果他明确表示"体重渐长，这是好事"，我们尽可以放下思虑的重负，让自己的身心沉浸在饮食的愉悦中，从早到晚一次都不能少。

论家政

如果明智的话，最好慎言家政。

国政、民政、家政都不是容易处理的问题，包括财政，而尤以家政难。对于黎民百姓来说国政是当政者的事，老百姓参与或者不参与无碍大局；民政也基本是政府的事，做多做少考验的是政府理政方略和能力。家政则不同，每个人都有家，即使一个人也得有个安居之所，于是这或大或小的空间需要打理，并且经常不断每天反复。

首先，秩序。家的秩序包括空间设计、物品的摆放，以及居住成员的长幼尊卑等。这些妨碍自由自在的规则秩序好像和家的属性背离，其实不然。井然有序是舒适的前提，人的感觉受环境影响，为了给自己舒适怡然的好感觉，家政秩序是首位。

其次，持家有度。持家有度意味着有取有舍。在物品极大丰富的时代，不拥有什么很重要，或者坦然面对"我没有"。比较现代的词汇叫作简约，严谨一点是在满足必需基础上的舍弃。做到简约最大的好处是留给自己的自由多，如果不是对把持家务有特别的嗜好，也没有打算雇用几个家政服务者解决就业，最好做到简约。让时间和空间都有空闲，宽以待己，做到对自己真正的好。

再次，管理得法。管理是个颇费心智的工作，是和人性抗衡。家里的一切都需要管理来维持，比如衣食、比如整洁、比如节制等等。而人们在自己的家里，通常状态是忘形无羁。我们东方人传承下来的好家具基本都是为正襟危坐设计的，好处是在没有监督、不需要面子的时候仍然修身修为，严于律己；缺点是远离舒适懒散，有几人能在独处时正襟危坐呢？

家政难为，做好难，也没有坏到哪去。热爱生活，从做好家政始。

论养生之道

养生之道有很多，各种观点都有道理，我都同意，只是做到难。

通常的观点要多到饮食有度，在食品极度丰富的时代，饮食有度几乎是残酷的自虐，可能也不利于促进社会消费。食品生产出来就是吃的，如果大家都很节制，制作那么多食品岂不是浪费？这个道理很容易理解，所以吃了这顿再说吧。

保持良好或者相对良好的身材很重要，在一个颜值非常受重视的时代，顺便也把身材的重要性提到一个高度。有颜值没形体就是不和谐，而不和谐的颜值就不是颜值。这两点都关乎吃了什么以及吃多少。吃还是不吃呢？显然这不是在饭桌上考虑的问题。一个宽宏大度的人是不计较一顿晚餐的，况且胖子通常人缘很好，乐观豁达，拥抱起来更温暖宜人。还是吃了再说吧。

养生和理财也有一些不太紧密的关系。吃饭是人生第一等大事，吃饱喝足才有精力做任何事，但是在吃饭问题上花费太多金钱显然不利于财富的积累。用金钱控制饮食似乎是个办法，但这个办法简直是和生命作对，亦和养生相悖，在饭桌上谈理财一定是头脑出现了问题。

养生很重要，忘掉养生更重要！

想到哪儿写到哪儿

想到哪儿，写到哪儿，作为一种消遣方式，惠而不费，这是一个金融从业者的生活态度。随笔记下岁月长河中深受触动的思想和情感，就像拍照存念，通过文字将即生即灭的各种活动保存下来，让某些瞬间变成永恒，提示着过往，昭示着未来，也平复着需要凝神静气面对的现在。

论名人

我们这个时代盛产名人，由于名人太多，深居简出不利于保持名望，于是名人们出现在各种场合：在论坛会议上演讲，在电视手机上露面，在报纸杂志上撰写文章以及接受访谈，或者干脆做个广告强迫收看，等等。至于报道，正面报道和负面报道一样，负面传播更广泛，等等。市场主义的盛行，名望不仅是生产力而且是强有力的生产力，名望可以变成地位、金钱，甚至变成思想的强权以及虚荣满足等等。

但是，正如金融房地产杠杆太高，容易引发泡沫，名望太多也容易导致名不副实，成为真正的虚名。喧嚣的城市为人们见到各种名人提供了众多机会，酒店、停车场以及卫生间等等。但和名人的私人交往却不见得很愉快，或者比较令人失望，某些名人和他们的名望一样，缺点也一样突出，让人联想大多数人之所以没变成名人，也许是缺点不够突出。对人不能求全责备，宽容是美德。名人也需要吃喝拉撒睡，小节不备大道如何畅行？名人，是名望腐化了心智，还是心智本就局促？

看来，一个时代不必拥有太多的名人。品格高尚默默无闻和是否出名没有必然的联系，做一个纯朴和谐怡然的普通人，社会更安适和谐。

写作，是思想的物化

像其他任何劳动，写作是体力活，不仅消耗精力还严重损耗体力，即使晚餐吃掉半公斤牛肉，还是需要补充夜宵。把写作当作业余爱好基本不是明智之举，但是习惯及习惯的惯性很难改掉，其他爱好也不见得好到哪儿去。对待爱好的正确态度是顺其自然，既然上了船就心态安然，总能看到一些好风景。

岂止是好风景！

首先，写作可以凝神聚气，专注如一。被严重分散的精力需要休息，休息不是停止休眠，而是恢复平静与专注。当一个人沉浸于兵戈铁马或柔情蜜意，把想象变成文字，周身的爽朗舒适就像少年时清晨看到的朝阳，和自然那么近，和大地那么亲，犹如昔日重来。

其次，写作是思想的物化。谁知道你有思想呢，如果不写出来？不是每个人都能像政治家一样四处游说，况且政治家印制的小册子比畅销书还要多。写作及其文字将思想物化，从此足迹遍天涯。

文字可以跨越千山万水，穿越时空，长存于世，在某些神差鬼使的时刻与欣赏它的那个人，一见倾心。思想上的倾慕和感情上的依赖是人世间最难解的谜。如果我们心怀好奇又舍得花费时间精力，即使外加烟和酒，物化不知何时迸发的思想，就值得安静下来写上几笔。

再次，写作理顺思想，虽然有点牵强。思想这个东西抓不住，摸不着，却时刻影响着行动，特别是每天穿梭于街道楼宇，不仅思想受到了束缚，视野也被日夜高耸的建筑局限，除了那些所谓的货币金钱，鲜有鲜花铺路的浪漫幻想。写作可以适当纠偏，厘清纷繁，再插上飞翔的翅膀，回归赤子之心。当然，这仅仅是写作的一种，其实，撰写废话也是写作。不妨宽容大度，写出来总是好事。

写作及写作态度不要深究，最好是不知道为什么，忙里偷闲，提笔度日。如果乐在其中，就更好了！

语言担当传达思想的重任

活泼有力的思想、明确简洁的表达方式、清晰的节奏是任何时代主流语言的特点。语言不仅担当着传达思想的重任，也是日常生活的使者，是正确表达意愿以及实现意愿的传令兵。现实是，人们往往忽略了语言的职责，在说话这件事上表现轻率。

首先，要敬重语言和加强训练。生而为人，在生命之初，说话和怎样把话说好这件事应该引起足够的重视。家长是孩子的语言老师，要知道说话是每天醒来必须面对的大事，传达错了哪怕是语气用错，也会产生重大的误解。现实中很多问题都是由于表达失当造成的，除了故意而为，有多少是无意而为？

其次，语言是活的表达。很少有人对甜言蜜语充满憎恨，尽管人们对甜言蜜语充满怀疑。谁都知道忠言逆耳，现实中没有几个人可以欣然接受不入耳的忠言，即使真理也要轻声慢语顺心顺耳，优雅恰当地表达。活的语言要宜人动听，而不是随意粗糙。语言作为技艺修炼，是一个时代高度文明的体现。原始人类只要发出声音就是了不起的进步了。

再次，语言代表着权威。虽然人们在社交中不太严肃的表达更多，但是在重大思想活动以及严肃的问题上，语言为自己披上了身份的外衣。那些严肃而庄重的声音总是令人肃然起敬，而喧哗以及娱乐总是少有尊重。而粗暴呢？粗暴简陋的语言除了暴露身份，还是暴露身份。

语言，优美的语言会激发人们对生及生活无限的联想。语言作为文明的象征之一，不断发展演变着，人们的语言越来越丰富，声音也越来越动听，承载着广阔无边的思想，所有的一切都在丰富着这个世界，无论从内容上还是形式上。在对待语言这个问题上，还是给予必要的重视好。

声音传达着情感

大自然赋予人类说话、歌唱、叹息等技能，通过声音传达着种种情感，而某些声音就是情感的纽带。它让一个人对另一个人怦然心动。特别是某种深沉稳定的态度，淡定从容，带来无限的慰藉和信任，仿佛汇聚了所有的情感，如电流般遍布周身，把相距甚远的两个人联系在一起。声音神奇的魅力谁能说得清？听到声音的这一刻，情感被激发，精神被触动，声音是讲话者的魂魄。声音，是声音让情感思想和精神深入心灵，深受触动的时刻，也是最忘我的时刻。这一刻，把人带到至高纯真的境界，如梦似幻。

声音，被情感裹挟；态度，被声音传递。野蛮人的声音深沉淡定，听到声音的这一刻，瞬间懂得了珍惜，不能忘记的声音，充实着生存的时时刻刻。

随身携带纸和笔

我们这些时间的随从，即使尽心尽力，也存在着不尽的疏漏，离完美总是存在距离。即使心怀不安也得接受。随身携带纸和笔，信手记下突发的灵感，是个不错的选择。

科技兴盛的时代，各种电子设备层出不穷，各领风骚，却被电源束缚着，被开与关管理着，像随身携带的纸和笔，随用即得，信手速记。纸和笔在电子时代淡然地存在着，不可替代的优势显然易见。"文字是聪明人的弃物"，其实任何东西都是聪明人的弃物，只是这样的聪明越少越好。

或简单或复杂的文字不仅记录着转瞬即逝的灵感，也通过时间的日积月累，让思想趋于体系化，这些体系离不开偶然的闪念、持续的思考以及反复的斟酌取舍。某个时期某个阶段的重要观点，也许随着时间的推移，变得很不重要了，但是曾经的存在与重要性不能抹杀。时间的随从，行走的每一个台阶都是进步。

即生即灭的思想有着难以释怀的魅力。生活在时代的艺术家和诗人总是少数群体。他们强烈的感受力甚至疯狂，提示着时间的易逝以及人性的虚幻，提示世界不总是按照理想存在，或者梦想也是易变的。即使这些精神超脱于庸常之辈，也常常拿着小字条，在情感休眠迟钝的时刻嘟囔着。纸张及其笔记是这个世界生灵们存在的明证。

随身携带纸和笔，成为生活的习惯。

语言充当着思想的使者

如果人们的身体完全接受思想的支配，也许永远处于运动状态。幸好，人们的身体并不怎么听话，思想并非完全能落实到行动，此种现象比比皆是。就像中央政府的号令并不能完全在地方执行，于是，各种督导应运而生。在具体生活中，思想不被执行，某些时候也许是好事，特别是那些胡思乱想，以及奇思不奇妙的想法。

但是，在思想和行动之间，人们还通过语言表达，这样混乱的思想或者不混乱却可怕的思想一经语言传播，仿佛种下了行动的种子，危机有了诞生的现实土壤。这样的例子比比皆是，各种未曾发生的假设，一旦从人们的嘴里蹦出来，仿佛乱箭四射，为人们炮制应对之策提供了各种靶子。世界，失去了平静，人们的个人生活也丰富到足以令人炫目的程度。各个频道的电视节目基本都在提供明证，人们的现实生活也正在演绎，语言充当着思想的使者、行动的风向标。

但是语言，经常受情感左右，而情感就像一个怪兽，谁知道被哪根丰富的神经牵引呢？人们发明了各种各样的制度，也许是为了和情感抗衡，或者和情感同谋，指引行动，让身体听从思想的指挥，终于把思想变成行动。

在这个过程中，情感有时隆重登场，有时默然退位。

言简意赅是伟大精神的象征！

言简意赅是伟大精神的象征。相反，渺小精神的特征则是空话连篇。

遗憾的是，这个世界的大多数时刻被渺小精神统御着，不仅空话连篇，还有不计其数的套话、假话、废话。在这个真实的人间，人们说了又说，反复说、不断说，即使惹是生非，即使触怒天颜，也不肯闭嘴。喋喋不休畅行于这个喧嚣的人间，也许只因为人们太热爱这个浮华的尘世，表达着生的种种理由，纷纷表达，不甘人后！

岂止言简意赅是伟大精神的象征，如果能够沉默，简直就是无与伦比的高贵品质。

简洁是美德

秋意渐凉，灯光清冷，草木安静肃穆。

感觉随季节转换，仿佛繁华散去留下静默，空旷轻松之感让人盼望温暖。一种感觉散去，另一种感觉升起，大自然再一次赐予人们新奇的体验。不仅仅是欢愉及痛，比欢愉和痛更真切的还有爱与惜，那是隐匿于内心深处的心灵之泉，给无数生灵带来幸福，让世界变得博大，给自己带来和谐，身与心的和谐。

读了一篇报告，记下两个备忘录。

报告足够长并不见得精彩，或者离精彩差远了。拖泥带水的长篇赘述，一句像样的话都没有却不厌其烦，不仅考验着读者的耐心，也暴露着作者的乏味。大家都知道批评人不好，既然批评这个词存在，批评的行为总会发生，只是不要常发生就好了。

删繁就简，简洁是美德。少而精胜过多而杂，简洁避免使人厌倦。所有简洁都会给人带来好感，生活中我们反对啰唆的人就是对简洁最重要的肯定，诸如此类还有房间、空间、衣着、谈吐以及一切处事等等。当然，表现强大威仪等场面越繁复隆重越好，接待朋友客人不可太简洁，否则有轻侮怠慢之感。

遗忘是美德

术业有专攻，爱好不能太多样。

打电话、修改文章与看电视。同时做三件事，要么三件事都不重要，要么敷衍塞责，要么心不在焉，反正是不怎么认真。记住了一些梗概：

第一，修改文章很费神。很多文章都是几易其稿的，毕竟我们不是世间的大才子，或者连中等才子都算不上，只能靠勤奋修炼，把文章涂抹几分才气，让自己看得过去，让别人不那么轻侮。勤能补拙，此时派上用场而已。

第二，那个电视传记人物的感情执着而美好。爱一个人，心像被针扎了一样，很形象。其实手指被扎一下，也是很痛的，心被扎可能更痛，刺痛，无以言表的痛。痛并幸福着，其实这是大多数人的期盼，只是幸运的针没有扎到自己心里罢了。

第三，一个比较漫长的电话。涉及一张比较大的蓝图或者大饼，很美好，如何实施还是个问题。某些时候我们必须具备宽容之心，对那些每天描绘蓝图的人网开一面，虽然这些人除了展望还是展望，对于如何实施，根本不在他们的视野之内。也许是这样的，画图的是一拨人，搜集材料的是一拨人，把蓝图变成现实的又是另外一拨人。术业有专攻嘛，该原谅就原谅，不要含糊。

还有其他，还是遗忘吧，遗忘是美德，特别是临近深夜的时候！

发言时拿张小字条，是不错的选择

发言时拿张小字条，是不错的选择。

首先，各种问题关联，问题变得纷繁复杂，再加上各种不确定性，把问题考虑周全非常考验心智以及能力。拿张小字条，谈几个主要观点，最好三点，言简意赅，和听众过得去，就是和自己过得去。

其次，开会是个体力活。各种各样的会议，仿佛逼迫着人们成为通才。其实对于每个肉身之躯，精力总是有限的。即使精力过人，一天也不会超过二十四小时，不能总是节衣缩食般地利用光阴。休养生息这个成语要派上用场。

再次，要接受现实，顺其自然。午餐解决不了晚上的饥饿，解决了的问题会改头换面，以另一种方式出现。求全责备，既不能对人亦不能对己，虽然我们都是完美主义者，学会接受不完美算是对人对己的宽容。

一次发言能改变什么？一定要语惊四座，振聋发聩吗？一定要面面俱到，出口成章吗？说清楚一个观点就不错了。发言时拿张小字条，是不错的选择。

追随和被追随

在公共场合沉思，多多少少给人矫情的感觉。不过，人只要活着，各种感觉都会存在，虽然理解的角度各异，这也是生之趣味之一。

被多数人追随，是某些人的梦想，不管是出于认同还是虚荣，或者某种形式的强权，追随和被追随，这种愿望普遍存在。特别是通信和网络技术无限发达，普通民众追随和被追随的愿望被充分调动起来，无以复加，直至达到匪夷所思的程度。

不追随别人，很难做到，特别是面对不可抗拒的自然和不确定事件时，一定程度的依赖、依靠或者信仰，鼓舞和鼓励着生存的信心。还有，还有非常重要的一点：看到这个世界上存在着和自己相近相似，难免产生惺惺相惜之感，甚至近如亲人之感油然而生。如此的好感觉，怎能放弃？当然，除了感谢上天的眷顾，还能做什么？还能说什么？

感觉好到如此，不打扰不追随还是需要境界的。如同休谟和斯密的友谊，尽管互相非常欣赏，还是保持各自独立，有爱有敬，仍然是需要恪守的境界，虽然这个境界对人的要求太高！

如果我们理解世界上所有的高处，都是困难不易的，便可以安然以对了。是这样吗？多数时候是这样的。

描述时代特色是困难的事

描述时代特色是困难的事。一方面身居特定时代的人，忙着生计以及理想很难安静下来，即使安静下来，也会心怀期待憧憬，为践行梦想做着种种考量，或者沉溺于每个时代都普遍存在的吃喝玩乐、飞短流长之中。不识庐山真面目，只缘身在此山中。被时间洪流推着走，被自己的感觉带着走，自主自愿独立前行的是少数人，如领袖、如哲学家或者游走于民间装神扮鬼的方人术士等等。

由此，芸芸众生需要一个国家。

好在这个时代的人都有国家庇护着，或者象征性地庇护着。在日常生活中，人们几乎感觉不到国家的存在，国家这种组织形态已如空气一般，只有危难的时候才能感到国家强力的大手。当然这取决于国家是否强大，弱小的国家在危难面前至多发出几声低吟，或者依附更强大的国家。不管怎样，国家作为时代的代表和时代特性的有力体现者，当之无愧。

"国家即艺术作品。"无论喜欢不喜欢，任谁也无法否认"国家"是父权社会出现以来最巧夺天工的发明。一个伟大的瑞士人如此写道。

国家是时代的代表，在于执政者的国家战略、施政理念以及社会治理等比较宏大的问题。至于百姓的日常起居、吃喝拉撒，不过是从微观层面暴露着时代特性，这些特性是否具有时代特色则难以定论。一如抽烟喝酒品茶聊天，走亲访友，文明社会以来这一套不知其始终，了无新意却代代相承。新一代人即使不满怀趣味也是习惯成自然。当然，噼里啪啦如枪战般密集的鞭炮声更是时代久远，既是祈福也是尚未进化野蛮血液的暴力倾泻，既客观又实在。

有特色的社会主义，是时代特色中最具特色的特色。庸常人等对社会及其治理、对国家及其战略，对民生及其吃饭，无所不包的评论与指点。一切均是国泰民安、吃饱肚子之后的产物。这是最好的时代，马未都说得好。

思考不能勉强

像所有的事情一样，思考也不能勉强。

思想和人一样，不是任何时候都可以随叫随到的，总是受制于时间和空间，还有看不见的情绪。如果不高兴，也会拒绝出现，既是勉强出现，也是心不在焉的二流思想，不是思考的真正结果。

对于某种事情的思考，如同一切外在机缘与内在氛围的协调，所谓的天时地利人和，对于思考也是非常恰当的。才思泉涌完全是自然流露的结果，虽然这结果早已匿藏在头脑中的某个地方，不到适当的时机，是不肯轻易出现的。犹如传说中的美人，轻易不得见，却是千真万确存在着。

即使我们有超出一般的头脑，也不是任何时候都适于思考的，利用思考以外的时间精力和阅读，相当于农人施肥浇水灌溉的过程，必须耐着性情。

某些历史总是激发想象

随时记下迸发的观点，这是那个神秘主宰慷慨的恩赐。这样的慷慨总是不经意时发生，如爱如依，非求所得。

是谁，激发了我们的想象？是谁，将时光驻留？又是谁，把欢乐留下，留下笑的记忆，无论是相守还是分离？当然还有严肃，还有沉痛，还有惜，还有愤怒，还有庸常生活中不怎么光顾的种种情愫。

某些历史总是能激发人们的想象，就像平淡的流年总有某些特殊时刻。不仅仅是因为好，而是某种不可抗拒的感受太过强烈，满足着人们对超感官东西的需求，给人带来自身无法获取的东西，无论怎样的风云变幻，总是激荡思绪，触发灵感！

文化，无意中泄露着人的精神风貌

文化，无意中泄露着人的精神风貌，不管接受和不接受，仿佛一块表随时披露着时间。因为文化没有什么可掩饰的，也无法掩饰，对个体和国家都一样，只不过国家的文化体现形式更复杂一些。

文化自我实现的过程如同生物意义上的吸收与释放，需要时间，从繁盛到衰落，最后深入骨髓，成为传统。这种无意识的文化积累不仅发生在民族中，也反映在每个人身上，这是那个神秘主宰不经意的安排，只需欣然接受，无须深思。

语言承载着文化传承和表达的重任。在简单生活下，人们想说的东西也许没有现在这么多，不需要太过复杂的表达。尽管如此，历史传承下来的语言也足够丰富了，几乎可以让生活在任何时代的人取之不尽。而当人们的创造力在某个阶段特别活跃时，伴随的精神活动也异常突出，超越了庸常的范围，仿佛即将喷发的火山，带来意想不到的变化。这种现象实在让人捉摸不透。这也许是那个神秘主宰的安排，无须思考，只需欣然接受。

也许，也许，我应该克制自己的好奇，放弃深思默想，融入傍晚的天色。

豪情是会传染的，犹如文化潜移默化地传承

众生喧哗，都在发表着貌似真知灼见的高论，从人民币贬值到资本市场改革，从京津冀一体化到一周可以放两天半的假，等等。还有数不尽的大事小情，让大国人民有所思，甚至夜晚也有放不下的忧虑。

总结一下三个中国人对中国文化及其精神的比较，算是意外的发现：

辜鸿铭。这个颇受争议的中国人，对中国文化及其精神的总结简直是偏爱，无以复加的偏爱。犹如异性之间的激情之爱，除了优点还是优点，简直到了骄傲的地步。爱，达到如此的境界，也算到了极致了。这种感受如影随形，伴随着这个世纪奇人，即使成为别人眼中特立独行的怪人，他还是保持独有的风格，甚至那条至死保留的辫子，任世人评说。如此钟情中意，令人倾慕不已！对中国文化的热爱之梦，做到了极致。

钱穆。读钱穆先生对中国精神及其文化的论述，令人着迷。在客观理智的剖析引申中，字里行间充满着对中国文化及其精神的阐释及热爱，虽然不动声色，却分明热爱有加，那种认定了的执着之爱，缓慢而长久地感动着读者。循着钱穆先生的字里行间，逐渐积累着对中华文化的喜欢，在身体缓慢释放，渐行渐近，融入其中。如此之好，不能离开的好，妙不可言！

范曾呢？这个世纪大才，对文化及其精要的论述，既世俗又超脱，既奔放又冷静，既客观又偏爱，同时又有那么一种凛然潇洒之气！翻阅范曾的画，翻阅范曾的书，翻阅范曾的前世今生，入世时，大俗；出世时，大雅。出世入世，自在掌控之间，全然为

他的灵性服务。豪情在，敬畏亦有，理解"天何言哉？四时行焉，百物生哉"，却言不休笔不停地表达着他眼中的世界和时代。范曾，如他自己美言，史上留名之大才！

豪情是会传染的，犹如文化潜移默化地传承。"天地有大美而不言，四时有明法而不议，万物有成理而不说。"阅读大家，仿佛和大家站在了一起，这样的时刻，也是热爱和自我褒扬的时刻吧？

真是值得庆幸：有这些大家存在，与时代共进。

荣誉这个东西没有不行，太多了也不行

中国和法国都是有着悠久历史的国家，生活在这样的国度足以撑起人们的自尊心，但也很难骄傲起来。什么都存在过，只有瞻仰崇敬的份儿，再搞出点原创真是很难，于是只有交流互鉴。

历史上，中法交流互鉴最辉煌的时代，大概是在十八世纪左右。当时的法国上流社会言必称中国。法国的路易十四时代和中国的清康熙时代大致对应，当时法国盛行的建筑以及绘画雕塑风格，均受到中国文化的深刻影响，甚至包括对中国君主制的推崇。对东方君主的崇拜完全忽略了君主制也是问题一堆。

当代中国对法国的影响也许是开餐馆，没有考证，算是臆想。法国对中国的影响反应在日用品方面，包括香水、服装、皮包以及家具之类，凡是虚荣奢侈的品牌，几乎都被法国垄断着。中国人喜欢说的洋气，大概有60%以上是指法国，肯定不是埃及或者印度这样历史同样悠久的国家，尽管印度和我们也隔着洋，却没有形成风气。

商品的品质由两部分组成，一种是商品本身，另外一种是商品形成的影响力，也就是引起人们的联想。法国人把这几样东西做得很完美，主要原因还是精神，也就是商品背后的价值。法国人写的书弥漫着一些非现实的东西。法国人有种种缺点，文化积累太多的民族基本上缺点和优点一样多，也许用特点更合适。比如存在主义作家萨特拒绝领诺贝尔文学奖，就是特点，通俗一点就是个性。

荣誉这个东西没有不行，太多了也不行。怎样把握这个度主要还是看修为，当然修为也不能解决所有问题。应该采取怎样的态度呢？没有应该不应该的，经历了就过去了就是最好的态度。

恢宏的连续与高贵的徒劳

莫言说，人类社会闹闹哄哄，乱七八糟，灯红酒绿，声色犬马，看上去无比复杂，但认真一想，也不过是贫困者追求富贵，富贵者追求享乐和刺激——基本上就是这么一回事儿。

不太同意莫言的观点。在洪流滚滚浩浩荡荡的时代轮回中，莫言只是表达了人类社会的部分状态，尽管趋之者众。莫言的局限也是某类文学的局限，虽然所有的表达都有局限，莫言的局限显然是太局限了。不断向前推演的历史洪流，前进也倒退，每个时代的特色却有着很大的差异，虽然世俗可能极大地相似，但是精神风貌却千差万别。

在大自然恢宏的连续中，人类的虚妄以及造次都逃不过那个神秘主宰的视野，世间万物共生共长却遵循着自己的规律，在周而复始中谨慎前行。没有任何一件事物是突然完成的，大自然从不跳跃，从无到有，从小到大，互相联结互为因果，那些先人中的圣者洞察了大自然的神秘之道，开始从事高贵的徒劳：文学艺术建筑以及思想宗教等等，通过各种形式表达着对这个世界的敬意，也表达着想象力所能达到的高度。

当然，世俗生活也竭力展现着顽强的生命力。高尚理想与鸡鸣狗盗同样在大地上盛行，总是感觉莫言表达的世界缺少点什么。也许在这个问题上，还是继续保持敬意好。

几个重要问题

趋势很重要。掌握了趋势，等于方向正确。方向正确，措施得当，离达到目标或者人们通常要达到的效果应该不会有太大的差异，否则，方向不对，跑得越快，离目标越远。另外没有明确的目标，经常变换方向，也是非常可怕的。犹如快速路上行使的车辆，必须朝着道路指引的方向跑，根本不能存在假设。

位置很重要。位置决定看问题的角度，决定视野和方向。很多事情看不清楚，很可能是因为位置使然。一句俗语很糙也很精辟：屁股决定脑袋。但是有两点遗憾很难解决：在某些位置却看到了更多风景的人，以及在某些位置根本什么也没看到的人。这也许是那个神秘主宰不经意的安排，任怎样也奈何不得，只能顺其自然。

感觉很重要。人生终究是一场感觉。而感觉是非常主观的东西，尽管某些哲学家不停地强调意志，但是意志还是战胜不了肉身之躯，不知道有多少饱学之士和英雄豪杰，最后向命运妥协，屈从于感觉和肉身之躯。所谓的幸福也不过是某种持续或长或短的愉悦感觉而已。和物质不同，幸福的感觉抓不到摸不着，又确实存在着，真是撩人心魄，让尘世的人们追寻不已。

亲情很重要。这是一种不计付出全心投入的情感，在市场主义四处渗透的生活中，亲情多少让人们感受到自远古时代人类诞生以来，亲情是维系氏族存在最了不起的情感。当然，这一点人类不必太得意：动物世界在维护亲情方面并不比人类逊色，除了少数几个残忍的物种之外。其实，在这点上，也没什么可纠结的，人类也存在令亲者痛的异类。

爱情很重要。爱情仿佛春天最绚丽的花朵，没有爱情，这个世界将暗淡无光。但是，究竟什么是爱情，大多数人未必明白。哲学家，特别是欧洲文艺复兴以来的单身哲学家，没有几个公开赞美爱情，诋毁女人的倒不少。东方文化的圣人们也几乎不去研究这个问题。倒是古今中外的诗人不吝笔墨，爱情诗歌多如烟海，但是诗人一般没有稳定的情绪，那些诗作尽管千古流传，却是一时兴起之作，不能算观点，只能是感觉。可见，爱情这类问题，连最善于倾毕生精力做研究的哲学家都回避，或者潦草下结论，了解爱情还是有相当难度的。但是，得到了某类人的肯定和赞美，爱情终归很重要。

重要的东西很多，生命很重要。人们在健康的时候几乎忘记了生命的存在，只有追求，忘我的追求，这也许是生的魅力之源！我写不下去了。

周末，傍晚的金融街霓虹灯尚未亮起，行人稀落，清凉落寞。金钱喜欢寂寞，姐夫曾如是说。

和教条主义打交道

关于认识论的诸多见解中，教条主义和享乐关系最密切。放弃主动思考，拿教条生搬硬套，思想僵化，墨守成规，还理直气壮，仿佛掌握世间真理。

和教条主义打交道，不是当代才发生的事，每个时代都有教条主义者。在二十世纪三十年代，毛泽东专门写过一篇著作《反对本本主义》，提出过一句著名的话："没有调查，没有发言权。"

"没有调查，没有发言权。"阐明社会调查的重要意义，以及调查的目的、对象、内容、方法和一些技术细节；揭露了教条主义的错误及其对革命事业的危害，批评红军中一部分人安于现状、迷信"本本"、不愿做实际调查的保守思想。该文虽然与当时的时代背景联系紧密，其实际意义远远超出时代背景，给予后人无限警示和启迪。但是后人不是遗忘就是置若罔闻，仿佛教条主义根植于灵魂深处，屡屡陷入教条主义的泥沼，难以自拔。

教条主义和享乐主义是亲兄弟，原因是缺乏独立自主的思想，照本宣科总是轻松的，实事求是需要有自己的判断，更需要理论联系实际。现实和实际是丰富变化的，而调查研究又是辛苦活，不亲力亲为难得真容。教条主义大行其道，听风就是雨，思想懈怠，是享乐主义在作祟，而且让人抓不住把柄，人云亦云，别人都那么讲了，大家都这么认为，有什么错吗？

当然有了，如果是负有一定责任的领导，就是不主动作为，没有能力或者不敢担当；如果是群众，就是不认真和盲从。当然也不能责怪太多，人们安然享乐，人云亦云是阻挡不了的，只是担负责任的人要保持适当清醒，不误人误己误事业就好。

关于软实力

软实力是好，但对于那些只看重硬实力的人来说，软实力是没有用处的。

好的战略只有一种，就是强大，非常强大，强大到不战而屈人之兵。意志当然发挥了不可低估的作用，但是就此说意志的胜利，就是严重失误了，意志背后强大的物质力量，或者意志与物质协同，成就了强大。

发展是硬道理可以概括一切。军事实力和经济实力成就的硬实力，才让软实力畅行无阻，行走于没有硝烟的和平时代。

软实力与硬实力互为因果。

更多时候，软实力如同空气一般存在着，没有人看见它，却重要到无时不在无处不在，并且往往靠硬实力证明，越具体越好，具体到什么程度，看看航母可略知一二。如果希望知道更多，就去潜心了解，直到知道足够多之后沉默无语。

人类需要思考，更需要行动

人们往往批评一个政体的坏处，却往往忽略其好处，利弊一体很难改变，唯一可以做到的就是趋利避害。

首先，人类需要权威，需要树立一个神进行膜拜。面对那个神秘主宰的无限统御，人们既需要信仰又需要抚慰。独立？独立这个看起来无限美妙的词汇，并没有多少人真正需要。只要读读历史看看当下，人们也许会明白，大多数人倡导的独立，不过是对自我意识的一知半解。

其次，随波逐流是生之常态。生命的限度限制了人们的认识，四季轮回，进化不仅需要时间更需要历练，肉身之躯随草木枯萎，精神的传承需要从头再来。不要责怪进化太慢，人类边感受边进化，学习着怎样生。而多数人懒得学习，更懒得独立，依附依赖甚至膜拜也许是更好的选择。到过海边的人都知道随波逐流的惬意与悠然，如果存在安享，随波逐流就是，只要人们不总是抱着批判的态度。

再次，人类需要思考，更需要行动。当思考者为政体费心劳神时，那些伟大而鲁莽的实践者早已冲杀在人群的海洋，为荣誉权利拼杀掠夺，在野蛮的河流中开创文明。

灌输价值观

文化是个大题目，凡是制度规范等解决不了的问题，文化都可以发挥作用，虽然当代人越来越喜欢制定各种各样的制度及规范，但还是不能穷尽人类所有的行为。文化依然如魂魄般如影随形地在人间荡漾，区别着不同国家，不同种族，以及不同的人。文化不仅体现着人们的风貌，也彰显着素质，不管我们乐意不乐意，接受不接受，文化既是国家之间、人民之间联系的纽带，也是区分国家之间、人民之间关系的分辨器，尽管交流，尽管互鉴。

文化很重要，却是缓慢积累的过程，不像财富或者其他可以速成的东西，无论这个世界的发展如何日新月异，文化发展及其传承总是沿着自己缓慢的轨迹前行，一代又一代，总要从头再来。父亲是语言学家，儿子也不可能生下来就会说话。这个无奈的现实大家都得接受，所以教育很重要。

教育的方法之一是灌输。儿时背诵唐诗宋词，成人后吟几句诗词不是什么难事，甚至影响着人的精神气质。高考改革的重要性不言而喻，加深语文学习，潜移默化让几千年的文化基因重现，找回迷失的文化自信，改在当下，利在长远。

在我们倡导高考改革的同时，美国的大学入学考试学术能力评估（SAT）也将改革。从 2016 年起，每场 SAT 都将包含美国建国文献的段落，包括《美国宪法》和《人权法案》，通过中国人最重视的考试，系统地影响学生的观点、信仰和意识形态，向年轻人灌输价值观，美国人的思想政治工作，可谓极致到位。在这一点上，一定要借鉴。

超越现实！

超现实不是美学，也不是先锋运动，而是指引生活的精神方向和道德方向。超现实主义在所有领域都要求其忠于原则。

超现实主义是一种精神状态。我们生活在现实中，才需要超越，才需要更高的精神境界引领，才需要梦助力，奔赴那个未来的现实、未知的现实。

超现实主义是遗忘，遗忘岁月的磨蚀，遗忘世间的摧残，以布满皱纹的面庞面对阳光，并且灿烂地笑着，安然大度。

超现实主义是硬度，如共产党人的理想信念，如身体中的钙，让生命毅力不倒，魂魄长存。

超现实主义是痛，深切得无以复加的痛！不要惧怕痛，痛与欢愉是一体的，如同爱恨交织。

忘掉那些世俗的琐琐碎碎吧；忘掉那些离目标十万八千里的细节！

关于批判现实主义的三点认识

批判现实主义，任何时代都存在。

首先，批判现实主义不是艺术。它没有艺术的精微与敏感，没有艺术对美的极致追求，也不具备艺术的忘我与动情。批判现实主义是任何时代的芒刺，让任何生活在当下的人都感觉不那么舒服，仿佛做错了什么。事实上，即使错了，也是一个时代的宿命，无法逃离。批判现实主义为时代空添烦乱。

其次，批判现实主义不是宗教。真正的宗教是内心的虔诚与禁忌，是克制与坚守，是历经艰难困苦时的信仰，超脱于生死，给人内心包容宁静和坚强，如同大爱无边的情怀。批判现实主义做不到。批判现实主义生活在自己的小天地，精神不够博大，心胸不够宽阔，态度缺乏包容。批判现实主义唯一的功绩是教会人们从它的反面看问题。

再次，批判现实主义不是哲学，或者离哲学差远了。虽然批判现实主义也披着思辨的外衣，骨子里却渗透着独裁者的思想，甚至比独裁者还独裁。但，批判现实主义并不理解独裁的真意。幸好批判现实主义没有掌权，幸好各个时代的批判现实主义都离权力很远。很简单，批判现实主义是不能驾驭权力的，权力的拥有者不属于权力的批判者，尽管权力存在种种争议、分歧或者其他（我不喜欢使用更重的词）。哪个时代的独裁者不是历经血雨腥风，北战南征，以梦想践行行动的伟大实践者？他们从不批判而是指挥，他们从不抱怨而是行动！

批判现实主义，一个可以深思的问题，放在人性和时代的背景中。

某些习性具有天然的弱点

人类不可能住进高楼大厦就不接受自然规律，看似安全很可能是禁锢，高楼大厦阻隔了人们的认识。观点日益增多，真知灼见却日渐稀少，似是而非的理论不断填充着人们的头脑，仿佛堆满杂物的大房间，去掉冗余实则空空荡荡。

把一篇一百页的报告翻倍，厚度增加不代表着认识深刻，深刻的认识也许就一句话，匿藏在密密麻麻的字里行间。一知半解的理解误导着认识，各种貌似全面的分析如全科实习医生，在实习的道路上不知还要行走多远。我们不知道世界上是否存在先知先觉的人，倒是巫师巫术在从古至今从未消亡。在众生没有穷尽的言论中，有谁承认自己在表达错误的言论呢？

骤雨过后一切安然。

自然寂寥无声，各种植物悄然生长，叶茂必然根深，但是农夫却要剪掉冒尖的枝丫，保存植物均衡生长直到结出壮硕的果实，植物的活力涵养在周身而不是某个突出的枝丫。资本市场中的经济实体是否模仿着自然规律，或者根本就是在遵循。优异的经济体缓慢而坚实地成长着，没有惊世骇俗的业绩，也没有引人注目的花边新闻，一切看似平淡无奇，就像一个踏实稳重的男人，坚持自己的目标，始终不移。

各种复杂多变的因素影响着现实世界，也影响着资本市场以及各种市场。各种分析报告看似正确其实并不牢靠，运作模式大同小异，结果也是半斤八两。某些习性具有天然的弱点，离实际太远难免走向谬误。对于很多事，不妨向自然学习或者模仿自然，完成最神秘的颤动之后，在平静中积蓄力量。

解释是一种满足

解释是一种满足。一吐为快说明人的内心不需要太多的储藏，所有的储藏都是为了消耗，否则不要留那么多东西。从小婴儿到耄耋之年，人们在说话中度日，表达生的各种观点，甚至为一言不合剑拔弩张。当然，也偶尔沉醉在迷人的甜言蜜语中快意无限。生命需要表达，一定要说出来。

太多了，还是太多了。

尽管说了又说，某些人终其一生也说不出几句像样的话，每天都在表达却不见新意，甚至语气都不会变一变。希望被倾听和理解的愿望却与日俱增，这是需求，是很多人老年来临时的需求，极其刚性。各种养老服务中心关于照料和精神慰藉的服务中，陪护聊天已经是一项服务内容。在所有接触的一知半解事务中，解释及交流的作用理解容易践行难。老年是本回忆录，记载的内容重复太多，青年人正准备抒写他们的日记，虽然生命整体上是重复的，但别人的经历并不是自己的经历，他们需要自己的实践。

所有的问题都是人的问题，即使养老政策及其制度解决了所有问题，也无法解决关于生的认识问题。当下人们比较重视财富和房产的积累，精神的情感的似乎尚有缺失，谁会愿意和周身挂满珠宝的人谈论土豆丝的三种炒法呢？谁会和抱怨不休的人谈论养护呢？还是看看文学和宗教，还是看看前人曾经存在的样子，学而不倦，自我进化或者退场，心安理得。

记录厌倦症

记录时代是困难的事，时事繁杂，人情多变，人的生存和生活状态既静止又变化，如春天傍晚的天空，在悄无声息中改变着颜色。金融街的楼宇在风和云朵的映射下，看似稳定，二环路缓慢流淌的车辆渺小漂移，给人以脆弱之感。我要记录什么？这是个疑问。

记录时间？时间是无法保留的，我们只是多情地渴望时间记住我们。

记录事件？每一个或惊悚或平庸的事件总会发生并过去，只是我们身在其中看不清它的真面目，仿佛亲历发生的一切都是留给旁观者或者后人的纪念，启发不在现场的那些人的想象力，效法或者评判。

记录情感？我们的情感珍贵也庸常，情感的珍贵取决于珍视它的人，而庸常是我们还没有学会欣赏或者一切太匆匆，尚未来得及珍视。

在所有宏大叙事和论证严密的文章背后，隐藏着无数章法全无、盲从含糊的段落，犹如个体生命的存在，无序却也坚忍，徘徊在人为设定的对错之间。金融街及泛金融街区域很好地表现了某些特色，奢华与粗陋不过百米，如同客厅与卫生间的距离。我的意思是卫生间即使如金至尊的金马桶，也是漏测之地。所有的记录离不开对比，这是我的偏见。

偏见是厌倦的理由吗？人类生活是可以预见的吗？节食可以保持苗条的身材吗？深爱我的人在意我抽烟吗？疑问可以驱散厌倦，厌倦是对熟悉的反抗吧？我看是。

论奢侈：在满足的瞬间，总是愉悦的！

论奢侈，可能是个触犯众怒的题目。因为奢侈本身，每个人都有所求，那是与生俱来的需求之一，既有感官的，也有精神的，低俗与高尚互为交融，界线难清，却分明存在着界线，甚至泾渭分明！

神兽合一是为人。奢侈的，太奢侈了！

既要追求高远的人生理想和境界，每天又离不开吃喝拉撒睡。

显贵尊荣与落魄倦怠，每天如影随形，守恒如一就成为奢侈的。但是在追求奢侈的道路上，人们还是愿意倾心尽力。因为，虚荣如鞭子一样每天抽打，鞭策人们心甘情愿，卑躬屈膝，为虚荣不懈努力！

虚荣是人生事业的助推器！虚荣心如油漆，不仅使物体显得华丽，而且保护物体本身。当然，这个比喻用在普通人身上就是拜物。各种品牌物品不管多么恶俗都受到追捧，实在是恰到好处地利用了人们的虚荣心。虚荣被广泛利用，人们却心甘情愿接受。对待情人都没有如此慷慨，对待亲人都没有这么执着，这是个非常令人困惑的问题。这也解释了为什么心理学课程越来越繁复，人们对简单的问题搞不懂：为什么要花费那么多金钱和精力制作一块表？为一张画倾注天价？甚至一棵白菜因为有了绿色概念就可以价值百元？

虚荣是需要的一部分，根植于内心深处。所有的谦卑、克制以及礼让，也许是另一种形式的求名自炫之术！虚荣心，不应该过多责备。应该责备的是对虚荣心了解太多，让感觉变得淡薄，失去了许多新奇与亢奋。

毕竟，无论什么，在满足的瞬间，总是愉悦的！

骏马也会被拍得遍体鳞伤

骏马，矫健奔放。据说在元代，拥有骏马被视为权力、身份、地位的象征，拍拍骏马的屁股，表达的是喜爱和钦羡。人们在喜欢婴儿时，也通常会拍拍屁股，总之和友好相关。

好的东西人们都会喜欢，向上看是人们的本性，当然向下看也是人们的本性，尽管上与下的感受非常不同，需要修炼到极致的境界，才能将上下拉平，如同某些哲学家眼中的生与死。这样的要求与修炼很少有人能够达到，就像帝王领袖总是少数人的事业。

拍马屁被异化为不太好的感觉，可能与人们的心态有关。出于喜欢习惯性的赞美是人们的天性，如果和目的意义结合，就不那么令人心仪了。目的和意义让世界有了规划和目标，同时也少了情感和单纯，如果人们把目的和意义看得过重，骏马也会被拍得遍体鳞伤，喜欢也会变得不自然。

这也许是文明社会发展的副产品，骏马和喜欢骏马的人都很受伤。

融合带来开放与包容

历史，只能回头看，如同总结，总是针对过去的事，离得远看得清，站得高看得远。当然，这是指时间拉长了的历史大事，不是指吃饭睡觉每天重复的大事。

融合，贯穿历史。第一次融合是春秋战国时期，这个时期的民族通过战争、经济和政治交流。其次是魏晋南北朝，翻开那段历史，有点复杂，宗教登场，人们有了寄托之后思想更加多样了。隋唐时期的民族大融合值得骄傲，经济文化双繁荣，尽管期间也有战争点缀，但是对于普罗大众来讲绝对是盛世。第四次融合是元朝，元朝给人的感觉是骁悍，据说外拓到欧洲多瑙河。这段历史很强悍，值得投入精力了解，但也不能投入太多精力，会助长某种感觉。至于清人带来的第五次大融合，也很是了得。

融合带来开放与包容，也便于统一谋事。思想撞击，经济交往，创新也许就变成了自然而然的事。至于其他，其他的事各自感受吧。

想到哪儿，写到哪儿

想到哪儿，写到哪儿，作为一种消遣方式，惠而不费，这是一个金融从业者的生活态度。随笔记下岁月长河中深受触动的思想和情感，就像拍照存念，通过文字将即生即灭的各种活动保存下来，让某些瞬间变成永恒，提示着过往，昭示着未来，也平复着需要凝神静气面对的现在。

本书，增加了生活的便笺和野蛮人的情书，随笔背景有小记提示，其中的某些部分自己也深受感动，如此真挚感人，自己都被感动，激情和热爱激发着内心的潜能。这种感觉很神奇，某时某刻，完全超脱了凡俗生活，升华着情感和精神，达到相当完美的境界，我为能有如此沉迷深感幸运，亦将毕生珍惜激发我的人和事。

偏见？大自然最优美的妥协之道

偏见？是的，偏见和主观让我们的生活既充满趣味，又单一乏味。

我们都是偏见的产物，也是偏见的传承者。人世间百媚千红，我独爱你那一种，简直就是偏见的宣言。但是，偏见又是多么值得推崇和尊敬。由于偏见形成的自然顺序，比人为制造的更可靠耐用。自然调节是大自然最优美的妥协之道，人们在不知不觉中，遵循着那个神秘主宰的不经意安排。

但是，人们也在刻意改变，和天性抗衡，和自然作对。人们误以为是进步，事实也许是真的在进步。但是进步的步伐在时间的洪流中，又留下了什么？看看那些古老的建筑以及曾经存在的文明，我们也许会有所觉察：阶段性和相对重要。偏见让人们选择又离开，受困于悲与喜、忧与怨，还有更多，发生于每日二十四小时的清醒与睡眠之中。

雾天记忆：关于思想的三个部分

长期以来，哲学家和诗人一直把思想分成三个部分：信息、知识和智慧。这三个紧密联系却保持着相当距离的词汇，让拥有它们的人各具特色又无显著的特点。

首先是信息。这个时代几乎令人眩晕的信息，从四面八方涌来，耗用着我们的时间，侵蚀着我们的身体。从生活的角度看，我们本不需要那么多的信息，无论是满足好奇还是满足生存。老子所言："五色令人目盲；五音令人耳聋；五味令人口爽；驰骋畋猎，令人心发狂；难得之货，令人行妨。是以圣人为腹不为目，故去彼取此。"我想老子在发表这一番高见时，早已料到在时间的长河中，人们是无论如何也做不到去彼取此的，把这句话作为信息传递下去，是老子的智慧，其余的全是信息。

信息无止无休的，智慧偶尔露面。

其次是知识。除了那个神秘的主宰，没有谁知道这个世界上有多少知识，而那个神秘的主宰又不需要知识，虽然他总是把知识抛向人间，令世人锲而不舍地追求。是否存在一个临界点，这个思考显然不符合实际。从个体生命的限度看，好像需要一个临界点，但是从个体生命在空间挪移的广度看，只要无限的可能存在，知识永远是不够用的。所以哲学家以及那些不遗余力教化众生的老师提出一个观点：活到老学到老。

遗憾的是，知识是学不完的。庄子曾经发出如此的感叹："吾生也有涯，而知也无涯，以有涯随无涯，殆已。"还是算了吧，学海无涯苦作舟的日子总有上岸的时候，其实上岸也不见得比苦海泛舟强多少。就拿放假休息来说，人们放下各种各样的工作，承载着知识的躯体跋涉于车流人海，知识屈服于时尚，汇聚成时代特色，这个特色和时尚就是去过哪些地方。

在知识的浩瀚海洋中，如果知识不能用于指导现实生活，又有什么用？当然，当知识变成现实的生产力甚至杀伤力时，是另外一回事。

再次是智慧。智慧是觉悟吧？也许是。在这个宽阔无边的问题面前，思考不能解决问题，况且智慧也不是用来思考的。也许在历史的喧哗声中，瞬间的决断是智慧吧？或者独守寂寥而心中拥有无限风景？或者平静地说：我不懂。

不新不旧最适宜

"只要我们能给某一事物创造出新的名称、外表以及评价，便能创造出所谓的新鲜事物来。"

是的，在一个求新求变的时代，有多少改头换面的伪创新，充斥在世间的大街小巷，甚至头脑。人们被各种各样的创新迷惑，灾难深重却执迷不醒！

僵化与教条主义害人，种种高举创新旗号的伪创新不仅害人，也害己、害社会。同时，也给真正的创新蒙上了厚厚的灰尘。

是新还是旧呢？"旧"真的那么令人厌烦？"新"就真的那

么令人痴迷？也许生活的常理会提示人们：不新不旧最适宜，适宜到习惯成自然。

回归常理，向常理请教也许就不会犯那些令人匪夷所思的错误了！

慷慨的劝告

无论我们给什么，都不像我们给别人劝告那样慷慨。人们慷慨地发出各种劝告，修炼连自己都无法克服的人性，说了又说，不知疲倦！

管理者，需要的不是劝告，也许比较粗俗的手段远比和风细雨更有效。因为管理本身就是一件技术含量不高，艺术成分不足，全身心投入不见得出多大成效的活计。如果把管理上升为科学，一定是在书房里待得太久了；如果把管理视为艺术，一定是误解了艺术；如果把管理视为工作，就当管理是一项工作吧，管理本身不产出价值，却一直在管理着直接产生价值的人，这也许是对管理的偏见。这个世界上的偏见太多了，再多一条也无妨。

管理，是耳鼻口共谋与人打交道的活计，令人生厌却有可能把工作做好。没有了管理，人也许会像流动的散沙，任意滑落，盲目游走，不知其始，不知其终。

所以，劝告，劝告担当着管理的重任。人们的慷慨劝告可以认为是对这个世界尽责，尽管劝告的方式有时甚至能把真理变成谬误，也算是劝告者的能力或者本事了。

某些好兴致还是适当阻止好！

不能破坏好兴致，哪怕是恶俗的好兴致！在兴奋娱乐这类事情上没有什么好坏之分，打扰别人的快乐不是好习惯。虽然娱乐过度会腐化人们的心智，破坏严肃的感情，在不知不觉中消耗时间以及让时间变快，等等。

但是某些好兴致还是适当阻止好！

偶然看到了由明星组织的团队娱乐节目。当下，颜值是娱乐界的专宠，一个个漂亮的面孔被一个个简单的问题引领改变着表情，举手投足谈不上庄重英俊，只有颜值在表现着快活，背后一些人录制着快活，放给各种手持娱乐设备的观众。观看者感同身受，仿佛他人的快乐就是自己的快乐，被幻想迷惑着。

对于多数人，终其一生都在模仿和效法着怎样生，学习生活是一种高境界。某些人推崇娱乐至上，他自身可能很少娱乐，甚至和娱乐绝缘；正如某些人推崇节食养生自己却大快朵颐一样，仅仅是个倡导。一个理智尚存对自己有要求的人，首先要有自己的判断力和自己的主张，否则一厢情愿地向着快乐出发，很可能走向快乐的反面。

那些拥有漂亮面孔不遗余力嘻嘻哈哈的娱乐明星，犹如有着漂亮包装的毒药，侵害着社会中的某类人。以娱乐的名义腐蚀心智，并且传播广泛，也许各个时代都有吧，各得其乐，唏嘘不已。

生活在习俗中的人，接受着传统也接受着本性

生活在习俗中的人，接受着传统也接受着本性，在理想和现实的道路上逡巡，看似重复实则改变，接受着时间悄无声息的侵袭，从思想到面貌，任谁也无法阻挡。

谈论天性是危险的，人的天性不全是美好，或者一直和美好保持着相当的距离。我们不能过分相信诗人的诗句，也不要相信道德家的说教或者教科书的教诲。那些对人性弱点指指点点的作家，本身的弱点可能更加不堪。在接受天性的道路上唯一值得肯定的是：向好向善作为追求的目标一直没有被放弃。但是，关于好与善在不同的时期也是标准各异。

看来，只有具体问题具体分析了。

漠河的傍晚和海南文昌的傍晚大不相同。北方明晃晃傍晚的天光清澈透底，人在此时只想寻求温暖和归宿、亲情和爱，天空仿佛要把人们凝聚在一起，在大自然的怀抱中和睦相处。文昌的海风却有那么一种懒散寂寞的味道，或者单调无聊。当然，人群的喧嚣哪里都一样，静谧中的感觉可有亦可无，多思多虑的人感觉像重负。

现实的确发生着改变。各种通信设备让人们的生活从未有过地便利，从蛋糕到鲜花啤酒或者滴滴专车，人们的话题也高度趋同，除了衣食住行就是资本市场以及理财生息，大致相同的生活造就着大致相同的人，甚至家长里短都高度趋同。想象力达到的地方都被移动设备占据了，想象力达不到的地方被各种专家统御，专家在诉说着连他们自身也不知所云的观点，误导着众生也误导着自己。

农民在种地，无暇他顾，任何时代不变。

现实中的从众行为

在人们各种有趣的行为中，从众行为算是一种，有时匪夷所思，有时新奇盎然。

人们互相学习着生活，邯郸学步，亦步亦趋。心怀美好的生活愿望，互相学习，增进福祉，丰富生的感受。某些时候，从众行为是最好的顺应之道。

回顾过去，从众购房是一件多么明智而理性的选择；从众购车是一件多么短见而盲从的举措。特别是十年之前做选择的那些人。其实，没有必要把从众行为抬举到理智和非理智的层面，一些动物也保留着从众的习性。

在对待从众行为时，人们阶段性的判断挡住了视线，部分是由于人本身就是阶段性的产物，部分是人们的关注点此起彼伏。经过一段时间，人们的兴趣就会发生改变。

人们应该清楚地知道，关于恒久的渴望是基于人们变化无常的习性。但是，如果就此打住就太大意了。时间，无始无终的时间悄然无息。面向未来，人们把目光投向未来，理智与盲从、热切与淡漠将怎样反转，又将演绎怎样的从众洪流？

掩卷而思：让爱国心成为理智而持久的情感

"无论做什么，人们只有通过自由行使意志才能产生真正的力量。世界上只有爱国精神和宗教能让庞大的公民群体长期朝着同一目标前进。要重燃信仰不能依靠法律，但要使得人们关心国家的命运却要依靠法律。人的内心有着永不泯灭的模糊的爱国本能，要通过法律唤醒和引导这种本能，并且，法律使得爱国心与日常思考、激情和习惯联系在一起，使其成为一种理智而持久的情感。要实现这一点不能说为时已晚，因为国家不像个人那样容易衰老。每诞生一代人，就如同产生了一个崭新的民族，立法者可对这些新人进行教育和领导。"

爱国，深入民族骨髓的精神。关心祖国利益像关心自身利益，以国家的荣耀为自己的荣耀，国家的进步就是自己的进步，国家的成就就是自己的成就，等等。这些部分解释了人们用不同的声音，歌唱祖国，倾心尽力，发自肺腑，令无数人热血沸腾的原因。

对待这样的感情，怎么表达都不过分，深沉也好，狂放也好。凝聚的向上精神总是鼓舞人心，任何时代都需要。

大动物都有一副平静的外表

山川大地是一切生命的发源地，人当然也不例外。人类某些时刻的虚妄不是被虚荣牵引就是脱离本源太远，自以为是，自大之。如果认真看看那些自然赋予的大，也许理解就会深刻一些。

首先，大动物都有一副平静的外表。特别是森林公园那些眯着眼睛的老虎和狮子，神态安详平静却自有一番威严，尽管如此，没有几个游览者敢掉以轻心，这些体态庞然的动物不仅有威名，在特别的时刻行动也威武腾跃，具有无比的冲击力，不是那些终日跳来跳去的小动物能望其项背的，比如松鼠等。

其次，高山巍峨令人仰止。喧嚣茂盛的丘陵地带适宜生存、适宜防守，终究比不过高山雄壮威严，千百年的矗立令人心怀敬畏。如此的大，是大自然神秘的安排，人类改天换地的雄心终究还是让位于敬畏，让位于敬畏好。无奈某类人的雄心堪比山高，却又无足够的力量与山峰比肩，只好如山林里叽叽喳喳的麻雀，搅乱大自然的平静，当然也可能认为是可有可无的活力。对大的认识有多少都不够，终其一生也许仅仅了解了皮毛。

再次，人是大自然的一部分，人的优异之处在于延续生命的同时追求幸福。也许麻雀也追求幸福，但人追求的幸福更长远，不仅为子嗣也为同类，不仅为目前也为长远。克服各种困难的人在工作和创造中寻求幸福，追求自己的福祉也追求他人的福祉，是文明是进步是新时代新精神，不断丰富和充实的精神。

风起云涌，树木安详静谧，消释着各种各样的新闻，各种各样的是是非非，知道或者不知道改变不了一日三餐，至多某些新闻变旧闻之后，考验或者训练着记忆。忘了又如何？忘了也无妨。

无暇他顾的伟大实践者正砥砺前行

根植于大自然深处的自觉，以风雨的形式再现，以清冷的形式再现，这就是秋天，这就是秋天的夜晚。我们的双眼被感觉占领，我们的感觉因季节变化，我们的思想终于成为感觉的奴隶，纯粹而直接，简单而粗暴。

一个谨慎画家笔下的风景无法触动心灵，一个向往名利的作家也不会写出好作品。貌似高深的经济学家丢掉了常理，而那些无暇他顾的伟大实践者正砥砺前行，创造着属于时代的丰功伟绩！他们怀着不假外求与生俱来的心智装备，不畏任何艰难险阻，开创着时代特色，甚至诋毁和恶意也成为激励的一部分。

秋天是伤感的，秋天也是饱满和充实的，为新的成长积蓄力量。时间宽待着世间万物，我们的感觉也不可能被一种认识统御，如果仅有一种认识统御的话，也必须是生机勃勃昂扬向上的力量。

感觉调整着情感，情感引领着思想，朝着一个方向前行，甚至可以把感觉中最柔弱的思念引向正途，为仅此一次的生命助威助阵。

人们被自己绊倒

纵观文化发展的历程，民族与民族之间，文化的各个领域之间，以及人与人之间，都绝对不乏像磁铁作用那样不可抗拒和决定命运的接触。

一个民族的任何追求都可能促使别的民族做同样的努力，至少激起他们的好强心："这个我也能做到！"其结果是，每个民族在各种职业的复杂程度上，以及各个职业之间相互交融方面显示大致相当的水平。

只不过，我们现在已经把这种同步看作是理所当然的事情。不同寻常个体之间，无论是激励还是激发，通过交流触发人类认识所能达到的极限，是时代的幸事，是一个时代区别于另一个时代的特征，如果非凡集群，就是一个伟大的时代。

当然，一个时代如果把买卖房子做到极限，开发商与土地供给方密谋，所有的动机都围绕着房子，赚钱成为压倒一切的活动，无论房子多大、价格多高、开发商多么势众，都不能提升一个时代的品质。就像任何的拥有无极限一样，房子越多安全感越低，如果内心那个越来越多的渴望不肯歇息，房子永远少一套！

当然，房子可以量化为金钱。人们总是高估金钱的好，却时常忽略金钱的副作用：金钱壮人胆，金钱也让人心虚，虽然当代挣钱比任何时候都更容易和更有保障。一旦生财之道受到威胁，一切与钱财相关的良好感觉也将烟消云散。当官亦可类比。

人们小心地活着，不是被文化侵染，也不是被道德束缚。国家强力也没有束缚人们，相反国家不停地放权让利与改善民生。人们，人们被自己绊倒。

掩卷而思：全是病人

这个世界太老了！几千年来，那么多的重要人物已经生活过、思考过，找到可以说出的新东西已经不多了。但是，那些喜欢思考的人还是在故人的陈词滥调中发掘新意，努力在混乱的思想丛林中，找到属于自己的新天地。

那些显而易见的错误观点广泛流行，不是借助语言的新衣，就是乔装打扮改头换面，仿佛一个新宾客，其实是老瓶旧酒，只不过端给不同的人，特别是那些见风就是雨，对自己缺乏考量，对别人没有度量，盲从无序地在这个世界游走的流民。

看看到处充斥的宣传与误导，还有没完没了的补给与营养，仿佛这个世界全是病人，或者全都缺乏营养。实际情况是，人们吃得太多了，带来健康隐患，变成病人。

当然，也包括所谓的文化和书籍，让人们变成思想上的病人。哪里需要那么多？因为没有信仰，所以需要倚仗很多，都可以成为依靠，个人仿佛得了软骨病，随便什么都可以信，除了信仰本身。

掩卷而思，从周末到凌晨！

我是农民

那个美发师颇为自豪地说：我是农民，但是个伪农民，我家里有地，我却不会种地。他坦然的态度和谈话的内容极不匹配，但却是真实的，我认为的真实。所有的真实可能都有那么一种欠缺，离完美太远，却生动有趣，真心实意地生活，趣味很重要，真实亦很重要。

不知不觉进入新时代的各种感觉中，农民这个语汇正发生变化，咖啡厅、各类投资公司以及影院、地铁都有农民的身影，即使三里屯英俊前卫新潮的发型师，身份证件也可能是农民。中华广袤大地上各个方向的年轻人，无论来自东北、西北或者南方的某个村庄，身怀记录农民身份的证件在北京这样的城市从事着各种工作，分布在各领域，农民的语义发生着变化，可能是新阶层，也可能依然是落后，可能很富有或者略显清贫，从来没有如当下联想丰富，无限斑驳，很难一言以蔽之。

新时代的各种变化中，生活方式及其态度的变化潜移默化。从哪里说起呢？没有发生在一夜之间，而一夜之间的变化却是明显的。犹如春雨过后花朵垂落，新芽萌发，说不好是同步行进还是相互催生，社会学家看到了问题，艺术家看到了生机，而诗人则歌颂变化，启迪和激发着生的梦想和热情。

我是农民，这个词在某些地区成为某种优越感，某些地区成为期待，有些地区令人向往，也有些地区正在被逃离。我是农民，却不会种地，多多少少也反映了时代特色，从表达的神情看，这是好事。

一切正当的职业都是高尚的

在民主社会，当平等像空气一样深入人心，人们就不会有对工作的高低贵贱之分，虽然人们的天性中，把职业分成了若干层次，这是一个需要把认识提高到相当的高度，才能解决的问题。当然，这样的高度并非不能企及。

劳动的光荣以及高尚，通过劳动以及劳动产生的报酬，既是个人能力的体现，也满足了人们牟利和虚荣的动机。人们都是通过出卖自己的劳动获得报酬，领导者通过发号施令，工人依靠出卖体力，或者既出卖体力又奉献智力，农民把时间终年消耗在田间地头，等等。虽然各行各业存在差异，但总体上是相同的。即使那些食利者，也把他们的金钱放到各种各样的金融机构，在风险缭绕的时间限度内，耐心地等待增值。

职业高尚的特性是从理论上把人们的地位拉平，都需要劳动获取报酬，生养生息。荣誉和利益紧密结合，求利的欲望与求名的欲望相互融合，或者干脆融为一体，成就着欲望与梦想。

至于是否会衍生其他问题？一定会的。这个世界的所有问题都不会就此打住。至于会引发什么问题呢？要看思考的角度以及思想的流向了。

科学成果也并非都是天使之子

想象力，人所拥有的最高级别的能力在冬天弥漫，会是怎样的景象?

空气遇到阻碍会是怎样的景象?迷人的疑问让冬天的傍晚更加清冷而诡秘,沉寂中涌动着莫名的兴奋。寒冷带来的冲击激发着被闲置的想象力,人们普遍关注今生今世的生活,不放过任何体验这个世界的任何机会,成就着时代的喧嚣与浮躁,也成就着时代的素裹浓妆,为时代留下特色。让生活更好些,让精神更丰富些,或者给时间填充更多的内容,进步与退化,衰落与兴盛,成就着当代特色。

想象力需要激发,需要合作也需要斗争并且远离安适。斗争让想象力落地,斗争也如寒冷的冬天让人保持清醒,给激情穿戴铠甲增加保护。只有通过斗争,人们才能清楚真正所需以及究竟要达到什么目的,究竟能够达到什么目的。这几乎适用于关乎生存的所有问题。

我们不知道创新的未来是什么,特别是那些挑战人类生存的人工智能以及基因逻辑等等,无限激发人们的想象力,如果一切是为了人类的福祉当然是好的,凡事利弊参半,科学成果也并非都是天使之子,如果朝着人们期望的相反方向发展,也可能是灾难。在这个时期倡导文化以及文明,清洗满脑子的技术思想,可以部分缓解广泛蔓延的技术依赖症。当然,人们太过热衷过日子,沉溺于生活的旁枝末节,阻碍各种想象力的发展,也不值得提倡。

历史上,聪明反被聪明误的事例可谓多矣,不必列举。想象力和科技可以被排除在外吗?恢宏的连续包涵万物,天穹之下一览无余,没有例外。我们的想象力安放在何处,放纵还是收敛,挥霍还是节制?冬天的夜晚沉寂肃穆,安详不语。

我们可以不知道什么？

我们可以不知道什么？

当然，我们可以知道任何我们想知道的信息，过去、未来以及正在发生的，真真假假虚虚实实，萦绕在我们的头脑中，知道了一些，不知道的更多，了无穷尽。

我们没有未来，但是我们拥有对未来好奇的天性，比较浪漫的词语叫梦想。现实一些就是期待，超越当下的期待。当然，我们还有其他天性，在所有的天性中，大而化之的天性更具生存意义，和大而化之相近的是遗忘。这个世界上的事情一桩又一桩地发生着，循环往复，如同春去春又来。大而化之平复着种种焦灼与期待，过去了就过去了！

是的，酒足饭饱并不意味着四个小时之后不饿，上一代人积累的经验下一代人还要重新实践。我们可以不知道我们知道的一切，如果我们能够接受这样的自己。

但是，我们已经习惯给未知披上迷幻的罩衣，并为此心醉神迷！

评价时代是困难的，如同评价一个人

时代风貌，是一个时代人们共同的记忆，无论我们赞成还是反对，抑或漠然视之。克罗齐说："一切历史都是当代史。"生活在当代的人共同塑造着时代，成为后人的前世，成为我们的今生。

评价时代是困难的，如同评价一个人。

对于时代的评价要适度，如何做到适度却非常人能及，所以各种偏颇杂论遍布尘世，到处是分歧与怀疑。人们发表着对生的理解，人们热爱着生存与生活，人们并没有停留于此，人们还有更高的追求，理想以及信念等等。人世间的千百种姿态，犹如自然界的千百种奇观，在成长与衰落的周期中循环。

读了一篇报告，又读了一篇报告。我被一行行文字和图表感动了，不是因为这些文字的深情厚谊，而是长篇累牍枯燥的表达。这些文本背后的人们，花费了多少时间只为陈述一个被忽略的事实，在历史的烟尘中无足轻重的事实！

都需要表述吗，一件又一件事实与真相？都需要论证吗，那些逝去的岁月？都需要理解吗，反复发生的人间故事？

是的，都需要。表达，既是人的天性，也是生的乐趣。人们在表达中记录着时代，时代风貌也许就是这个时代各种不同声音的聚合体，众生喧哗，不独此时。

三座门

三座门即三座随墙门的简称。

只闻其名，不见其门。也许气息犹在吧，能够引起遐思和闲情的地方，陈留着存在的气息，仿佛一个人的魂魄，长存不息！

皇家建筑随墙门多设门楼，装饰精美，富丽华贵，彰显宫殿的恢宏气势。曾经存在的门及门匾已随风而逝，曾经存在的记忆也已封存，但是留给人们的却更多了，多到无数人寻寻觅觅，流连幻想，直至把物变成了精神。

北京的春天带给人们的想象无边无际，尽管拥堵抱怨，人们还是倾心尽力地出游寻访，或喧嚣或沉寂，感受着季节的轮回以及生生息息，众声喧哗，发表着生的感受，种种感受！

翻了一页书，又翻了一页。

那些充满雄心或者希望改变命运的人，来到首都来到人间繁华与梦想的集聚地，充分发挥着他们的想象力，如同充满雄心的俄罗斯人向往莫斯科，北京也是那些集雄心与城府于一身的男人的理想之地。浪漫的巴黎人曾把巴黎之外称作外省，北京也根深蒂固漫不经心地把其他省区称作外地。在信仰变得现实，倡导自由平等的时代，为了改变某种不平等或者追求不平等，人们热情高涨地来到北京，尽管北京的庞大已经达到令人吃惊的程度，人们还是不断涌入，纷纷涌入！

为了敲开一扇门还是打开一扇窗？在人生的台阶上不懈攀登，三座门，即使三十座也无法阻挡人们的进取！

英雄及英雄精神

英雄及英雄精神，任何时代都需要，甚至我们每个人，在某个特殊的时刻，潜伏在体内的豪情激发出英雄精神，让我们离英雄的距离很近，尽管我们中的大多数人不可能成为英雄，甚至多数时候，我们离英雄及英雄精神相去甚远，仅仅作为芸芸众生中英雄的仰慕者存在。但是，我们还是从心底渴望英雄及英雄精神在这个世界上永存。

是的，我们离不开英雄，更离不开英雄精神！就像一个无法说清的谜！

也许，作为阶段性存在的产物，我们需要一种英雄精神，激励我们从生到死满怀英雄主义豪情，勇敢地面对艰难困苦，甚至离别。

也许，即使在幸福的时刻也要记得征战骁勇是生命的主旋律，防止温柔入侵，防止懈怠入场。人生是需要激励的，唯有英雄及英雄精神，让生命的活力得以延续。

也许，沉溺于安逸太久，需要英雄主义的雄风，涤荡一切萎靡之气，如同春天的暴风骤雨催生万物，如同冬日的白雪皑皑，给大地以纯洁的衣裳。

也许，不需要太多的也许了，英雄是时代的先锋；而英雄精神是我们这个世界最瑰丽的风采，只需要敬仰，只需要膜拜！

时代需要雄健的精神

大自然以其恢宏无边的气息，催生万物。各种植物舒展萌动，大地悄然开启着新的轮回，推动着春天的来临。

时代需要雄健的精神，时代需要向上的力量。

迎春花蕾娇然欲放，而那些被梦想驱使的男人开始了新的征程，无论是雄心还是梦想，无论是善意还是张狂，破土而出，庄严的、野蛮的、挺拔向上，迎接着阳光，塑造自己，铸造未来。

一个悲观主义者看到了太多的问题；

一个乐观主义者永远充满笑意；

一个理想主义者的眼中只有未来；

一个英雄主义者忘我无羁！

有什么问题吗？以及有什么要紧呢？时代迈着自己的脚步安然前行，不快也不慢，春去春又回，一切安然！

不要责怪某些疯狂。任何时代疯狂一定都存在的，否则疯人院这个词汇不会被列入各类辞典；不要责怪人身上的各类问题，人类身上的各类毛病和优点一样千古长存，不会随着科技的发展而退化，而很有可能被放大；当然也不能总是怀揣批判态度，如果非要做一个批判现实主义者，还是从自我批评开始。

我要更深刻地理解你

信笺，作为一种文体，可以写给世界上一切假想的人和地方，甚至假想的场合。信笺里需要表达的诸多事物中，情感和爱始终居于首位，并且也应当居于首位。情感是人的灵魂！当我把某些瞬间的感受记录下来时，这些文字已经不再仅仅属于我，它已成为所有具有相同气质的人的共同体验。

　　时代以其迅疾的脚步前行，时代及时代赋予的特殊气息强化着爱的认识，深些更深些。生活在时代中的人，无论经历怎样的变化，依然保持真挚亲切的情感，不是对时代最好的报答吗？生活在时间中的人，无论回望还是前行，心怀浓重的情谊，有小我也有大我，各种认识和思想汇集共鸣，和那些深入骨髓的古老情感融合在一起，激发着新感觉。

　　用文字把这些感觉固定下来，是纪念，也是情谊相通的人最恰当的精神表达。希望时间能够记住这一切。

情感是生命的使者

繁杂的白天过去之后，夜晚来临。坐在桌边准备动笔的此刻，瞬间进入愉悦状态，完成我的承诺是原动力，真正的想法却是：被深入骨髓的亲切吸引，难以释怀。

我要记下什么呢？爱情并不是一种体面的感情。爱情应该匿藏在心中的某个角落，在黯然神伤的时刻鼓舞敏感羞怯的心灵。相见需要愉悦，情人不是理疗师，不是倾诉者，而是充满活力的行动者，忽视所有的多愁善感，除了愉悦还是愉悦。

那些仅仅接受大自然教育的纯朴心灵，没有矫饰没有虚荣，做的都是实事，说的都是实话，几乎都是关乎生存的真理。简单是最好的，杜绝思想也许是保持简单的最好办法。遇到很多事时，试着问问自己：是不是必须的？这样的自我警示就像多数格言警句，好听却被现实遗弃。

生存的汪洋大海有着千百种姿态。简单，是每个人生命历程中很久之后才能接受的现实，真正的现实永远是喧嚣异常，乐在其中，被各种欲望牵引裹挟，理智偶尔出场。情感是生命的使者，人总是成为情感的奴隶，其实，若是我们切身感受到情感带来的力量和美好，如此的奴役也许越多越好。

窗外，积雪覆盖的街道依然空寂，一个又一个问题接踵而至。欲望、精神、理性是一个完整的自我，这个完整的自我是哲学家的自我，而不是自然状态下的自我。面对生活的艰难困苦，情感需要依托是很自然的事，谁也无法超脱，你让我从消沉中振作，精神持续繁忙，兴奋异常。

想了很多，做得很少，这就是某时某刻的我。

情感的天空原本无序

庞杂的事务消耗着我的精力，当我坐下来开始写信的时候，思想却变得空空荡荡。度过各种事项繁杂交织的一天，终于向现实妥协，在妥协之前，完成我的承诺更重要。只是你不要责备我的无序，也许情感的天空原本无序。

事情要办，而且要办得不紧不慢，这个律条早已过时。现在是既要又要还要，而且要有效率。我们的大脑每天要经受多少考验呢？如果真如科学家所言，左脑这个悲观主义者一直固守着原有的认识，激进的右脑却一直沉浸在冒险的快乐中，我们每天岂不是在自我挣扎？也许是吧，某时某刻！

精神持续繁忙，你的存在是对我的鼓励也是原动力。这个原动力避免让我滑向懈怠的深渊。

我在取悦你吗？我在取悦我自己，掏心掏肺！

记得我的衷心和心意

星期日，沉思汇聚着精神，保持着恰如其分的专注。

这个世界分散精力的事情太多了，各种可有可无的信息以及事项备忘，仿佛生活就是连绵不绝的战场，从一个战壕到另一个战壕，随时迎战远方的敌人。当下，这个敌人可能是关于互联网各种真假难辨的各类信息，敌人的敌人是根植于头脑中渴望了解更多信息不肯安歇的好奇，没完没了。

了解多少信息算是完备呢？要多少有多少，战士的回答永远是执行。对于不时传来的各种关切、善意和提醒，回复的时间也许可以做很多更有意义的事。记得有位伟大哲人说过：纵然是好事，倘若过了头，也同样不可取。此时若有如此的想法，似乎又不近情理。

对于有些问题，最好回避，最好回避的还有没完没了的猜测和争议。芸芸众生关乎进步的谈论少，关乎个人感受的争议多，这是各种矛盾的源头。个人的感受要受到多种因素的制约，即使对同一种颜色，不同人的感受都不一样。一个观点和一句话引起的分歧也就不足为怪，此时尊重有着特殊的用途，对于分歧尊重就是了。凡事利弊参半，同时也各有各的好，相安无事最相宜。

凡事不能勉强，但是理解和懂得这样简单的道理也非轻而易举。看看自媒体上的各种观点及留言，足见人们的观念统一起来是多么困难。理解了这一点，也就顺便理解了统一思想的重要性，特别是对待一些关乎整体利益的问题，统一思想，一致行动，不仅关乎整体，也关乎个体。

为了把自己从纷繁的信息中抽离出来，我希望任何话题都能回归到情感。

情感是人的灵魂，从情感出发，心怀悲悯可以解决某些我们一时还梳理不清但必须面对的问题。对于那些喜欢制定教条的人来说，每一件事都可以说上十条八条的理由，或者更多。

大城市的写字楼和工作岗位，解决的就业岗位和制造的问题一样多，他们从来没有考虑把情感摆放到一个适当的位置。也许热衷于管制或者挣钱的愿望，早已把情感匿藏到了找不到的角落，传统上休息日还在滋生利息的金融业，以及属于新崛起被广泛诟病的P2P，都可以归结到这一类；还有某些读书太多、没有实践的教条主义者。

本来想记下瞬间诞生的情意绵绵，总是被打断，瞬间又蒸发掉了。带着惋惜记录此时，留作纪念，记得我的衷心和情谊。

和质朴的常识作对，是智慧吗？

空旷的街道，我是唯一的行人。

努力回避着各种蜂拥而至的信息，也回避着各种观点，回避着各种叮嘱，也回避着问候，甚至回避着在这个特殊时期需要思考的出生和离去，仅仅在游走，游走在宽阔空寂的街道。从来没有如此平静过的街道，我心亦安静异常。

流行病疫暂时切断了人们的关系，也暂时切断了种种虚妄。人类存在的时间太长了，积累了本不需要那么多的智慧，或者智慧被严重滥用。喜欢就是喜欢，无须什么技巧；厌恶就是厌恶，无须掩饰。大自然赋予我们的感官知觉，最好以直截了当的方式表达，无须委婉，不必隐晦，野蛮是人类进化史上最率真的阶段，即使进化成文明人，仍然有其存在的必要。这是大自然天赋的一部分，不能违背。

不能违背的还有生的常识。人们，为生准备了太多的观点，太多的物质，却不愿意为精神留下一块空旷的自留地，播种纯真和宽容。如果我冒昧地把这两点归入爱的范畴，爱一定散发着自由的气息，为精神注入活力。极其复杂神秘的身体顽强也脆弱，我们只知道写在纸上被描述的身体，却无法理解四处游走的身体运转。情感想象力或者理智构成了人们生活中的主导，怎样主导的却不甚清晰，精神被情绪左右，渴望独立却往往走向独立的反面。

和质朴的常识作对，是进步吗？是智慧吗？是爱吗？

依靠和顺从

大风飞扬的夜晚，清冷无依。依靠，这个属于软弱家族的词汇，深深匿藏在每个人的内心深处，在遇到困难、挫折和打击的时候，即使最强悍的心灵，也需要它，就像需要父亲的爱，父亲的关怀。

依靠，带来无限慰藉的感觉，是什么时候开始羞于启口的？那种无处不在对于独立精神的宣扬，也扼杀着最自然的依赖情感，而依赖是不能完全从人性中剔除的。我们脆弱的躯体和精神，即使不断汲取力量，也终有力不能及的时刻，依靠和依赖有什么不好呢？那些天赋更强大更坚定意志的人作为我们的引领，需要我们的依靠和依赖。我们是一个整体，互补共存，印证着彼此的需要和重要。

依靠，让我们的内心更加纯正和忠诚，就像对父亲的敬仰与忠诚，敬爱与温情深入骨髓，服从着父亲的要求和命令，没有任何怀疑，这是从呱呱坠地起就时刻培养的感情，深厚不容置疑，随着岁月日积月累。如果我们的内心时刻保有如此的情感，这不是世间难得的幸福吗？不要置疑，不要对任何曾经存在的情感提出质疑，应该质疑的是那些似是而非的思想带来的所谓独立。它破坏了纯正的情感，却没有带来新的。

顺便提及的是顺从。世界上总存在发号施令和唯命是从，这是一个行动的两个方面，互相成就。即使两个人意见完全一致，也需要配合共谋。顺从是理解和支持。世界上的事哪有那么多的反抗和对立，民主精神的弊端在于以民主的名义各行其是，结果是散漫无序。在某些重大问题面前，小问题也如此，只要符合普遍利益，顺从接受执行是最简单的做法，顺从带来的好只有亲身感受，当然认识也需要境界。认识境界的提升需要慢慢来，需要慢慢克服从渺小自身出发带来的偏见和狭隘，等等。

如果我们不向时间妥协

我的思想被斗争一词占据，我在刻意逃避某种感受。思想信马由缰，离温柔太远，离理智太近。幸好你看不到或者根本不知道，我能猜到你审视的神情，这是我的直觉。被直觉牵引的灵魂真实可靠，仿佛那些早晚必须发生的事有了保障。

保持适当的距离，保持历久弥新适当的情感距离，也许是这个时代为我们创造的最有利的条件。谁让我们忽然之间拥有了几代人才可能拥有的见识呢？

各种信息正在把我们打造成看清生活的智者，或者自我感觉像个智者。我更期望无论远近，你都保持着原初的热情，那种蓬勃的生机和活力，那种冲动和激情，以及强健的精神和力量，或者更稳重，或者更率真，或者更理性，彻底属于这个时代。

在我的记忆中，几乎我所阅读的大多数经典都谈到过斗争。认识上存在多元和分歧，斗争就一定存在着，在实践和时间中缓慢理解着斗争和斗争精神，逃避和忽略着生活的琐琐碎碎。金融工作无论如何都谈不上高大上，所有和金钱相关的工作都是理智和功利的，离高大上差远了。但是，另一方面，没有毫厘的得失计较如何成就财富的金字塔呢？斗争，在金融方面也许就是金钱运用的方向以及和风险抗衡之后的利益，这是一个不断解决分歧耐心等待的过程，这种兴奋需要足够的资本和耐心，容不下温情，或者这不是温情存在的土壤。但是越是缺乏温情的地方，温情就会以它特有的方式积聚。

我缓慢理解着斗争以及斗争精神，从自傲到自谦，反复轮回，这是进化吗？对斗争的理解带来生活的热爱和激情，如果我们不向时间妥协，斗争和斗争精神就成为生命力的一部分。我把这个理解封存在2020年的初春，这个特殊时刻。

看看自然万物的生长勃发，植物破土而出和动物的觅食厮杀，是否都是斗争的另一种形式？自然界的历史原本如此，当代社会能够幸免于斗争之外吗？

思想至此，必须打住，深思无助于睡眠。当深夜来临，我还是要心怀足够的温情送上我的问候，晚安！

放松最好的办法是远离

金融街的傍晚，灯光迷离。在此，现代文明集中体现在闪烁变幻的灯光以及宽阔的街道和流动的车辆上，树木不语，楼宇静默。

专注的时刻，精神持续繁忙，从周期理论到资产价格，从审慎监管到市场客户，各种关联和冲突纠缠在一起，工作了无穷尽，问题堆积如山，似乎有多少精力都不够用。放松最好的办法是远离，或者仰望天空，看看天色，由人制造的问题层出不穷，日清月结仅仅是会计记账的一种方法，不能用在处理事务上，各种事物关联也延续，还是保持耐心好。

某些行业耗费心智却是情感的杀手，日积月累的经验很可能扼杀着某些天性，从经济方面考虑问题多了，文化或者其他方面就少了。对于那些无论什么都量化为金钱和收益率的金融怪兽，看什么都不如收益率曲线更迷人，从那些硬邦邦的语言和冷静精明的陈述中，令人不免心生感慨：人类的多方面感情真是多余。而那些提供服务的技术专家，可以把任何问题具象化后成为各种技术名词，并且信誓旦旦地承诺：没有技术解决不了的问题。热衷统计的人们拿着各种数据说话，恨不得把所有事物都变成数据，变成营销战报。在这样的环境里待久了，看见诗歌感觉幼稚，听见戏剧有点胡闹。当然，这些新近的诗歌和戏剧确实也缺乏打动人心的力量。

情感，情感退居到哪儿去了？情感蛰伏在哪里呢？情感是否已经寄居在各种事务和工具上，成为专业的附庸？现实也许是：情感太多无助于发展；情感太少发展又受到局限。这是个两难问题。

作为生活在时代中的人，作为身临其境的人，同时作为世俗的人，面对繁杂多变的环境，可能无法看清和领悟整体，只能如此这般地工作，即使金融街也很难成就全才。一个积累了太多教条又渴望创新的地方，自身要解决的问题太多，无暇兼顾其他，也许吧！

不平衡普遍存在着

平衡，这个世界所有的对称和美都蕴于平衡之中，这也是每个人内心深处最强烈的愿望。我们的四肢和身体都体现着这种平衡之美，自然万物都在对称平衡这个共同的法则下存在，赏心悦目。利益、需要和愉悦使人们彼此接近，但是这个迷人的接近会诞生和平衡背离的各种问题，聪明的人类又按照自然的安排发明了繁杂的制度和道理保持平衡，以便慰藉那个存在于内心深处的公正（或公正的感觉）。

由于缺乏对太过具体事物的兴趣，也懒得列举现象，我还是接着进行比较抽象的思考吧。另一方面，也许更高级的平衡不是凡俗之人所能见，不平衡广泛存在着，甚至是大自然的普遍现象。人们可以在互补和相异的状态中达成某种默契，通过交流交易互通有无，比如贸易或者类似贸易的所有活动，建立起更广泛的平衡，所以这个相对的概念得到普遍的理解和接受。我们看到的世界一定是进步发展的，这是生存发展的趋势，总体上可以称为进化。

对于生活在时间中的人以及生的千百种姿态，对于个体的人只要情感出现，矛盾和分歧就一定会登场，矛盾和困惑不断激发着人们去思考新问题，践行新行动，至于是什么，最好边走边看。那些提前预判或者前瞻是荒谬的，有谁愿意在已知道剧情的情况下还要在剧院坐上几小时呢？不可知不可为，欣然接受，还是欣然接受吧。

一个边走边思考的人，暂时脱离了实际，也脱离了幻想！今夜清冷无风，安静异常，想你也想远方！

我要更深刻地理解你

当我决定记下此时，一个声音不期而至，你在感动我吗？这个冬天，我要更深刻地理解你，时时刻刻！

如果喜欢，我要了解他；如果爱，我要接近他。

我翻阅着那些不经意的随笔，是的，生命中的某些奇迹始于神秘的遇见，这个世界的神秘之处均在于此，包括此时此刻，或者彼时彼刻。一切过往，皆为华章，那些过往如此深刻地被记住，如此亲切，如此熟悉，如此难以忘怀。当我看到一双既诚恳又坚毅、既温情又淡漠的神情时，仿佛这个专注的注视已经属于我很久，很久！

时间在流逝，你在成长，令人惊奇地成长！你的思想更加恒定，你的态度更加坚定，你用你的行动传递着某种魂魄，属于时代，属于每一个倾心热爱生活的人。我相信，时间会赋予你更多的气质，庄重严肃，从容淡定，甚至震撼……

我毫不掩饰自己的喜欢，我为痛彻心扉的喜欢感到骄傲，也为无可抑制的崇拜感到惊异，某时某刻的打扰既盲目又冲动，所有率性而为的寄语犹如自言自语，犹如坦诚的自白，我在表达自己吗？我在自我激励吗？还是无边的取悦？现实的尘埃阻挡不了飞翔的想象力，我不那么自信了，或者自信全无！

如果爱，不需要自信，用自信支撑起来的情感不值一提；爱达到的地方，自信早已退场，或者自信从来没有存在过，如此的感觉只有深受触动的心灵才会懂得，才会懂得深受触动的时刻，天翻地覆！

向前的脚步开始放缓，真正放缓的是态度，对你的关注带来我对自己的关注——请接受我暂时使用关注。我开始在意你时，也开始在意自己。

这一切充满神奇的力量！

深情是通过时间积聚的，你的态度和热情混杂在一起，为想象力打开神秘的窗口。关注你和你的一切，我喋喋不休地表达我的理想，表达再表达，直到表达的尽头，我的理想好像完全可以不必实现了。我调整着我的生命态度，欣赏着你和你带来的一切。你的态度是不可抗拒的魔力，严肃深情和淡漠凶猛交替出现，时而城府深深，偶尔缺乏谨慎，时而厚重无边，时而戏谑异常，某时某刻又坦诚得令人心悸。我开始重新相信柏油路上可以盛开玫瑰花，如果我不相信，也一定会存在一个相信的人，还是让我承担这份浪漫的期待吧，我的沉思断想里需要热情，也需要希望。

我用时间修正我的偏见

立春过后的雪夜，请安抚我期待的内心；清冷的空气，请凝聚我所有的思念。让我做一个初来乍到的陌生客，重新感受这世界，第一次听到，第一次遇见，初见即恒久。

让我幽闭在你的世界里，让我倾听你的声音，感受你的心跳，轻触你的呼吸，热爱你的一切，让我的一切美德顺从你，承受一切的忧伤，追随你的脚步，心甘情愿，毫无保留地奉献自己。

让我集聚自己的力量，让我能够配得上你天性中的美好和魅力，既严肃又庄重，让我有足够的温情取悦你，让我心中所有的善意长存不变，让我有能力慰藉一颗骄傲的心，让时间驻留在我最爱你的时刻，让我有勇气直面可能发生的责难。俗世充满了太多的藩篱，让我超脱于世俗之外，纯粹而真挚。

让我谦卑为怀，忘记种种虚妄和追求。如果存在追求的话，就是一直行走在理解你的道路上，缓慢前行，满怀期待，不争不辩，欣然接受命运的安排，无论是道路崎岖还是坦途。

我希望你接受我的一切，性情与生俱来，善意与日俱增，我用时间修正我的偏见，我从你的正直和气质上看到了我的，我欣赏它们的好如同我对自己的肯定。这个无限斑驳的世界充满诱惑，我的心意为你存在。那是快乐的源泉，也是幸福的根据地，我希望你看到。

时间无始无终，空间无边无际，我们都是时间的孩子，请接受我的祝愿！

生命中须臾不可忘记

他所有的表达都非同寻常，因为倾听的人太看重！

语言充当情感的使者，感情为语言披上温情的外衣，背后是爱。爱在助力所有的情绪，让原本静止安静的世界充满色彩和光芒，温暖，时时刻刻。

爱，能够让人激情洋溢，让人振奋，即使最淡漠麻木的人也能够感到爱的力量，虽然每个人对爱的理解不一样，千差万别。我从他的鼓励中汲取着力量，从他的态度中感受着爱和关怀。日常的琐碎磨蚀着激情和幻想，好像生活中存在一种看不见却能把人拖垮的力量，向下牵拉不断坠落。爱及爱的表达振奋着精神，即使最平庸的时刻也饱含热情，这是幸运，是那个神秘主宰最慷慨的安排，这是生活中所遇的不多的时刻，一定要记得。

同时要记得的还有：什么是心路历程一时的东西，什么是永恒的东西。对于恒久不变的情感，需要一以贯之地集中精力和一以贯之的追求，生命中须臾不可忘记。

每个人都要面对生活中的琐事，但这并不是放弃情感和追求的理由。对于世俗生活，要么深陷其中要么超然物外，最理想化的形态是既能深陷其中又能超然物外，这个我无法做到，最好永远不要做到。

我愿时时刻刻沉浸在这种感觉中，率性而为，醉倒千回，迷醉不已。

一个时代赋予人们的自信

在无限斑驳的生活状态中，各种技术和变化，人的表现力和
精神状态被前所未有地激发。现实是思想的映射，是时代生活的
反映，既具体又充满幻象，这是人们精神生活不断进取的明证。

这是一个新时代，我们生活其中，不知不觉，日新月异！

我们游走于世界各地，被各种文化侵染熏陶的时刻，通过衣
食住行改变着生活的感受，那些看得见和看不见的感觉，不断把
我们引领到一个又一个新奇的房间，就像一个初来乍到者，被惊
讶和兴奋包围。一开始是感官撞击带来的眼花缭乱，类似于伊斯
坦布尔形态完美缤纷纷呈的香料店，随后我们渴望知道每一种物
品的内在功效，最后我们花费时间等待奇异的效果，如果我们的
身体确实汲取和吸收了其中的精华。

而汲取和吸收需要时间。

世俗生活以及对快乐的追逐，总是让我们忽略一些重要的事。
包括我们被外在的新奇分散了注意力。时间匆忙尚未深思，不愿
意接受新事物或者直接采取戏谑的态度回避变化，或者过分拘泥
于传统简单排斥，就像走旋转门总是回到原地等等。而这些，仅
仅是我们对待变化时的条件反射，时代发生的各种迅疾变化，改
变着当代世俗生活的方方面面，人们的生活态度也发生着巨大的
变化，在精神层面的反应就是各种各样的表现形式，彰显着对生
命的思考和对生活的态度。

人们通过各种方式表现着一个充满活力和趣味的世界，精炼、
生动、直接、美丽或者粗陋，陈述和表达着对这个世界独立独特
的见解。最重要的是独立，那是每个生命个体最顽强的自信，一

个新时代赋予人们的自信，即使存在十五秒，对于每个人，都是了不起的进步。

等待你的消息，既耐心又渴望

等待你的消息，既耐心又渴望！

喧嚣过后是沉寂，安静下来的时间都属于你。想着你专注的样子、严肃的样子、郑重的样子以及淡漠却也认真的样子，豪放时激情满怀，叹息时令人心痛，手拿篇章潇洒无羁的样子，一个矛盾的人充满魅力，你的魅力在于变化，一个时代的表达者不断地变化着他的风姿，而不是重复一种风格，独一无二，无可取代。是谁赋予你坚定的自信？这种风格除了你，我不知道在哪里还可以见到！

职业带来的魅力锤炼着你，也锤炼着我的认识和情感。一个忙碌的孤独者是最幸福的人，此时你最幸福。你的风格提示我，让我重新拿起笔，记录思想中转瞬即逝的各种感觉，落寞或者激昂，一定要记下来。这样的时刻，任何人和事都是打扰。

等待你的消息，既耐心又渴望。此时此刻，等待，成为生活中最充实的时刻，即使生命虚度也快乐异常。简单的快乐将一切的虚妄和沉重驱散，空气中仿佛散发着迷人的芳香味道，想着一个人以及一个人带来的变化，时间在凝固蒸腾，美好的期待发生在尚未谋面的时时刻刻，被渴望缠绕的灵魂强大而脆弱，我写不下去了，等待你给我力量。

欣赏一直占据着首位

依然大雪纷飞，依然清冷异常。

安分守己，某些时刻被忽略了，同样被忽略的还有对自然的敬畏。神奇的大自然赐予我们生命，赐予我们灵感，赐予我们健康和活力，主导着与我们和谐的，安排着与我们适宜的，我们却忽略了它的神圣和庄严，被各种虚妄支配。

白雪包裹的世界无瑕而美丽，将所有的不堪遮住，似乎在启示雪中人，世界的纯洁和真挚是它原本的样子，要珍惜珍视爱护，传达着静默平静之爱。

一次又一次，当我无法平复烦乱的时候，大自然的雨雪风霜就是我的安慰，白雪就像魔术擦，擦掉无法消解的风尘，让我重新以初为少年时的新奇，热爱这个世界，一次又一次。父母赋予生命，大自然赐予四季的果实，无论是锤炼还是给予，如果我们需要幸福这个感受的话，自然的赐予就是幸福本身。

空落安静的雪地，冷寂深厚，想着我们可能拥有的共同信念。野蛮是某时某刻驻留在每个人身上的存在状态，我们都行走在进化的道路上，你的表达诚挚坦白，充满情感的力量。我欣赏着你的一切，已知的和未知的，那些纯粹的东西充满迷人的魅力，让我惊愕不已，喜欢异常。这是那个神秘主宰对我的眷顾，我会珍重不已，不会让它染上任何俗世的烟尘，铭刻在心。

每天断断续续不时被打扰的思考中，欣赏一直占据着首位。在这个世俗的世界上，一个庄重的野蛮人带来清新的空气，就像立春过后绵延深厚的雪花，飘飘洒洒清醒着沉睡的情感，让我忘记了时间，忘记了俗世。

想象力有助于心意

对于我们不理解的事情最好敬而远之，避免徒增烦恼，即使一知半解也要打消好奇，避之不见。

但对你的一切问候，我把它们看作问候，我都一一回应，并且在回应的瞬间无比愉悦，就像清晨看到的第一缕阳光，炫目新奇，激发着想象力。

大自然的神奇之处在于冬天更敏感，也许北方的冬天太舒适了，室外寒冷清冽，室内温暖如春，那些绿色植物助长人们的幻想，也为我披上幻想的外衣，无论是沉静温和还是强健有力。这些感觉集中在一个人身上时，强化着一个人的完美。欣然接受你的问候，也欣然接受你不断变换的态度，这个时代丰富的语言令人心醉神迷，语言甚至可以取代任何行动，让时间和空间弥漫着爱的愉悦味道。

想象力有助于心意，这是大自然最慷慨的赐予。

午餐前为你记下便笺，本打算研究一下身体构成以及灵魂和精神，但是这些问题实在是高不可攀，先哲们莫衷一是都没有搞清楚的问题，我更无能为力。还是收敛一下好奇心，探究的心思要有，行动可以不必。从清晨到中午，心满意足，看了又看，听了又听，你的态度在房间弥漫！

愿我的感觉和你共鸣

在动笔的这一刻，我还是决定回到上午的话题，谈谈我们的现在。

我们没有过去，也可能没有未来，却真实地拥有现在，持续不断的现在，精神和思想厮混在一起，靠近再靠近，欣赏再欣赏，共度没有前世今生的当下，让情感肆虐泛滥，不知不觉。

生活中的严肃太多，往往逆反。大自然的规律适用于生活的各个领域，总有其对立而后和谐。你我都在做思想的主人，而我们的思想随时代而变，也应该与时俱进不断变化，否则我们不是成为老朽就是逐渐僵化。当然，人最终的命运不过如此，但若想活得有声有色，还是应时而变好。无疑，这个观点和其他观点一样都是说起来容易做起来难，人，往往像走旋转门一样，转来转去回到了老样子。

但我对你，充满信心！

你思想深刻，情感深沉，自律也变通，强健孤独和热情洋溢表现得都很好，就像一个人的两副面孔都很迷人。当然，你有更多的面孔，面对不同的人，面对不同的事，表达不同的情感和态度。

生活在时间中的人，生活在社会关系中的人都不能免俗，这是生活的一部分，乐趣无多却也有其存在的道理。你理解得更多，你的表现更好、更迷人，对此，我除了欣赏还是欣赏，心醉神迷！欣赏深入骨髓，无论怎样都好！

向往会产生依赖。你的从容镇定、舒缓有度平复着心绪，愿我的感觉和你共鸣，愿你的思想里有属于我的片刻沉默，思考至此，我写不下去了！

保持适度的冷静

一般来说，情感想象力或者理智构成了人们生活中的主导因素，但我不愿意和你讨论情感想象力，也不打算和你探讨理智。从听到你的声音那一刻，我们之间就不存在理智了，情感早已占据心灵的高地，而且不需要任何想象，它们盘踞在心，犹如坚不可摧的根据地。

当然，我也不打算和你谈论严肃的话题，虽然我严肃的状态多于散漫，对严肃抽象的问题充满兴趣。我希望自己漫不经心，随遇而安，笑着看你或者不看你！安然随意，遵从自然的走向，既不影响你也不打扰你，所有情感驻留的地方都是宽容和善意，这是最让我骄傲的地方，这些骄傲属于你。

面对突如其来的任何事，不要抱怨和指责。当然，从珍重生命的角度看，怎样做都不算过分，但是保持适度的冷静还是必要的，一切按照要求做，不要平添烦乱。有位诗人好像说过：每一个人必须是他自己的医生，他必须过有规律的生活，时常顺应并有助于自然而不是违背自然且强行对之掠取。最重要的是，他必须懂得如何去经受人世的磨难，如何渐渐地变老……

每个人必须是他自己的医生，这几乎是一个伟大思想家对普通人的强求，尽管时代在进步，但人们的本性进步迟缓，听风就是雨的盲从以及怯懦依然顽固地附着在人们身上。医学之父希波克拉底的第一句医学箴言"经验是骗人的，判断是困难的"依然适用于我们这个时代，我要花费心思好好理解这句话，从生活的各个方面理解。

希望你在工作的时候关照好自己，你的强健和热情洋溢感染着我，让我几乎忘记了正在创作的作品充满矛盾和分歧。也许我要改变创作的走向，就像我们的关系，漫不经心地遇到，瞬间改变了走向。

关于斗争的思考片断

你的表达让我再次陷入沉思。沉寂的中午瞬间变得快乐宜人，甚至空气中都弥漫着愉悦的气息，我的思考也开始变得亢奋异常。斗争？在物质丰裕富足的时代是否依然存在？

当然，斗争不仅存在而且长期存在。

自然界的历史告诉我们，要想生存就不能避免令人心惊胆战的斗争，这种斗争在人类生活的历史中比比皆是，有看得见的战争以及看不见的较量。看看现实生活中的种种分歧以及人们为解决分歧所做的种种努力，斗争无处不在，只不过在不同的场合披上不同的外衣，改头换面，畅行于世。

也许你不同意我的观点，以我平和的性情，对任何事都可以无可无不可，怎么可能沉思这个难以厘清的问题？此时此刻，我认为这是一个值得深思的迷人问题。

斗争存在于任何时代，它不仅存在我们的观念中，也存在我们的行动中。一个充满生机和活力的生命一定是依靠斗争脱颖而出，无论在自然界还是社会领域，只有斗争，参与的双方才能都保持清醒的头脑。只有通过斗争，相关的人才有可能清楚自己究竟要达到什么目的，究竟能够达到什么目的，以及为达到目的进行什么样的努力。

回复一个电话，关于斗争的思考被打断，就再也进行不下去了，也许我本不应该思考这个问题。此时此刻，专注被散漫无羁取代，想着你多变却充满魅力的态度，产生一种对抗你的感觉，我想这一定是甜蜜的对抗。甜蜜的对抗带来的温馨无所能及，所有深陷眷恋的人也许都会有这种感觉，不知道这是否属于另一种形式的斗争，令人渴望的斗争。

看看吧，从严肃到放松只是瞬间的距离，只需要神秘感觉的降临。

想象力的沼泽地

按照要求，我自己也认为，把自己闭锁在房间里是最好的安排，但是空空荡荡的感觉令人心悸。你的声音把我从不安中拯救出来，听你是我最大的快乐。仅次于这种快乐的事就是给你写信，不是在手机上，我要把它们变成文字，印在纸上成为一本书，在以后任何想看的时候，都可以拿出来翻阅，让此时长存于彼刻，包括此时的所思所想，包括对你的幻想和思念。

人一旦脱离现实，脱离不断诞生故事的现实，就陷入想象力的沼泽，或者虚构的现实，包括回忆等等，你的表达激发着我，让我恢复了良好的感觉和思考。

夸大其词以及忽略周边环境，从自我的角度猜忌是判断的敌人。可是人往往被这些敌人困扰，发出各种参差不齐的论调，好像都对，又都不全面。深陷各种场景的人，无法看清全貌，于是如盲人摸象般发出种种见解，接受着却也迷惑着。

我们不知道的东西太多了，我们脆弱的身体每天要吃饭，而我们的精神却要把身体推向信仰的远方，于是我们不知道从哪里来的勇气，对各种事物妄下断言，仿佛自信可以带来一切，忘记了一日三餐的本分。是物质富足带来的虚妄？还是缺乏敬畏导致的无知？各种传言带来的慌乱导致某些人的荒谬举动，令人惊叹！

至于我了解多少呢？我也完全没有答案，对于这个难以回答的问题。我以自己长期以来形成的习惯和情感，无法理解某些作为，此时也许没必要去理解了，安静在家里待着就是最大的贡献和顺从，我对你的顺从延伸到了任何事物，你改变着我。

记住蒙在鼓里的态度

生活在时间中的人以及通过人得到体现的时间，有许多让我们捉摸不透的意外。

这个意外，也包括这个被延长的清静异常的假期，让我从日常的琐碎中腾出时间，散漫也专注地投入到一部几乎被时间淘汰的篇章。虽然这部剧作不断有新人登场，但大多都已经失去单纯的激情，仿佛是一批故地重游的旅人，对风景失去了兴趣。

我在努力寻求那些激荡人心的力量，一个当代艺术家的话语敲击心灵。八十八岁的艺术家安志顺先生说他打了七十五年的鼓，还蒙在鼓里。我被这句话感动，也被他身上质朴非凡的精神感动。对于生活在快速发展时代的人，对自身生活时代的不了解几乎成为常态，专业以及专业精神让我们成为专业的囚徒，忽视了无限广阔的大千世界。

我被《老虎磨牙》的节奏迷住了。看似沉寂，却时刻孕育着斗争的沉寂山林，也许即将上演猛虎捕食的厮杀。磨牙，看不见的磨牙被各种打击乐表现着，激昂或者悄无声息，只有在聆听时才能感到，传统的鼓乐相互呼应配合，传递着生猛雄健之势。据说这首乐曲依据唐诗《猛虎行》而作，基本素材取自陕西渭北民间打击乐。《老虎磨牙》，即使我们生活在只有到动物园才能见到老虎的时代，依然能给我们带来强烈的震撼。

请记住蒙在鼓里的态度，记住《老虎磨牙》。

寒冷，释放着匪夷所思的力量

他以直截了当的方式，结束了我的思考。

城市中充满活力的野蛮人，来自外省来自北方的寒冷地带，释放着匪夷所思的力量，严肃与庄重，谨慎和狂放，轻松和淡漠……他的庄重是那么不经意，他的认真却像个孩子——

行走在进化道路上的人是如此这般充满魅力，激发着我的好奇和迷恋，心怀笑意等待他的每一次出场！

生的长河中，还要让我见到多少浪花？情的海洋中，我还要感受多少迷人的汹涌激荡？当我再次提笔，记录属于我的生命激情，有了一种珍藏珍视的不舍，真希望我敏感多情的心能有一个神秘的储藏室，把这份激荡储存起来，从早到晚，充盈着我的身和心，有时属于我，更多时候属于他！

见不到你，听不到你的时候，我的灵魂空空荡荡，为你储存的盛情也有空落的时候，你所有的表达都如温情的问候。如果你懂得了你带给我的好感觉，你也许会感到震惊或者如你所愿，一切尽在意料之中。

某些时刻的心神散乱意味着思念，不常有却常在，当我们深切地喜欢一个人的时候，他的一切都是好，情感遮住双眼，自觉自愿相信所有的都是好。某个旁观者抛出的提示是多么不合时宜。我会记得此时此刻，永远记得。

在2020年这个特殊的时刻，你带来的力量和鼓励，时时刻刻，驱散着消沉和迷惘，让我沉浸在无边的依恋和信赖中，亲切怡然。世间的种种美好犹如春天晴朗的天空，澄澈异常，让我在仰望中沉浸于无边的幻想，拥有此刻就是拥有你、拥有力量，拥有生命中最真诚的时光。

向往本身就是好

音乐响起，和音乐一起度过一天的某段时光，忽略生活的喧嚣繁杂。空气中弥漫着亲密的快乐，快乐的心思有一部分属于你。思念变成愉悦，向往本身就是好，无与伦比的好，堪比任何看得见的财富和荣誉。

诗人吕克特写道：

若爱是为了美丽，可别爱我！去爱太阳，她金发闪闪！

若爱是为了青春，可别爱我！去爱春天，她年年年轻！

若爱是为了珍宝，可别爱我！去爱人鱼，她拥有晶莹珍珠。

还是不要解释好

任何雪天都值得记忆。我被雪天的变换吸引，徘徊于户外，被阳光沐浴，被忽然阴郁的天色吸引，被雪花轻抚，喧嚣消失的地方空空荡荡，令人心悸。

漫不经心的回避不是对待年龄的态度，但是对待年龄的态度和对待生命的态度，回答起来并不容易。做一个绝对悲观的乐观主义者，知其不可为而安之若素，也许是个不错的选择。想得很多，做得很少，这是年龄带来的问题吗？这是身体和思想合谋产生的懈怠吗？我看还是不要解释好。

生活的意义？这个雪天经常光顾的疑问，既天真又深刻。我们赋予生活什么意义，生活就具有什么意义。这个观点换个说法也许是：如果没有创造，活着又有什么意义？

雪天让你更坦荡、更强健、更严肃，也让我思考更多。不得不与不可违都是态度，妥协和抗争都是态度，包括喜欢或者厌倦、乐观或者悲观等等。世间的千百种态度，我更看重你的态度。

喜欢的人和喜欢的事都可能会变，自我克制和提高，在人生的每个阶段都看到不同的风景，这也是意义吧。无论存在多久，还保持生命的好奇，有爱有惜有珍重，这是上天慷慨的赐予！

当然，对生活的认识是一回事，真正生活起来又是另一回事。

作为并非完美的人，或者行进在完美道路上的人，可能克制也可能抛弃各种规矩。对于你，我非常愿意表现自己的无礼和率性，毫不克制，面对野蛮的最好办法就是更加野蛮，至于后果，我不考虑后果，那不是我考虑的问题。你的出现就是要打破规矩，你是完美的摧毁者，塑造着某个人另种形式的存在。由于你，俗世的一切清规戒律以及处事规则都不在我的考虑范围内，遵循自然的走向，天赐直觉，保持它原来的样子就是最大的守规矩。

看吧，理智退场之后，情感是多么畅行无羁，感情让多少人恐惧。唯有野蛮人勇敢无畏，以饱满的精神和不驯的态度登场，理所当然，理直气壮。你是冬天里畅行无羁的野蛮人，却披着文明的外衣！

当野蛮人披上文明的外衣，一切变得复杂起来，也变得异常迷人。我写不下去了。

对野蛮的沉思

北方的冬天粗狂澄澈，特别是异常寒冷的时刻，每个从外边走进温暖房屋的人，身上都带着凛然的勃勃生气。豪放是伴随着空气散发出来的，这是我见到最初的野蛮，总是和强壮剽悍甚至粗野联系在一起，那时我九岁。

对你描述这些，可能是我对野蛮有了新理解。当然，我所感受到的新，也许早就存在于你的头脑中。野蛮是对文明的反抗和更新。历史上的文明发展到一定程度即走向衰败，这是一个非常有意思的问题，按照我们古老文明留下的观点就是物极必反。这样的解释太缺乏趣味，如果更有趣一些，可以把类似的观点拉长，啰啰唆唆地说上几十分钟。花费太长时间陈述一件事本身就很无趣，还是精要为是。

翻看欧洲文明史或者我们的朝代更迭历史，似乎文明超出一定限度之后，就开始走下坡路。当代的经济学家喜欢用周期解释这个现象。从自然的观点看，文明发展到一定程度，民族整体不再适应生存斗争，盛极而衰，被另一股新生力量征服和取代。通常新生力量不把文明作为首要因素，文明在这个阶段也许是发展的羁绊，就像成长中的野蛮人，在这个阶段需要的是吃苦耐劳，勇猛无畏。历史上古希腊被野蛮的罗马人摧毁，法国人被粗野残忍强大的德国击溃，帖木儿东征西讨所到之处把世界夷为平地，艺术家被粗人打倒，文明人被野蛮人驱逐。在植物世界里，我们也经常看到品种差却对周围不管不顾的植物四处蔓延传播的现象，难道是大自然有意为之？

文明及文明的存在需要新生力量，野蛮带来恐惧也带来新生。

他们不知道自身的力量或者从未考虑过自身，未经开化的本能力量更强壮、更充满活力，自然选择这个神秘的主导力量，到现在为止，应该没有人理解得更多。我们看到了现象，却无法认清本质，此时无以表达我对野蛮的敬意。

如果我想得太多，可能就吃不下午饭了，记得我的幻想和期待！

带着笑意的期待！

一切安静下来，仿佛昔日重来，一种特别的气息在四周弥漫，带着笑意的神奇，你带给我的。

只有年轻才有的盛情，大胆、自信、欢娱、坦诚相见。仿佛感觉可以传染，我被这样的气息牵引，令人惊异地表达着自己，说了又说，仿佛积累多年的堤坝需要倾泻，几乎令自己惊愕。

被你的态度牵引，被你的情绪感染，被你的声音魅惑，这一切让我沉醉不已，要多好有多好。所有的陈规戒律和教条瞬间丢到了爪哇国，理智也躲到了阳台看不见的角落。

我希望得到你的肯定，你的鼓励，希望你纵容这些庸常时刻闯进来的惊奇。如果这是爱，你更要鼓励，超越一切世俗的观点，除了鼓励还是鼓励。你不仅要鼓励我的期待、我的幻想，以及种种充满笑意的感觉，还要郑重配合我，既像兄弟又像长者，既严肃庄重又充满趣味。生命中快乐的花园不常有，你要郑重以待，充满怜和惜！

我的要求太多，而时间太少。

你是我必要的错误

"你对我来说是必要的错误，我的生活既不能依靠你，也不能离开你。"

某个时代，民众领袖对僭主的态度正在成为某种人际关系，这是一种迷人的平衡关系，不断充实着原本虚实相间的生活。对于追求认真的人是负累，对于欣然接受的人也许是快乐。

世界上还有一种没有任何保障，充满不确定性和风险的事，更值得探寻吗？生活不能赋予太多的安全感，生命不能在安逸中虚度，除了常态之外，还有很多令人着迷的意外，北方的冬天清冷空寂，却也舒爽异常。

一场热烈轰动的发布会过后，各种存在瞬间成为往事。人们一旦变得冷静，各种活动带来的娱乐就变得虚幻，既然一切都有个了结，不发生也是一种状态。对于虚无主义者来说，可以目空一切，但这不符合人性，不符合基本的人性。人性中有追求变化的天性，变化是现实和充满魅力的，变化是生命原初的活力，是存续的基础，也是生命的乐趣。人类在变化中发展，无论是持续变化，还是周期性发作，所有的沉寂都等待着变化。

我的生活既不能依靠你，也不能离开你，是大自然发出的神秘号令。欣然接受命运的安排，理所当然。

永远缺乏经验却冲动热情

每个人的心中都住着一个野蛮人，他是活力和激情，当然也是盲从和野蛮的化身，永远心无城府缺乏经验却充满冲动和热情的力量，犹如一路向北的某辆车，急切再急切，奔赴心中的那个人。

每个夜晚来临，向喧嚣告别的时刻，也是情感升腾思念泛起的时刻。远离让倾慕变得更近更紧密，夜晚让人变得质朴纯粹，易感而伤神。世界不需要太多的思考，一切要遵从自然的天性，包括人的天性。寂寥的街道空落无人，路边残雪泛着白光，骤降的温度让我记起更远的远方，辽阔无际，寒冷异常。你出现的时刻比我期待时更早，令人晕眩。

期待着你，等待着，犹如你在等着我！当然，我更野蛮，既勇敢又怯懦，既无羁也温情，既直面也回避，在时间的河流中，转身离去或者奔赴，反反复复。

幻想着你的一切，想象力充当着使者。野蛮对抗野蛮，文明遇见文明，野蛮和文明之子，将创造一个怎样的未来？

狂放的思想被酒精点燃，野蛮是推动力，世界被情绪霸占，理智再无力量抗争，只有顺从和服从，这是否也是大自然赋予的最优美的妥协之道，或者生存之道？即使病毒都是附着和寄生存在的，它们没有思维，却遵从着神秘的生存之道。野蛮是一种可怕的力量，它们有着无法抗拒的魔力，寄居在身体的某个部位，随时等待谋反。

我感到疲惫，亦感到快乐；我感到兴奋，也颓废异常。我的全部情感集聚于一人，他的不经意和聚精会神如同不可抗拒的磁力，强力吸附；如同飓风不留情面的裹挟，裹挟着一切带到空中，让我失去力量，快乐异常又痛苦无边；既实实在在又飘忽不定，自然赐予的各种力量汇聚在一起，强大而卑微。世间的尘埃、微不足道的爱，被命运抛弃或者眷顾的爱，是如此具体和真诚，我被自己的真诚感动，既虚幻又真实！是的，既虚幻又真实。

我们不能总霸占着青春美貌

只要头脑不贫乏，四肢就会有巨大的能量。我们都还没有到为健康忧虑的时候，要相信自己，相信这个时代带来的各种福利和信息。当然，我们首先要具备辨识能力。

年轻和美丽是任何时代都值得颂扬的，但是我们不能总霸占着青春美貌，再说青春美貌也不是幸福快乐的唯一理由，最重要的还是健康的体魄、强健的精神和情感。一棵杨树从幼苗到岿然挺立需要很长时间的历练，经历风雨和阳光，大地上每个生物都有从小到大的历程，每个阶段都各有各的美，要学会欣赏。

欣赏你的态度，你的任何态度都是好。年轻不是青年人的特权，它也属于可以掌控自己未来的人。自信和坚定是年轻的重要内容，也是任何年龄都重要的内容。它告诉我们，无论身处何时何处，都要热爱生及生活。

喜欢你的态度优于其他方面，你的理智和热情洋溢并存，难得的平衡和自我克制体现在你的一切态度上。我深切感受到这两种相反的气质很好地集中在一起，有时严肃庄重，有时充满荒蛮的野性，有时正气凛然，有时潇洒不羁，甚至还有那么一种生活中淡然无趣时的叹息。这些品质很好地结合在一起，满足着我的欣赏和好奇。偶尔戏剧性的表现令人惊异，仿佛曾在某个世纪的戏班混过，一个庄重的人怎么会忽然变脸呢？声音却是如此郑重，非同寻常地魅惑着听他的人。

声音即气质，节制有度。当然，我的理解并不完全。

声音，目光和态度

声音，目光和态度，是我此时的提炼。野蛮，所有瞬间的触动都是野蛮，它打破了平静，搅动了思想，激发了情感，催生着不可抗拒的精神，偏离了原来的方向。野蛮当然不是一个人的全部，让我沉思不已的是声音、目光和态度，它们构成了一个人的气质和风格，你的气质和风格。

阳光下，一个深沉的声音，让这个尘世有了前所未有的庄重，撞击也平复着激情！蓝天下也有忧伤，这是忧伤吗？不，这是期待和爱，是懂得后的怜与惜。被一个声音吸引，一遍又一遍，听了又听。这声音唤醒曾经有过的天真和依赖，让我深陷童年的回忆，白天的梦境，忧伤无言，颠覆着生活必需的坚定，颠覆着过往。

这个世界是简单的，世界的本来面目确实是简单的，只是一切过往不再回来。

夜幕降临，城市诡秘的灯光以及安静异常的街道，让我陷入沉思，反反复复。看到的那一刻，淡定和疑问，某种程度的自制和泰然的态度，情感不在现场，虽然一切源于情感。

两个具有相同心智的人，他们不会被凡俗所困，身体的愉悦被理智的缰绳所束，在和平中演绎属于他们的故事。他们不是没有生活的琐事，也并非超脱于周围世界的矛盾和冲突。他们在解决周围世界的矛盾和冲突中，开辟着属于自己的空间，心照不宣。这应该是两个坚强心灵最默契的相遇。

稳定的态度和癫狂的态度，可以属于同一个人。

人是环境的产物，态度取决于时间地点和环境。始终如一的态度属于心灵相近的两个人，他们原本是一体的。每一个人都会遇到生命中珍重相惜的那个人，一定要有足够的耐心。

让我试着理解神秘的未知，以时而谦卑时而狂放的态度。世间看似分散的事物实则有所关联，这是不容置疑的道理，一定要深信不疑。

听着你，亲切无比！

变化和稳定之间优美的妥协之道

春天，草木丛生；春天，大风飞扬。所有的季节转换都要经历骤变，乍暖还寒，考验着众生，历练着属于下一个季节的品性。

渴望变化与渴望恒定的心绪凝聚在同一个躯体内，我们到底需要什么？

我们需要的是变化。也许每一个躯体内都匿藏着不安分的幽灵，周期性犹如幽灵一般渴望着变化。变化不是变好就是变坏，但这不是问题的所在，渴望变化本身就是原因。至于要达到什么样的目标，或者最终结果，在多大程度上是内心的期盼，或者是否值得，都被渴望变化的愿望湮没，"我们满怀激情地做出若干重大的决定，原本指望从中结出奇迹般的果实，到头来却不过是再寻常不过的结局，这可能就是人无法逃避的命运吧。"

我们需要的是稳定，稳定压倒一切。没有一个稳定的环境将一事无成。安全感及稳定的环境成就着激情和梦想，可预期可把控不仅带来心理的安全感，也为发展铺平道路。某个时期一个社会如同一个人只能是一种状态的产物。简言之，一个人不可能既披荆斩棘勇往直前，又为各种琐事奔波，稳定各司其职的环境成就着每一个人，但是稳定带来的昏沉感觉，最终被自己摧毁，逃不出物极必反这条令人惊惧的规律。

我们既需要变化也需要稳定。春去春来，大自然昭示着变化和稳定如手足般的依存关系。作为自然之子，作为充满灵性和情感的自然之子，一定会发现变化和稳定之间优美的妥协之道，在认识上突破。

未来的原动力在哪里？

未来，我们的愿望和追求，构成了未来的全部。未来的原动力在哪里？回答如此的问题等于冒险，谁知道未来是什么样子？还是谈谈现在，随着时钟的嘀嗒声，让现在变成未来。

生活在时间中的人，有着无穷的潜力，几乎无法认知的物质和精神的潜力！人的优异之处在于善于学习，这个了不起的能力不断揭示着大自然的秘密，又不断被大自然教训。不可思议的地方还在于人的精神如此顽强不屈，仿佛一个执着的掘进者，不断进取，永不停止。在如此循环往复中，作为个体的人，不可避免地被时代洪流裹挟，偶尔主导，时常随波逐流，被烙上鲜明的时代烙印。

这是人的宿命吗？这是时间慷慨的赐予，我们幸运生活在这个时代，因为我们存在于这个时代！对于那些在劳作之余对生命有过思考的人，欣然接受命运的安排，欣然接受时间的赐予，让那个神秘的未来永远保持神秘，不是对生命最好的奖赏吗？

至于过去，过去的欢乐和悲伤无穷无尽。现在应该是从中获得理解能力的时候，精神必须把各种各样经历的回忆转化为自己的财产，无论对于整体还是个人。提升理解力，不断提升理解力，理解和认识我们生活的这个尘世。

信任相当于契约中的君子协定

是什么牵动着我们的神经，在高度紧张的工作中保持旺盛的精力？饱满的精神抵抗着高度的疲劳。如果不是因为爱，不会如此投入！如果不是因为爱，不会如此忘我！持续工作带来的快乐，爱，是原动力。到底是怎样的爱，却说不清楚。也许是时时刻刻，也许是瞬间触动；也许是渴望，也许是期待。爱给脆弱的心灵注入强悍。

在临近傍晚的瞬间，一切变得空空荡荡，这是现实世界吗？这是此时的世界，像一束光倏忽之间了无踪影，热情洋溢的奉献者变成沉默孤独的行动者，仿佛一个战士在完成属于自己的使命，孤独而执着。

感觉虚构着事实，只有人才会如此自我蒙蔽，取悦自己。但这种态度必须从思想中彻底消除，甚至连想都不能想。

爱依然在某个地方释放着热量，鼓舞着他期待的一切。相信直觉、相信正在发生的一切都真实无误。要学会自我肯定，反反复复地自我肯定会强化信念。我们的生活不是由一系列信念支撑起来的吗？时间指向的每种存在都有它的理由，我们不必寻找更多的理由。遵从原初的感受一如既往地坚持下去，坚持下去就是好。我们被不同的神主宰着，跋涉在进步的道路上，爱和情谊把我们联系在一起，这还不够吗？

一个声音在回想：还需要信任！

信任？此刻，还是回避这个应对变化的动词吧！信任取决于同道，取决于行动中的同频共振，不是事先要求的。信任是以共同成长为条件，或者共同衰落为基础。信任是并肩行动者的持续理解。信任根植于内心，相当于契约中的君子协定，是默契心灵的心照不宣，语言派不上用场。

无论如何，爱是原动力，生生不息！

特殊时期带来的警示

权衡利弊得失，是经济社会的一般原则，但不是人类生活的普遍原则。比权衡利弊得失更高的追求是爱和悲悯，是放弃利弊得失之后高尚的情愫和行动。疫情中平凡奉献的劳动者和艺术家们，用他们的行动和作品，体现着时代精神。平凡中涌动着高尚的人类精神，感动人心，激励着人们向善向好。与此形成鲜明反照的是虚伪和冷漠，并且是非同一般的虚伪和冷漠，信誓旦旦令人惊愕。历史总是在一些特殊时期给人以警示。这些警示需要时间，需要地点，需要非同寻常的事件。

当我记录 2020 年经常出现的情感便笺中，有如此的插曲是对情感的扰乱。你一直在激励我，没有你的激励也许我早已放弃思考甚至行动。对于一个渺小的个体来说，尽职是本分。至于一件事究竟朝着哪个方向走，如果已经超出我们的能力范围，就已经和我无关。忘我精神不仅适用于为人类福祉奉献自身的时刻，也包括知其无可奈何安之若素的时刻。我是多么需要你的坚定！你的胸怀，你的强健和力量，让我感受这个世界旺盛的生命力以及一往无前的乐观主义精神。我在美化你，也在激励自己！

某个人冠冕堂皇的语言萦绕在耳，被金钱熏染的灵魂无可救药，在特殊时期怎么如此刺耳？通常情况下，每个人都有一些小毛病，贪生怕死、爱财贪色倒也不是什么令人惊愕难解的弱点，但是在特殊时期，具体到某个人身上就非常令人费解。看来，我们的认识尚需验证，看懂一个人不仅需要时间，还需要特殊事件。在温和时期待得太久了，太多无足轻重的小事遮蔽了双眼，犹如一件商品贴上名不副实的标签，蒙蔽了所有天真的人，误以为货真价实。

这个世界就是这样，总是无法让我们按计划行事。你的阳光明媚和热情强健，像一束光，激发着蓬勃向上的动力。关蕾曾经告诉过我：其实很多人和我们是没有关系的。特殊时期，她的叮嘱也很重要，但是到底有没有关系，需要时间回答。

我的愿望随着音符飞扬

《小船》愉快的旋律响起，好像乘风于大海，颠簸辽阔惬意异常；好像要见到喜欢的人，幸福的期待，音乐疗伤于瞬间。

音乐最懂得人心，某种旋律犹如一个人的忧伤，敲击着心脏，难过无言却沉迷不醒。此刻，属于我的节奏啊，永远不要停下来。我愿看破世间平凡，等待一份温暖；我愿超脱俗世杂务，保留一块空间。我的愿望随着音符飞扬，飞扬在任何迷人的夜晚，飞扬在无垠的天际……

健康的野蛮

野蛮，这个被赋予太多寓意的词汇，随时代变迁。像这个世界上的任何事，野蛮也有正反两个方面，积极健康的野蛮，精力旺盛活力无限，处在尚未完善的成长初期。所有摄人心魄的力量都具有野蛮的性质，怎么看都不完美，却有着完美无法比拟的力量。

健康的野蛮是大自然慷慨的赐予，这种野蛮里包含能够变善和创新的特性，具有无比强大的吸引力。我们从动物世界掠食和求偶中看到充满力量的厮杀，也可以从植物世界看到某类植物疯狂的生长，夏天漫无边际的草丛疯狂拓展，甚至将娇美的花朵欺辱蜷缩不展，这是无法解释的原因：是大自然有意为之？还是原生的力量根本无法遏制？是新生还是毁灭？野蛮也在发展和变化中，寻求着完善的走向。

傍晚时分雾霾更加沉沉，城市诡秘的灯光仿佛人类欲望的光芒，被诸多信息包围的头脑需要清醒，需要回归情感的根据地。野蛮人身上具有非同寻常的优秀品质，高度专注自己的意志，充满正气，也有一种居高临下的男人气，强悍也温柔。行走在文明进化的道路上，既思考也行动，属于新时代。

这个特殊时期，需要培养新希望。只有怀抱全新的希望才能真正开始新的生活，用新的取代旧的，剔除各种抱怨和疑问。关于野蛮的思考需要深入下去，同样需要深入下去的还有备忘清单的诸多事项。平静是生活的朋友，却是思想的敌人和行动的障碍，对生活的幻想和激情须臾不能忘记。

记得我一直记录，从未懈怠。

都不过是一种状态

点燃一支烟，可能加重了雾霾沉沉，也可能是我的感觉。

感觉和判断力，人身上两个最莫名其妙的功能随时间环境而变化，被事件和人物牵引，一直处于变动中，无法保持期望中的恒定和坚持，却也无时不留下坚韧的痕迹，即使遗忘还会被记起，某时某刻异常清晰。

生活在时间中的人，随时被各种事端打扰，除了自取其扰，就是来自大自然的不悦和惩罚。霾也许就是大自然阴沉不悦的面色。

傍晚时分，二环路逐渐恢复了往日的喧嚣，窗外室内恍若十年之前，或者更久。不断更迭的人和事促成同一道风景，不断向前的时间促成不同的环境，与时俱进代表着积极向上的力量，也代表着时间带来的无奈。心怀英雄主义的豪情，面对着变化和更迭，也面对着看不见的情感和看得见的容颜。理智，理智只是时间长河中不把事情办糟的工具，是的，除此之外还有什么用处？历史长河从来没有因为理智停留在人们渴望停留的阶段，当然激情也留不住时间，都不过是一种状态，转瞬即逝。还是我们的文化更具感染力，年年月月花相似，岁岁年年人不同，从这样的诗句中，我们感到了无尽的慰藉，然后继续前行！

信息发达，太发达了，人类本不应该知道得太多，也本不需要那么多，却总是不知疲倦地攫取。山川异域，风月同天。属于我们的这块天空阴霾抑郁，仿佛要动雷霆之怒，多思多虑的心灵在傍晚时更甚，如此的思虑空添烦乱，我需要振奋一下。

他专注的状态让人沉迷，他对多思多虑无动于衷，他有他的关切，一切以现实为基础，理智而克制。这是保持热情的一部分，还是在积蓄和保持能量？寒冷地带的庞大动物都有一副平静安详的外表，这是我的理解。随笔记下此刻片段所思，留作纪念。

你的根在哪里？

无数往昔岁月延伸到现在以及未来，逝去的犹可见，未来的不可知。

如果说可知，也只能是人的本性进步缓慢仍将发生的各种故事，循环往复，似曾相识，披上不同的外衣。

雾霭沉沉，当我继续对情感进行沉思的时刻，想到了故乡以及关于故乡的情感寄托。诗人对故乡有着各种怀念寄托和热爱。世世代代，故乡应该是每个人的精神根据地，每个人都能够从其故乡的历史中找到永远让他骄傲的东西，并且这种骄傲伴随终生。我们的文化中有叶落归根之说，对故乡的眷恋和皈依之感深入骨髓。

但是，何以在物质极大丰富之后，广泛的背井离乡和迁移成为常态呢？

故乡是我们生存的血脉，山水天空侵染着我们的心灵，滋养着情感和认识，贫瘠或者富裕都抹杀不了生之初的人生感觉，正是这感觉催生着成长的愿望，固守或者改变。

你是哪里人？这样的追问在某个特殊时刻令人深思，蕴涵着生存的诗意；

你是哪里人？意味着询问你的根在哪里，意味着你还记得你的初心，生而为人的初心，前辈的期待以及延续血脉的责任。

即使历史上的野蛮人横冲直撞，也没有忘记祭祖敬天，文明社会的人类岂可遗忘家乡血脉。也许我们没有忘记，只是我们在追寻物质繁荣的道路上走得太远。魂归何处？故乡以及对故乡的热爱，珍视故乡的历史并保存和传承这些珍贵的东西，是每个人义不容辞的责任。

我是哪里人？沉思断想在雾霾沉沉的傍晚，也许此时此刻需要把视野放宽，消弭沉郁。对于生活在同一日月星辰下的人，在面临风险和苦难时，首要的任务是让位于生存。故乡的水土养人，其他地方的土地也能养育人，心怀梦想的人四海为家。这是矛盾和冲突吗？也许所有的矛盾和冲突都能找到握手言和的理由。精神一直在寻求着契合，一直在寻求着，这个契合点在哪里呢？某个蓦然回首的时刻黯然神伤，忽然掉泪，也许是这样的时刻吧！

傍晚，沉郁的傍晚，我是不是想得太多太远了？

音乐是生活本身的写照

音乐，解释着隐藏在人的内心最深处的秘密。音乐，调动和启发着我们内心深处的情感，精神的思想的，丰富着生的感受，活跃着周边的一切。

但是，音乐也和这个世界上一切事物一样，总有喜欢和不喜欢的分界，某时某刻甚至达到水火不容，这是人的天性吗？这是难以消除的认识局限或者偏见，这是整个世界活力无限的原因。在对抗和纷争中，每一种音乐形式都在寻找自己存在的理由，表达着人类精神和情感某个独特的侧面，这些侧面构成了人类精神和情感的整体。

每个人的审美趣味是不同的，每个人对歌曲的理解也千差万别。审美不仅受个体影响，还受到文化、地域、历史环境的制约。不同地域、不同时代的人有不同的审美。以现代人来理解十八世纪的音乐，喜欢和沉迷的听众远不如流行歌曲更受青睐。理解巴赫的作品，不仅要了解那个时代的宗教虔诚，还要了解那种深沉表达方式的时代背景，甚至需要具备精微的抽象理解能力。对于生活在当代的个体，无论如何也达不到如此的要求，无论怎样努力。听学院派老师极其投入讲解这些人类音乐史上伟大的经典，只能徒增内心的悲伤。曾经伟大而盛行的音乐作品，到了此时此地，几乎成为当代人无法理解的高高在上的艺术品，内心涌起的荒芜和迷失，深感无力。

音乐是生活本身的写照，而生活本身正在发生翻天覆地的变化，虽然在形式上潜移默化，把我们变成各种各样的人，即使听着同一首歌曲，激起的情感也千差万别。而我的希望是，我们一定要保持某种程度的共鸣，那是无须解释的安慰，在遇到困难、不安和人类共同面对的问题时，团结在一起，不要总是争来争去。

周末听音乐，分歧和共鸣并不和谐地存在着。以偏概全记录感受，留作纪念。

情感的适当位置

各种信息和事务暂时离场之后，时光寂寞也愉悦。距离考验着人们的耐力，也锤炼着人们的情感。你的声音穿越雾霭、穿越雨雪，犹如带着春意的清晨阳光，让我在沉默中感受着一个强健心灵的乐观和自信，热情进取和恒定的力量，让我把注意力集中在充满积极意义的事情上面，你在影响我，每时每刻。

对于生活在时间中的人，深陷各种幻觉和困难当中，童年的天真不再，童年的幻想依然。我们是成熟人类吗？也许一个血肉之躯永远摆脱不了脆弱和各种虚幻与依赖，坚定的意志和坚强心灵是少数人的事，心灵需要依靠，精神需要信仰，这是再通常不过的事，要理解要懂得，然后再去说爱与悲悯，如此，情感才能找到它适当的位置。

在以爱的名义进行的一系列宣言和事件中，人们做的都恰如其分吗？这个疑问也许不提出更好。人们在各自的情感世界里诠释和践行着爱及爱的表达，受限于时间、环境和自身的认知。生物意义上的爱仅仅是生殖冲动；欣赏之爱是对自己满意事物和人的反射；崇拜是对自己的鼓励和奖赏；单相思是对自己感觉的迷恋，等等。

随着知识的普及，当代人的思维和辨识能力空前提高，对情感可以分门别类，这是对情感的理解吗？情感的神秘之处在于盲目和无序，瞬间感动，泪流满面，毫无道理可言。当我们说不清为什么的时候，爱出现了，在这个雨雪交织的傍晚，这是我的理解。

爱，是一种精神，是大自然赐予人类最珍贵的情感。历史的长河可谓久矣，留给我们宝贵的精神财富可谓多矣，爱始终贯穿其中，以不同的形式存在着，可歌可泣。我们可以从教科书中查到，也可以从那些具有高尚灵魂的人的事迹中看到，激励着世世代代对生命充满希望的人们。

爱，是一种能力。爱的能力在于对自身和他人的不懈理解和尊重，这是一个过程，不断提升和自我觉醒的过程。物质世界对人有一种强烈的腐蚀能力，甚至有一种把人拉入沼泽地的邪恶力量，但这不是物质的错，是物质占有者认识的问题。物质与精神互为促进，物质永远为精神效力，情感是始终平衡和慰藉着人的一生。情感的力量在于它有战胜物质的能力，它将一切物质视同情感的表达，在某些特殊时刻，是一个生命为另一个生命所做的奉献，感天动地。在当代平凡的世俗生活中我们很少再能看到这种现象，但我们仍然可以在最平凡的人际交往中感受得到那些令人难忘的心动时刻。

爱，是一个过程。这是一个充满悲悯甚至需要英雄主义面对的过程。自然带给我们四季的果实，从哪里来的终归会回到哪里去。时光流逝，我们在时间的流逝中不断变化，变动不居考验着所有人。情感，多少的不舍被时间带走；来来往往，那些招手致意的行者路人，他们的拿起与放下，有多少无奈？当我们理解了过程的含义，可以化解多少世俗的羁绊啊，唯此时最珍重。让这个过程变得完美或者看起来完美，需要我们多少的修为？需要我们多少的克制？需要我们修正多少的盲目啊？让情感和爱成为我们心中的宗教吧！坚定不移，让所有的不协调少些，再少些。

充满温情的认识缺乏力度，充满思辨的理解缺乏温度。沉思至此，我想我该出去走走了。现实中的我们不是这样对待情感的，也不是如此对待爱的。爱的标尺有千百种形态，离完美也有十万八千里的距离，这才是人间百态，充满活力和魅力，丰富着世界，丰富着生活，我和我们也在其中，也在其中吧。

不要急，慢慢来

午后，阳光明媚！

残雪落叶，北方的早春混杂着秋天的感觉，绿色尚未萌动，残叶不情愿地坠落，雨雪暂时结为坚冰，大自然以它任性而独特的样子吸引着一个独行者，一个渴望直面阳光和迎接冷风的人。

哲学家说："想要获得心中的宁静，就要少要一些，少做一些。"默记和默诵无数遍的教诲和箴言，还是输给了现实。请原谅我的凡俗和追逐吧，在追求宁静的道路上，却每每走到宁静的反面。

面对灯红酒绿，为什么感官会忽然泛起莫名的喜悦和惊奇呢？看到喜欢的人，甚至想到都会激起快乐愉悦，不知不觉陷入兴奋的河流，这是虚妄吗？一个人要成为的样子和他本来的样子有着十万八千里的距离，也许一生是不够修炼的，即使三生三世也不够。

生的迷人之处在于鲜活，在于生动，在于不期而至的喜悦和忧伤。一切的考验和迷人之处在于盲目未知，促成盲目未知的是需要，多些再多些。我要怎样理解呢？在这个寒冷的初春午后。

电话打破沉思，街道不再沉寂。现实的话题一个接着一个，从养老金代发到北上资金年内净流入破七百亿，从疫情防治到北京市老年人养老需求分析，接连不断的问题和指令，可以执行的立即行动，探讨无解的问题搁置让时间回答，也只能让时间回答了，特别是养老问题，任何时代也只能解决部分问题，除非神仙降临尘世让人长生不老。等等。

宁静，哲学家谈及的宁静也许是指一颗平静的心。任何时代都脱离不了的俗事很难令人宁静，现实中存在的无可比拟的谦和态度也许是工具，解决各种繁杂问题的工具。但是此时，我相信谦和安静是人的本来面目。仰望天色，世间事端连绵不休，官员们夜以继日为民众福祉勤奋工作，我们这些承载具体事务的金融从业者恪守本职是本分，把本分做好的基础要知常理，宽视野，有胸襟。各种事务分散着我的精力，精神持续繁忙汇聚着力量。也许我不该思考宁静和喧嚣之类的问题，一个声音仿佛在耳边低语：不要急，慢慢来。

称心如意的友谊

云朵满天，清澈的天空被云朵包围，展现着无可比拟的磅礴之气。被雾霾笼罩太久的生灵需要大自然的恢宏广阔，脆弱的心灵需要它的关照和抚慰。看似伤感的天空变得明亮了，神奇的天空，我感觉自己几乎要融化到无际的空间，忘记了所思所虑。

一切都会恢复到原本的样子，喧嚣依然，爱恨依然。

为情感找到适当的位置，继续昨天所思需要先喝一杯酒。酒精具有不可思议的唤醒能力，在不太冷静的情况下，沉思需要冷静对待的问题，最好酒精助力。何以听到一个人的声音怦然心动？一定是情感占据了高位，居高临下对身体发号施令，把理智驱逐到身体最无动于衷的角落。即使金融街最冷静的头脑也有掉以轻心的时候，所以，我不必为这个问题太过专注，一切不过是自然现象罢了。况且，你这个自然现象不期而至，感谢那个神秘主宰对我的眷顾，唯欣然接受，你称心，我如意。

什么是友谊的称心如意？

分门别类的友谊不是友谊，也不是朋友，金融领域的 VIP 无不打上功利的标签，背后是一系列资产的排列；类似的还有各种会议座次排位，代表着职阶或荣誉；所有的追随和被追随也不过是团体的仪式，所有没有以时间相赠坦诚以待的交往都不是友谊，至少没有进入友谊的深水区。友谊存在于赤诚相待的两个人，他们不说"您好"，也不说感激，不用任何俗事的标准衡量，就像少年时草坪上的奔跑，或者球场上默契的配合，始于需要。用心接待被心需要，无须回报，无须任何回报。对于暂存寄居土地上的我们，难道不需要如此的理解吗？

我的弟弟说：仰望天空太久容易脱离实际。我说，深陷现实沼泽的人需要仰望天空。我的兄长说，你们说得都对，此刻晚餐是第一要务。也许，是吧！

投资是考验耐力的事情

投资和情感都是非常有意思、考验耐力的事情。为了不给人留下情感至上的把柄，其实这个把柄是对我最大的恭维，晚安之前换个话题，作为一天的结束。

投资可以简单地理解为赚钱，资本市场的投资方法教科书有若干表达，都可以拿出来认真读读，没有哪本书不是信誓旦旦的，也没有哪本书不表现得如同出卖灵丹妙药。所有的书都可以借鉴着看，各取所需。投资最精练的表达也许就是：和人性的较量和风险的搏杀，这是我二十七岁心智清醒时的概括。所有人的信誓旦旦最终都会向人性低头，向岁月妥协。另外，不要以为聪明人不会犯错误，聪明人犯起错误来，连神仙也会惊讶不已，投资比较忌讳的事是树立偶像崇拜。可取的态度是尊重是必须的，膜拜是不必要的，道路还得你自己走，要有自己的主张。

另外，各种教科书的模型、理念以及投资哲学等等，也不应过分膜拜，著者或者过来人的自我包装或者箴言秘籍无法指导未来，参考而不教条，非常重要。语言和教条具有非常迷惑人的能力，一件简单的事经过总结概括仿佛一个流浪汉穿上庄重的西装，瞬间有了严肃的意味，看起来好像是那么回事。现实中，真正掌控大钱的人基本不事声张，仿佛没有见过钱一样，理解这点需要达到某个年龄。投资就像这个世界的任何事，不仅需要花费金钱，还要花费时间。

投资在行动中固然要遵守很多原则，最重要的原则也许就是耐得住寂寞。众所周知，这是做成任何事的前提，但知道和能做到是两回事。大多数人都不能正确地评估自己，面对简单的规则都会不假思索地说"我能"。事实上，现实中的不确定性以及人性中的有始无终，绝大多数人根本做不到。人们随口说出的"我能"，就像随口说出的海誓山盟，蒙人蒙己。

知与行，是个古老的命题。很多看似谁都知道的东西，其实没有几个人能够真正做得到。关于投资的话题很多，夜渐深，到此为止。

尚未进化的野蛮天性

在对野蛮进行的一系列思考中，观察的角度发挥着主导作用。对野蛮的征服和驯化是文明的责任，前提是文明要有足够的能力和力量驯化野蛮。这是充满对抗和斗争的过程，大自然均衡分配着它的力量，偶尔也有偏爱。我们无法预知偏爱的对象，所以在力所能及的范围内，尽量积蓄力量，等待发挥效力的那一刻。

健康的野蛮和消极的野蛮是人的主观认识，就像我们给世界上的很多事很多感觉贴上标签，这些标签随时代风尚而变。具体到野蛮的演变，不可避免地要有如下三个显著特征：

首先是征服。征服这个词在社会普遍繁荣之后很少被提及，文明社会解决矛盾和分歧的方式很多，沟通谈判协议合约等等，无不以可以令人接受，至少表面上是和谐的方式达成，或者搁置。野蛮则是采取暴力的方式，粗暴直接，类似于个体的人之间拳脚相加的侵犯，在原始的力量对比中胜出，如果结果是野蛮者占上风的话。

其次是奴役。奴役包括思想、情感和身体等各个方面。文明社会通常通过思想教化，类似耳濡目染般的温情传递，类似的奴役不知不觉，如果不是以平等和善意为出发点的话，这种奴役

更加邪恶。野蛮的奴役更加不堪，洗劫和烧杀、血腥和暴力可以
在各种史书上找到，让和平时期的人瞠目无语，这是人类的历史
吗？是的，野蛮的历史确实令人侧目。社会进化到今天，我们也
不敢断然承认野蛮已经从历史上消亡，我们只能希望生活在现时
代的人一定要警惕产生野蛮的土壤。

第三是我们自身尚未进化的野蛮天性。我们与生俱来的依赖
感，对强力人物的崇拜，对他人卑躬屈膝和赞叹不已的需求，那
种迷醉于某个人并且由此想入非非的渴望，身陷认识和情感的迷
雾，为幻想中的偶像涂抹上异常瑰丽的色彩，心甘情愿地顺从和
忍受奴役。只有经过时间的涤荡和空间的隔离，我们才有可能认
识到实际上崇拜了一个并不值得崇拜的偶像。

一个独行者的脚步来来回回，街道依然安静异常，记录至此，
留作纪念。

还是不争不辩好

在我的内心深处，我是如此想念你！歌声响起，瞬间变成了
另一个自己。

寂寥无人的街道，寂寥的灯光，所有的一切既是感官也是幻
想，也是期望。

一个乐观主义者只需洗一次澡就可以恢复快乐；一个悲观主义
者即使看到关于乐观的一百条理由，还是快乐不起来。怎奈，我
们既喜欢整齐划一又喜欢参差各异，怎奈，在同一时间内只能有
一个选择。还是不争不辩好。一定要记得，同一时间内只能有一
个选择，这是我们的宿命，谁让我们是生活在时间中的人呢？时
光不能倒转，留不住也存不下，这是我的无奈吗？这是我们的无

奈，所有人的无奈。

所以，我更加想念你，眷恋无限！像个孩子，像个少年，像我所有无所用心时的样子。希望那样的一种亲切陪伴我，无忧无虑。

听了一遍，又听了一遍，此时联想无限。

对人生树立信心的时刻

喧嚣与沉寂，我们存在的两种状态，过去、当下或者未来，在喧嚣和沉寂中我们感受着时间带来的一切，由此陷入快乐或者忧伤，以及无所思虑的浑浑噩噩，既像个智者又像个傻瓜，只是这两种状态都不寻常。我们其实生活在自己的天性中，如果不加克制的话。说起来我们是多么世俗，迎合着生存带来的一切必要和不必要的作为，日复一日，循环往复。

春天，即将来临的春天为每个人带来新生。

看不见的情绪在萌动，就像世间万物，不可抑制地萌动，精神向身体索取更多的支持，张扬各种想法，思念更多，情感更充沛，仿佛希望正在降临。大自然神秘的力量助力，一切都即将变化，生机勃发！

是谁为生命注入不尽的活力？是什么让万物向上生长，根却竭尽全力向下，两种渴望的力量朝着相反的方向拓展，却又是那么和谐，神奇的和谐！

那么爱呢？这个世间最不得其解的问题，在周而复始的变化面前，我们懂得了多少？

俗世的各种道理是否已经严重脱离了它的本意？如果仅仅从生存和繁衍的角度看，我们可以不需要这个词；如果我们的情感早已接受这个神秘的存在，我们就不必理解更多！

可是，这个令人厌烦的可是，芸芸众生的世界，芸芸众生，在理智与情感之间树立了多少藩篱？横亘了多少无法厘清的枝蔓，纠缠混杂含混不清地存在着，自以为是却也盲从无知地存在着！渴望春天，即是渴望新生。

我在对自己说话吗？是的，是一个自己对另一个自己的倾诉，世间尚有高于具体生活的精神，还有高于世俗生活的情感，高高在上。所有的文字，深刻的、浅薄的，都在向精神表达敬意。

人的优异之处在于追求和改变，追求美好的千百种姿态。沉寂与喧嚣带来的启示，此时更彻底！只有某些特殊的时刻，我们才会发现，另一个高尚多情的自己是多么美好！这是对人生树立信心的时刻，也是世界变得美好的时刻。这一刻光顾了多少热爱它的人们呢？越多越好！

过去的喧嚣和匆忙，带走了多少尚未认真感受的纯真？未来我们就真的能够懂得吗？假如那个神秘的主宰还赐予我们未来，我们为迎接它做好足够的准备了吗？

一直在准备！一个理想主义者的未来永远在期待中存在，他的声音让我泪流满面，晚安！

物质创造总会伴随额外的精神活动

日复一日的工作，怎样理解它的简单和复杂？尚未泯灭的好奇给我们带来怎样的新感觉，甚至促成了一个又一个创新？

从报告的 N 种写法，到晚餐的 N 种做法，语言的 N 种表达法或者对人对事的 N 种态度，生的千百种姿态装点着时间带来的一切，物质的精神的情感的。我们为什么对物质情有独钟？所有的精神都寄居在各种物质上面，或者说物质表达着精神，无以复加，这个高度物化的世界！

但是，人们还是不遗余力地陈述着精神，通过语言这个神秘的载体，说了又说，无限接近真理，如果真理超脱于环境和时间，确实存在的话。

对形而上的神秘追求是人的优异之处，也许我们复杂的身体是由精神支撑并且最终要化作精神长存于世吧！看不见的思想和情感高居身体的首位，高高在上，接受着双脚和身体供给的力量，驱使双脚和身体东奔西突，通过各种形式表达自己的意愿，成就着各种非凡的工作，令人惊叹！

当我们心甘情愿、满怀热情投入到某项工作时，这还是工作吗？最专注的时刻让思想汇聚，不断产生新的思想，促进和强化着自我认识，激发着看不见的精神，奇异的循环是否可以部分解释我们热爱工作的原因呢？物质创造总会伴随额外的精神活动，一位伟大的历史学家如是说。

人的问题最复杂难辨

快速发展的社会，为心怀梦想的人提供了广阔的舞台，现实发展的土壤越丰厚，幻想的空间越大，对发展和逐利的渴望就越强。如果一幅画不能卖个好价钱，在商人眼里就算不上好；同样，一支乐曲不管传唱多么广泛，如果没有带来相应的利润，投资人也打不起精神。热衷于交易获利以及投机冒险的狂热爱好，扼杀着某些行业某些人与生俱来的性情，客观上的不得已，成就着某些方面的相当可以。人不可能具备所有的好，这个解释算是理解也算是安慰吧。

分析师连篇累牍地推送报告，对未来各行业的预期以及获利空间。在诸多因素中，人这个变量应该是首位，但往往下功夫不够，大多数报告竟然从来不提人，仿佛某些行业可以脱离于人自行存在。另一个原因，大凡涉及人的问题，情况就会异常复杂，索性让读者自行斟酌。

说起来，人的问题最复杂难辨，人的精神状态的转变要远远缓慢于经济和社会的演变，就像一个戴着奢侈品手表的暴发户，看表多数时候是到吃饭时间了。形而上的追求对于暴发户是奢侈，对于沉溺于实务热衷于交易的人也属无用。尽管如此，一个时代总会有一些人追求精神生活，渴望最好的精神生活，引领并推动社会发展。生活在时间中的人，对美好生活的向往和改变的愿望，推动着社会发展。

那些乐观的理想主义者，刻苦勤奋，思考至此，唯一避免的就是求全责备。未来正在为不同的思想和精神状态准备不同的命运，与时俱进应该是首要选择，其他略。

生活被多少谬误引入歧途？

平平淡淡是真吗？我们的生活被多少谬误引入歧途？平平淡淡是失去力量的时刻，是需要被保护的时刻，也许是积蓄能量的时刻，但这一刻一定不是充满魅力令人向往的时刻。此刻，我陷入平淡的了无欲念的时刻，甚至忘记了自己是谁，内心像房间一样空空荡荡。

我们的盲目和匆忙带来多少的牵念和反思？所有的牵念和反思又派生出怎样的情愫？如果精神不追随情感，过往的一切如何延续？某时某刻诞生的故事，就像一首没有前奏的歌曲，直接抒发着胸臆，阐述着最直接的感受，好像过去和未来都指向某个特殊的现在，然后向过去追问，向未来展望。

简单的故事可以让人精疲力竭，因为，故事才刚刚开始。

谁知道未来是什么样？我们所有的所求在于未知，未知让我们既谨慎又狂放，既自负又耐心，深入骨髓的野蛮佩戴着各种文明装饰，沉稳、淡定、从容、乐观、审慎，以及不能启齿的趣味。某些品质只配野蛮人拥有，那些强健新生的力量。

理解他需要专注，需要精神的高度，需某种程度的盲目以及死心塌地的信任，才能承载，才能承载吧！

他宽容大度的表达，消弭着我的疑虑。

特殊时期的鼓励

提笔记录所思所想，即使是瞬间所思所想，也是幸福快乐的，这样的时刻属于自己和心有所念的人．这个世界让我最珍视的人和情感都不在身边，我用期待鼓励自己，开始向往未来，看不见的未来！

喧嚣的世界更孤独；孤独的世界需要慰藉，这是一个需要回避却根本回避不了的问题，那些坚定的人选择沉默，我也在其中。各种行为出卖着人的精神世界，各种态度泄露着人性的秘密：舞者表达着渴望，歌者诉说着欢快和幽怨，画家涂抹着世界肖像，作家庞杂无序，朗读者带来振奋人心的力量……这是所有人需要的鼓励，在某个特殊的时期。某些词汇我永远不会提及，这是所有人的痛，我思考的更多！

也许一切都是历史的宿命吧！人的渺小与卑微堪比微尘，人的伟大和高尚亦无可比拟。人创造着世界也被世界抛弃，看不见的精神和思想把人们连接在一起，紧密也疏离。困难让人们团结在一起，也让人们认清个体努力的绝对必要，以及亲情作为最重要纽带带来的慰藉、牵挂和无可取代的爱。

望着窗外，车流喧嚣。人们的所系与所盼，哪一个更牵动神经？应该是爱吧，所有的行为都为爱效力，这应该是普遍的认识，虽然认识的道路布满荆棘，曲折无序！我多么希望，在我有力量的时候信念坚定，失去力量的时候心满意足。

这是我吗？这是那个超脱庸常、既不想自欺也不想欺人的我，是脱掉羞怯外衣、坦诚无羁的我，也是那些热爱生活却羞于表达、谦恭自制的人的共同品质。至此，我好像发现了自己身上的缺点，请接受我的改变！

现实是最好的导师

在这个喧嚣也沉寂、浮华也质朴的世界上，我们存在着、生活着、工作着，共同感受着春夏秋冬、昼夜冷暖。当然，我们也创造着、奉献着、接受着属于我们自己的一切！请记住相悦时刻所有的好，让善意与期待充盈遇见的时时刻刻。

我们这个时代，任何时候都需要自强自立甚至自我，但这并不适用于任何地方，特别是在情感领域。这个世界的某处似乎弥漫着坚定不移的个人封闭主义，通过各种媒体释放着不容置疑的独立主义，思想的、情感的、生活的。

在这个傍晚，天高云淡异常美丽的傍晚，我想纠正一下这个认识：这个世界不是这样的。在这个由男人和女人共同组成的世界上，完全的独立和主导也许适用于社会生活的各个方面，唯独情感领域是个例外。在男人和女人构成的世界上，和谐共生才是存在的常态，这个常态是以不平等为前提的。

爱从来是不平等的，爱是奉献、付出和不计得失。这个世界的不平衡不平等成就着人们的愿望，作为追求永远生生不息。当我们真的爱上一个人，即使低到尘埃，也是心有所愿，痛并快乐着，即使委屈也委屈不到哪里。爱平衡着所有的感受和情感，有爱的人内心最丰盈，他不期待回报也不期待对等，他忠实于内心。这是大自然赐予人类最伟大的情愫，需要理解，需要更深刻的理解。

爱的千百种形态，执着的性格一定会派上用场。就像这个世界的任何事，爱需要时间，需要时时刻刻领悟，自负与自卑，现实又虚妄！真实与幻想，精神的、思想的、情感的。时间塑造着彼此，思念憧憬着未来，爱的时刻，是精神迸发的时刻，也是情感凝聚的时刻。大自然以其神奇的魅力，让人们审视和重新审视自身，塑造和重新塑造自己，直到彼此心中树立一个要达到的自己，即使这不是爱的全部，这也一定是爱的一部分。

现实是最好的导师，信念是坚定的领路人，傍晚散步归来，随笔记下。

爱与文化有着令人不解的联系

未来，属于每一个真挚热忱的人。他们的心中不需要那些没完没了的道理，专注于内心单纯的感受，执着于身体的直觉直至变成信仰。这个世界似是而非的道理实在太多，与其花费时间学习，不如遵从内心开辟新境界，就像野蛮人的态度，率真无羁。

热爱生活的人们，为了生存不懈努力；热爱生活的人们，不停表达着生的感受，传承接纳并且以文化的名义，而文化却一直处于变化中。文化的千百种形态是自由思想的体现，尽管也可能成为禁锢的教条，但文化本质上是人们的精神的外在体现。它更表现为一种能力，把内心深处的东西表达出来，把它描绘得如同坦诚的自白一样，使原来匿藏在内心深处若隐若现的感受充分表达出来。这是不可多得的能力，也是现实生活中每个人必须终生学习的能力。艺术家作为文化的表达者，为我们更好地了解和理解自己提供了范例，也为我们与他人建立良好关系提供了理解和共同的榜样，包括好的以及坏的。

那么爱呢？像这个世界上的所有事，爱的千百种形态，都包括理解基础上的尊重以及怜与惜，这不是爱的强权，这恰恰是爱恒久存在的理由。爱与文化有着令人不解的联系，看看历史上曾经存在的伟大友谊以及爱情吧，我们从那些深受触动的关系中看到了内心深处的理解，就像灵犀相通者的共谋，说不清楚为什么，却现实地存在着，令人对这个世俗的世界眷恋不已。

爱是一种态度

爱是一种态度，抽象的意愿也许是这个世界最迷人的感觉之一。身陷各种事务偶尔抽身，感受所有肉眼看不见的神秘感觉时，诗歌是最好的表达。虽然诗歌也描绘具体的事物，但诗歌为人们自由表达情感提供了最有力的形式，随时随地。

　　爱是一种态度，诗歌可以承载这种态度。在面对生存及生活的一系列状态中，我们总是在态度中发现爱的蛛丝马迹，或热烈，或淡漠，或介乎热烈和淡漠之间的千百种形态。

　　诗歌激发着每个人身上与生俱来的感觉，忧伤的、快乐的、痛苦的、幸福的，以及其他难以言表的感觉。诗歌可以让我们超脱现实，把我们带到一个超出庸常的美好世界，这个世界更美好，更值得期待。爱是一种态度，是时间储藏的盛情，是某些瞬间的记录，表达着情感，美化着生活，平复着喧嚣。

没有什么可讲的，因为我愿意

没有什么可讲的，因为我愿意
我愿意放弃闲暇，在阳光下挥汗如雨
倾听树叶的声响，以及亲近大地
我愿意在消沉中深思
放下一切的重负
向往远方，看不见的未来

我愿意为那不经意的一瞥
倾心尽力，我看到了什么
或者没看到什么，都不重要
我不考虑重要或不重要
只关注愿意

没有什么可讲的，因为我愿意
众生喧哗在指责和赞美中
我选择愿意，那个最贴近灵魂的感觉
单纯如赤子或者像个傻瓜
没有什么可顾虑的
不是存在就是消失

我愿意，在深夜、在清晨

在任何脚步达到的地方

像任何跋山涉水的行者

心怀不老的英雄梦想

风餐露宿，绝地攀登

没有什么原因

仅仅是我愿意

狂热，是生命的兴趣

雨雪纷飞

热情与冷漠相遇

悲凉与豪迈共舞

狂热，是生命的兴趣

衰落，亦是生命的兴趣

他们等待着幸福，历经苦难

他们迎接着寒冷，历久弥坚

任由那个神秘的主宰

发号施令

他们，等待着重生

坚韧地伫立着也创造着

在进化与颓废中

野性之声遍布原野

对抗着亘古未变的沉默

存在是神圣的

一如失去，一如虚无

一如繁花似锦或者尘埃密布

我们熟知生命吗？

如果生命以这般的状态存在

我们熟知情感吗？

如果情感寄居在七尺之躯

我们熟知世界吗？

千百年来就是这个样子

山河依然在，迷雾重重

我们熟知的现在以及看不见的未来

谁在发号施令？谁又在执行？

生的千百种姿态

开始绽放从未有过的风姿

绰约摇曳，意趣绵绵

黄昏，发出盛情邀请

黄昏

发出盛情邀请

梧桐静默不语

百合花献上浓重的芬芳

迎接一个勇敢者

永不倦怠的追寻

还有一个生命

对另一个生命的好奇

以及怜惜，以及敬意

我要留下来

接受傍晚的天光

接受岁月的慷慨

深邃的天色仿佛在低语

更像是叮咛

自由和孤独是孪生子

这盛情之约

仿佛生命的时钟

蓬勃跳动

深远无际的过去以及未来

临风摇曳，与礼花飘舞

共同奏响生之欢歌

那些恒久如初的期待

在空中绽放

此起彼伏

永不退场

我们都做了什么，你可以问问时间

我们都做了什么

你可以问问时间

你可以问问飘扬的风尘

也可以在朝阳中

或者星空下

倾听时钟的嘀嗒声

我们都做了什么

你可以问问时间

青春的骄傲和专注

未来也不会改变

阳光普照每个孩子

有时慷慨有时偏爱

我们都做了什么

你可以问问时间

百合和郁金香联袂开放

我们刚好见到姣妍

刚好谦逊地注视

刚好，看到同一处风景

我们，我们都做了什么

我说不上来

你可以问问时间

爱是一种态度

面向未来

春风拂面的傍晚

或者壮观的晨曦

冬天出现的，春天也会再来

玫瑰和苍兰如期绽放

恪守恒久不变的诺言

爱是一种态度

你我的态度

承载着生的千般诗情

承载着春风化雨的重塑

承载着无限好

从过去到未来

哲学的教条：寻找心灵的和睦

哲学的教条

在夜晚闪烁着诡秘的光芒

照亮或者遮蔽

缓释着痛苦，消解着快乐

寻找心灵的和睦

如果和睦在某个时刻被需要

而更多的时候是遗弃

千百个理由堆积起来

仅仅是逃避

或者换上创新的外衣

或者信以为真

假是真的先机

真是假的梦碎

哲学的教条

倾倒在自己的怀抱

没有胜利也没有失败

时间绵延

空间绵延

既熟悉又陌生

既熟悉又陌生

花木静默，承载着雨的重量

承载着昼与夜，昼与夜的更迭变化

以及四季轮回

时间苍茫前行或者倒流

总是顺从，总是沉默

总是如此既熟悉又陌生

我理解的爱如此静默

我理解的痛如此静默

在我荒芜的感知世界

充满了太多的雄壮和悲凉

时而激荡勇猛

时而颓废异常

被优美旋律击垮的那一刻

暗夜肃穆

原谅着世间的一切荒唐

我看见花木依然顺从着

沉默安然

模糊着所有的是非喧嚣

既熟悉又陌生

即使懂了也会犯错

清澈寒冷，涤荡着一切雾霭烟尘

所有的凛冽刺痛

直白无羁

远处诡秘的灯光以及高悬的星辰

昭示着爱

也昭示着痛

如果记得爱就不要遗忘痛

如果记得痛就遥望远方

或者回到故乡

亲近大地

亲近大地的冷暖安详

我们这些属于土地的孩子

大自然的匆匆过客

虚妄以及潜伏的激情

承载着太多的故事

即使寒冷即使凛冽

涤荡着，消弭着，复生着，周而复始

即使懂了也会犯错

时而痛彻心扉

时而轻抚无痕

你，骄傲过吗？那曾经的盛年

尚未坠落的树叶以及阳光

犹如骄傲，犹如虚荣

犹如世间所有的匆忙

回忆着过往

怀念着逝去

你，骄傲过吗？那曾经的盛年

你，虚荣过吗？那无知的青春

释放多余的精力，甚至情感

慷慨无度却不以为意

最高的情感力量

却低到迷失自我

低到看不见的地平线

低到幸福来临

低到仿佛看不见的顽强

像冬天依然在树上坚持的树叶

像夜晚静默等待绽放的花朵

岁月承载着你

你充实着岁月

记忆抵抗着现实

丰姿摇曳暗香浮动

记忆抵抗着现实

重复着过往

连同当下纳入过往

沉静单调犹如经年不变的灯光

依然安详

依然亲切

却也等待着改变

蔷薇傲然挺立

傍晚幽香更甚

记忆抵抗着现实

冥顽不化

思想裹挟着情感

充实似水流年

仿佛拥有着却也遗弃着

兴奋着、伤感着

却也骄傲着

任天光无限

你是我的眷恋

你是我的眷恋！

不能离开

永远不能离开

如清晨的霞光

如傍晚的天色

在如织的人流中

甚至雾霭，甚至烟尘

也不能阻挡

你是我的温暖

唯一的温暖

所有的流不出的眼泪

所有的看不见的忧伤

你是庸常生活绚烂的花朵

是激情

是欲望的光芒

是爱与痛与惜

我不能独自承载

你必须在

与我同在

为你而来

跨越山水的期待

为你而来，有备而来！

这期望中的期望

热爱中的热爱

在山岚中飘舞

梧桐以白雪为衣

变换了装颜

道路静默不语

展开宽阔无尽的胸怀

听，那和谐的旋律

只为一个人奏响

看，那天赐的雾霭晨曦

搭起隆重的幕帐

有约更好

不期而至更妙

我们是时间的孩子

有时顺从偶尔叛逆

步履匆匆

为你而来

只为接受命运的安排

像月亮与潮汐的默契

我们是浪漫主义的后代

在冷风中追逐

与飞雪共舞

我们是现实主义之子

在雪天犁地

在风中播种

我们是梦想的追寻者

奉承先人世代相袭的使命

在误解、孤独和掌声中前行

像河流对大地的深情

像月亮与潮汐的默契

梦走过的地方

也留下爱的气息

天高地远，岁月无痕

我们，深入其中

心怀岁月不老的英雄梦想

让热忱拥抱真诚

为了深爱的人

把梦留住

留在心中

播撒在土壤里

自由地生长

自由地绽放

最美的梦之花

如同繁星

如同河流

如同心中最美的风景

为了深爱的人

为了深爱的人

时间也会放慢脚步

悄然安排

未曾约定的相见

未曾谋划的未来

如同黑夜等待曙光

如同寒冬迎接春天

那一时那一刻

花朵展现阳光般的笑颜

时间变成了牵念

牵念变成了甜

梦留心中

曾经的英雄意志

夜之寂静

匿藏着痛苦的怪兽

磨蚀着脆弱的心灵

而心灵已被诱惑

诱惑至迷幻的山巅

曾经的英雄意志

被遗弃

被拾起

仿佛一个人的舞蹈

旋转沉寂雄起

永远不会落幕

在痛中自我追逐

美德蕴于痛

因渴求而神圣

因神圣而战栗

越来越接近

当幸福摆脱妄想

美德在黑暗中

悄然生长

那个痛苦的怪兽

将变成天使

爱一定未眠

挥手，不是为了告别

而是为了相见

再一次相见

深夜，灯光闪闪

耐心地等待

如同一个孩子

等待童话降临

仿佛深夜对不安的慰藉

仿佛灯光对繁星的敬意

我想，

爱一定未眠

即使人们都已睡去

那些奔腾如涌的思念

那些静默无语的爱恋

任怎样地挥洒

任怎样地肆意

都会驻留

在空中弥漫

致谢遗忘

雾霭中的假期
过往多少年
多少年，多少日
我们记住了什么
忘记了谁

遗忘
给记忆开拓空间
当下以及未来
狂热的梦想
快乐与苦痛
遗忘在风中
伴雾霭风尘飘散

一定是忘了
深深的遗忘
犹如深深的记忆
在遗忘的那一刻
一切尚好

山高水长，乡愁是不尽的依恋

乡愁，是游子回家的心愿，是少年的相思，是暮年的回忆

乡愁，是日月轮回不变的季节，是飘零的伤感，是期待憧憬
和展望

山高水长，乡愁是不尽的依恋

征程漫漫，乡愁是不断前行的动力源

有时柔情似水，有时豪情澎湃！

记得乡愁的这一刻，情深似海

遗忘乡愁的那一刻，壮志满怀

紧握的手，乡愁是亲

凝望的眼，乡愁是爱！

大地如此平静，月亮如此清凉

喧嚣冲淡着乡愁也凝聚着乡愁

南来北往的异乡人

把食物做成月亮般圆满

把生活装点得如中秋般丰盈

这月亮，这夜空，这歌声

世间美好的期待，在中秋，在中秋之夜！

既为爱又为痛

浩瀚无际的星空
伟大的星辰与微小的尘埃共存
彼此照耀，彼此印证
印证彼此的存在

没有什么可担心的
你的存在是我的价值
我的存在是你的见证

没有什么可孤独的
你的孤独中有我的牵挂
我的孤独中有你的关切

某时某刻
我们为同一种感受伤怀
或者欢娱
既为爱又为痛
为世间留下情感之痕
给人间的山河岁月
增色生辉！

端茶倒水绵延的宴席

像个学讲话的孩子

说了又说

不停地表达

像个初来乍到的过客

探寻着张望

迷惘也新奇

端茶倒水绵延的宴席

送走一批又迎来一批

台前幕后催促着

有时轻声慢语

有时脚步迅疾

突不破

似水流年账簿般的清单记忆

类似的英雄豪杰

分明的差异分歧

都接近真理

却有着十万八千里的距离

你们讲的我都同意

下面谈另外几个问题

繁华与落寞　都是你我的锦绣

冷些，再冷些
冰冻三尺之后的狂风暴雪
才有了冬天不变的气息
才有了冬天的刻骨铭心
才有了关于温暖的向往与渴望

我说过吗？
喜欢冬天的味道！
我说过吗？
繁华与落寞
都是你我的锦绣
我做过吗？
只有冬天的舞蹈
才跳出火热的性情
属于你我的欢颜

没有追问的追问
依然热爱着冬天
没有结果的结果
比任何时刻都好
一直如此吧

最宽宏的温情　放弃了追逐

最宽宏的温情

放弃了追逐

留下耐心和虔诚

犹如落叶对冬天的膜拜

犹如雪花对大地的依赖

犹如赤子之心

坏脾气要改一改

冷静要改一改

激情也要改一改

不必理睬时代的习俗

保持温顺的美德

向时代让步

昔日重来

曾经的点燃

曾经，如此厚重

意味着过去

孤独，如此迷人

意味着自由

未来，如此可疑

又如此神秘

曾经的点燃

岁月长河中的亮光

耀眼闪烁

唤醒沉睡，如清晨的阳光

新奇如叶片上的露滴

人生之初晶莹的时光

曾经的点燃

唤醒沉睡的山河岁月

世间的愉悦与苦难

成就一瞬之间

从此燃烧不言失去

记住同样的感受

记住同样的欢乐

浪漫的现实主义者

浪漫的现实主义者

在寒风雪地

向往暴雨酷暑

在每一个突破中

等待着平静

浪漫的现实主义者

扶犁深耕不避风雨

挥霍着也积聚着

感悟生的硬度

以及柔弱

日积月累

老去或者重生

浪漫的现实主义者

成就的诗篇

不会出现在书本上

不会出现在大路上

踏之无痕

因为是浪漫的

因为是现实的

务须追溯

或轻柔或沉重地存在着，存在着

野蛮的血液奔赴高贵

我们同样孤独，东奔西突

野蛮的血液奔赴高贵

留下遍地的粗陋与匆忙

小小的躯体，筑起城市丛林

大大的理想，撑起无尽的欲望

那些文字，宛若房屋楼宇

接纳传递着人们的思想

既低俗又高尚

星辰出现的时候，太阳离场

太阳出来的时候，星辰谢幕

我们同样孤独

痛是一种修为

痛是一种修为

爱是一种修为

快乐和幸福亦是一种修为

我更愿意看到你

雪中行走的样子

讲话的样子

以及不经意的说笑

此刻可以忘记修为

忘记归途或者忘记应该记得的

留给雪后的天高地远

耐心是一种修为

等待是一种修为

生活和劳动亦是一种修为

那些发生或者没有发生的
浪漫的傻事或者伤感
笔记没有记录的，感觉会留存
感觉遗忘的，痛会唤醒
因为修为存在着
等待着觉悟的那一刻

让我说，低语或者放歌

让我说，低语或者放歌
这个世界，有你有我
阳光灿烂的日子
阴雨连绵的日子
或者云遮月雾霭弥漫
我在看你，静默以待
时间可摧我亦多愁善感

多姿多彩宽阔无边的世界
充满苦难灾难深重的世界
世界流泪却不伤悲
我相信柔弱无度的依恋
一定捣碎了敏感脆弱
一定重塑着聚散离别

让我说，让我对你说
这个鲜花铺路的世界

这个布满荆棘却也魅惑无边的世界

神秘的萌动悄然生长

我在认真听我在专注等

存放在哪里了曾经的珍重

让我说，让我对你说

这个世界有你有我

时间，亲近着所有的孩子

时间，亲近着所有的孩子

悲悯而亲切

时间，让人们变得相同

虽然，人们在追求差异的道路上

越走越远

欣然接受命运的安排

那种置身风景之间的融洽

那种轻抚亲切的暖意

暴风骤雨　温婉和煦

时间，亲近着所有的孩子

春夏秋冬，日月轮回

时间，亲近着它的所有孩子

时间储藏的盛情

繁盛的夏季

草木葱茏，花朵安详

近了的脚步

远了的声音

所有时间划过的地方

都被记忆封存

打开的那一刻

风华正茂依然

时间储藏的盛情

经久绵延

一如饱满的夏季

一如期待

理想的天空

幻想为现实插上翅膀

无论怎样都是好

属于一个人的风景

属于一个人

风光依旧

态度安然

中间繁复，两极相通

中间繁复

两极相通

数不尽的甘苦困顿

数不尽的欢愉是非以及痛

世态杂陈反复出现的风景

岁岁年年相似

如何忘记了

通向草原的道路

通向山脉的道路

通向城市的道路

宽敞着也局促着

失去着也获得着

非我所欲亦非我所求

时间嘀嘀嗒嗒

亦我所欲亦我所求

站在世界的中间

或者站在时间的中间

凝视端详和眺望

看见了或者视而不见

两极相通

诞生着、储藏着、遗忘着

发迹的画家

背后的那盒墨那张纸那桶笔

涂抹着激情或者感悟

以及时代的柴米油盐七情六欲

张扬着落寞着探寻着

把命运付诸山水

纸张上的命运

命运在纸张上飘扬

画家从此发迹

画家说不懂经济

画家批判时代特色

画家说受管制太多

画家抱怨缺乏自由

一个发迹的画家说话太多

画作几乎变成小说

令作家惊愕

我也很惊愕

我喜欢摘不到的果实

我喜欢摘不到的果实

犹如喜欢得不到的爱

一切至深的人生奥秘

在于惊奇以及出其不意

我想要的多于遗弃

从三十岁到任何年纪

我不需要激励

却喜欢很多赞美

我不需要承诺

却对诺言充满兴趣

我喜欢清晨喝一杯烈性酒

午后的浓茶或者深夜的烟草味道

我喜欢一切的严肃庄重

却往往付诸笑意

我喜欢看路人吵架

比较激烈的情绪

我希望人们的素养在阳光下晾晒

粗陋和温存大抵相当

我喜欢菜市场的味道

我喜爱花草树木

我喜爱甜言蜜语

我喜欢云朵飘移聚散

以及骤然的变幻

我笑的时候比平静时难看

写作的时候比沉思时专注

遵循自然的走向

冬天来了，风和雨和雪相约

犹如任何无备而来的相约

犹如任何的无备而来

遵循自然的走向

以及世代传承的直觉

豪放不适当地释放着激情

温婉不适当地传达着暖意

睡去又醒来的那一刻

天空变了颜色

一个必须拥有的梦

在新的台阶上拾级而上

欢乐读懂了欢乐的光芒

沉默，欣然接受着积蓄已久

或者突如其来

生的千百种姿态

欣然接受着命运的安排

欣然承载着向上的力量

或者向下的力量

在未知的某一点相遇

欣然接受，欣然承载

痛或者欢乐

雨与雪的相逢

为了交融的那一刻坠落

为了相聚的那一刻飞扬

悲伤看到了悲伤的印象

欢乐读懂了欢乐的光芒

怀疑肯定

肯定怀疑

赋予生命生生不息的力量

我们是自己的祖先

先生，我们是自己的祖先

我们也是自己的后裔

我看到了这个世界上另一个我

如你的样子

如此亲切如一

如此地接近

先生，试图读懂的那一刻

或者完全新奇

先生，你的臂膀和胸怀

在某个时刻是我

是我的一部分

在拥有和放弃的瞬间

构筑恒久

感觉的分量很重

驱散阴霾

读懂的感觉更重

逡巡于进化的道路上

我要说今生今世

我要说前世今生

还是沉默了

沉默以对无可比拟的力量

也是醉了，痛与欢愉

青云直上或者坠入深渊

所有缓慢的节奏都是祝福

慷慨地赐予

赐予无尽之爱

一切有生命力的书都是自传

一切有生命力的书都是自传

一切鲜活的语言都是自语

不停地感受

不停地表达

世界在解释中存在着

世界在表达中重生

说了又说

没完没了

犹如重复的老调

亲切却也厌烦

寂寞无言最珍贵

一个低沉舒缓的声音

漫不经心地表达着深情

一个幽闭隐秘的灵魂

陈述着岁月的深沉

我不忍说话

不忍再说什么

人世间的道理了无穷尽

寂寞无言最珍贵

只有政治家才对人民有充分的理解

作家，在某个方面理解了人

诗人，彷徨在自己的精神轨道

经济学家？经济学家对世界的理解最一知半解

尽管貌似这个时代的显学

曾经存在的方术道士

改头换面

用骗术和谬误扰乱常识

相信者众，不以为然者少

野蛮人行走在生猛的道路上

只盯着猎物

妖精害人精催生祛除灵怪的雄心

信奉斗争哲学的人发现了新武器

心灵孱弱者在寻求庇护

沉默的人通过手机呐喊

渴望归宿的人游走在异乡

人民？

只有政治家才对人民有充分的理解

瑞士伯尔尼的雪天

单纯的雪天

瑞士伯尔尼的雪天

很多儿童在歌唱

在这个纯净的世界上

来了一群中国人

他们在说着什么

他们的笑语与沉思

我们很像瑞士人

也很像儿童

在白雪皑皑的世界

一切澄澈洁净

思想接近灵魂

亲善如友邻

很认真

这一刻也很澄澈

天地一色

我们仍然需要它：一件简单的外衣

如果自感孤独

请披上一件外衣

一件简单的外衣和一个简单的动作

当天气不太寒冷

或者寒冷的天气已过

我们也仍然需要它

一件简单的外衣

需要是恒久的

如果情感依然丰盈

在衡量财富或者房产时

不要忽略情感依然饱满

如生之初的新鲜和新奇

不需要很坚强，有情有义

不需要很富有，真诚可信

像孩子一样嬉戏

像老人一样搀扶

无限接近人的样子

友谊和忠诚犹如外衣护卫着身体

漂泊不定以及无常者

在此之外

超脱与遗忘分明是深刻的记住

冬天，夜晚，冰雪尚未消融

大地凝聚着白与黑

凝聚着隐秘的伤感和冲动

在流淌的时间面前

一个强者的自怜或者激励

那是自我告诫和自我误读后的叹息

超脱与遗忘，分明是深刻的记住

在遗忘的那一刻

却是满怀苍凉而深刻地记住了

相异与区隔阻挡不了未泯之爱

被误解的爱，谦让的爱

或者理想化的爱，既遭到蔑视又被推崇了的爱

爱的分量如此之重

穷尽一生做不完一场梦

再不和谁谈论相逢

却也改造着、提升着爱

丰富着他无尽的内容

时光苟延残喘无可奈何

是抱怨吗

还是对时间优美的妥协之道

"如果天黑之前来得及，

我要忘了你的眼睛"

欣然接受命运的安排

欣然接受穷尽一生做不完的一场梦

大梦初醒是印证曾经的拥有吗

谁的歌声在雪夜绵延

让四季如春的寒夜，充满不尽的沉思

金融街种地之余……

种地之余，空气都散发着轻松的气息，也许只有种地之余，轻松的感觉才会如此强烈。对比，对比让一切变得更加浓重、更加清晰。唯此，也更加体现了依存的重要以及独立的必要。

乡村寂寞的生活及其劳动

夜晚寂寥的星辰

默然而立的梧桐

树影细碎斑驳

即将入梦

人们为生活劳作

为欲望游走

为梦想奔忙

在天地之间

浩渺苍茫，睡去又醒来

放不下的移不走的

豪情以及尘世的功名

种种牵挂与拖累

有时风月无边

有时黯然，如深夜

是拥有吗？当然是！

笑意写在脸上，也洒落在梧桐道。

寂寞和静默挡不住的快乐，

是拥有吗？当然是！

被一句话感动，一个神情吸引，

是拥有吗？当然是！

还有什么能够如此肯定？

是的，还有什么如此肯定？

梧桐道沉默无语，

我要学会懂得以及谦卑地靠近，

以赤子之心。

五月天，如火的五月天

风中的诺言

犹如五月突袭的热浪

树叶私语

花朵低吟

五月天，如火的五月天

热切心仪

回眸流连无尽的童年

期待、严厉以及温柔

在风中飘荡

看花数星星

嬉笑尖叫沉思

心中蔓延的未来

无须兑现，无须誓言

懂得才会爱

树木安详树影斑驳

时间的风，无痕划过

记忆之窗关上又开启

是谁？开启时代之窗

是谁？在窗前驻足展望

众生芸芸，沧海一粟

记得，放下，恒久一瞬

懂得才会爱，懂得才更爱

让我们更加怀念，更加热爱！

这样的夜晚，这样的时刻！

他们期待美好

我以无限虔诚的心情记下此时

过去的不再来，未来的不可知

正在经历的除了新奇还是新奇

或者以新奇的心情迎接新奇

您发现了吗？

平淡和庸常之中蕴藏着爱

不易发觉却深厚浓重的爱

没完没了的牢骚和抱怨

他们在期待美好，羞于直言

我在其中，或者置身度外

冬天中绽放的花朵

连绵不绝的音乐

悠长，犹如呻吟

倾力表达生的感受

爱与痛，酸楚与忧郁

理解一些，不懂的更多

从昨天到未来

见到一些，又见到一些

直到物我两忘的时刻，才能达到梦中的风景

无论怎样的喧嚣

　　浓重的爱意还是开辟了新的领地

人们的梦如此瑰丽而绚烂

　　甚至世俗的烟尘也不能阻挡梦想的追寻

　　人生的大梦随时准备拉开序幕

　　开启已经熟知却常看常新的戏剧

　　因为，因为人们如此热爱着生

　　热爱着喧嚣的土地，热爱着具体而现实的生活

人们，开疆拓土，为未知的幻梦而来

　　为浓重的情谊而备

　　直到物我两忘的时刻

　　才能达到梦中的风景

你听到抱怨了吗

　　不，那是爱，那是人们对爱最独特的表现

你看到淡漠的容颜了吗

　　不，在淡漠的神情下深藏着澎湃的激情

你感到激荡的热流了吗

　　一定，那是一个旺盛的生命对尘世最美的赞歌

春天来了，风不能阻挡

　　风在催生，催生春之万物复兴

　　所有，周而复始的循环，都是新生

在生的繁复与简单中，每个人都是政治家

因为，因为生活有着太丰富的内容

在判断中选择

在选择中前行

幻想加生活，大梦如爱

一生所求，一时闪现

看到了，拥有了，存在过

生命的季节

生命的季节

歌唱以及鲜花铺路

轻快的脚步以及未来的梦想

回避着险滩泥泞

生命的季节

滤掉了所有的雾霭烟尘

在喧嚣中感受静默

在静默中积蓄热烈

生命的季节

岁月烟尘中留下了不尽的欢歌

生命的季节

风雨洗礼终于露出真挚的笑颜

生命的季节

欣然接受命运的安排

愿你以鲜花铺路的感觉

迎接每一个四季

被美化的生活就是现实的生活

悲悯是天性，是最珍贵的柔情

能否静下来？无数的指点与教诲

都无法和天性抗衡，无论哪一种天性

众生芸芸，喧嚣与沉寂

当春天来临，当乍暖还寒

就像不可抑制的万物生长

人性中的悲悯也随万物破土而出

如此地伤感，如此地忧郁

仿佛磐石下滋生的青苔

侵蚀并试图摧毁一览无余的强大

也许仅仅是看起来的强大！

等候，我们等候的春红柳绿

是用鬓角的青丝换来

盼望，我们盼望的春梦无限

是以时光的飞逝交换

切切念念，红尘中摇曳的花朵雨来即谢

不要等，如果爱就不要等

如果恨也不要等

远离种种虚妄以及醉梦般的期待

"感时花溅泪，恨别鸟惊心"

感谢先人，春雨纷飞之中的清明节

野草萌生，枯萎与新生相见相惜

我还能再说什么

看看大自然，看看夜色，看看夜幕下诡秘的灯光
和暗影中悄然发力的种子、花朵以及叶片
它们发出的声响仿佛神秘的暗示
悲悯是天性，是最珍贵的柔情

图书在版编目（CIP）数据

爱是一种态度：随笔金融街 / 刘晓岚著 .—北京：作家出版社，
2020.11

ISBN 978-7-5212-1174-0

Ⅰ.①爱…　Ⅱ.①刘…　Ⅲ.①随笔—作品集—中国—当
代　Ⅳ.① I267.1

中国版本图书馆 CIP 数据核字（2020）第 217807 号

爱是一种态度：随笔金融街

作　　者：刘晓岚
责任编辑：张　平
装帧设计：意匠文化·丁奔亮
出版发行：作家出版社有限公司
社　　址：北京农展馆南里 10 号　　　邮　　编：100125
电话传真：86-10-65067186（发行中心及邮购部）
　　　　　86-10-65004079（总编室）
E-mail:zuojia @ zuojia.net.cn
http://www.zuojiachubanshe.com
印　　刷：保定市中画美凯印刷有限公司
成品尺寸：170×240
字　　数：318 千
印　　张：25.75
版　　次：2021 年 1 月第 1 版
印　　次：2021 年 1 月第 1 次印刷
ISBN　978-7-5212-1174-0
定　　价：68.00 元